主编
丁帆
王尧

细读的乐趣

〔美国〕孙康宜 著

译林出版社

图书在版编目（CIP）数据

细读的乐趣 /（美）孙康宜著．—南京：译林出版社，2023.9

（大家读大家系列 / 丁帆，王尧主编）

ISBN 978-7-5447-9803-7

Ⅰ.①细… Ⅱ.①孙… Ⅲ.①读后感－作品集－美国－现代 Ⅳ.①I712.65

中国国家版本馆CIP数据核字（2023）第136332号

本书受“南京大学人文社科资助项目”资助。

细读的乐趣 ［美国］孙康宜／著

主　　编　丁　帆　王　尧
策　　划　江苏明哲文化发展有限公司
责任编辑　吴荀东
校　　对　孙玉兰
责任印制　闻媛媛

出版发行　译林出版社
地　　址　南京市湖南路1号A楼
邮　　箱　yilin@yilin.com
网　　址　www.yilin.com
市场热线　025-86633278
排　　版　南京展望文化发展有限公司
印　　刷　镇江恒华彩印包装有限责任公司
开　　本　850毫米×1168毫米 1/32
印　　张　10.75
插　　页　4
版　　次　2023年9月第1版
印　　次　2023年9月第1次印刷
书　　号　ISBN 978-7-5447-9803-7
定　　价　69.00元

序

丁帆 王尧

在2017年的文化生活中，“大家读大家”无疑是关键词之一。我们和明哲文化公司策划的“大家读大家”丛书第一辑出版，有效促进了文学领域的“全民阅读”。这一辑中最早出版的毕飞宇《小说课》一时风生水起，随后出版的李欧梵、张炜、马原、苏童、叶兆言、王家新等诸位大家的作品与之相呼应，成为2017年的一道风景线。在这非凡气象的背后，我们又紧锣密鼓地策划了现在读到的“大家读大家”丛书第二辑。

“大家读大家”丛书的策划包含着这样两层涵义：邀请当今的人文大家（包括著名作家、某个领域内的专家）深入浅出地解读中外大家的名作；让大家（指普通阅读者）来共同分享大家的阅读经验。前一个“大家”放下身段，为后一个“大家”做普及与解惑的工作，这种互动交流的目的，就是想让两个“大家”来合力推动当下的“全民阅读”，使其朝着一个既生动有趣，又轻松愉悦获得人文核心素养的轨道前行。

在我们儿时并不丰富的阅读记忆中，《十万个为什么》或许是最重要的一套书。我们在轻松、愉悦的阅读中获得了一些科普常识，萌生了探究世界的好奇心，潜移默化养成了我们看世界的视角。这是曾经的“大家”读“大家”的历史。我们常与一些作家、批评家同仁闲聊，谈起为普及科普知识，一些科学家绞尽脑汁地为非专业读者和中小学生写书但并不成功的例子，很是感慨。究其缘由，我们猜度，或许就是长期以来我们培养的科学家缺少人文素养的熏陶和写作技巧的训练，理性思维发达，感性思维欠缺，甚而缺少感性表达方式。没有自己的语言表达方式或者无法表达自己，是一种很大范围的文化危机。究其原因，多年来文学教育的缺失是其一，没有诗和远方，国民整体文学素养凝滞，全社会人文素质缺失。这是当下亟待克服的文化危机。

我们也在这样的危机中，又心怀拯救危机的理想抱负。百无一用是书生，但书生有书，读书，写书。倘若中国当下杰出的人文学者，首先一流作家和从事文学研究的专家学者，换一种思维方法和言说方式，重返文学作品的历史现场，用自身心灵的温度和对文学的独特理解来体贴经典、触摸经典、解读经典，或许会奏出不同凡响的音符；在解读经典的同时，呈现自己读书和创作中汲取古今中外文史哲大家写作营养的切身感受，为最广大的普通作者提供一种阅读的鲜活经验……如此这般，作者和读者岂不快哉！于是，我们试图由文学阅读开始，约请创作领域里的著名作家和艺术家以及文史哲艺学科门类术业有专攻的优秀学者，分别撰写他们对古今中外名家名著的独特解读，以期与广大的读者诸君携手徜徉文化圣殿，去浏览和探究中国和世界瑰丽的文化精神遗产。

已经与大家见面的丛书第一辑，是一批当代著名作家的读书笔记或讲稿的结集。无疑，文学是文化最重要的基石，一个国家和民族可以缺少面包，但是不能没有文学的滋养。文学作为人们日常精神生活不可或缺的人文营养补给，是人之生存和持续发展的精神食粮。作为专家的文学教授对古今中外名著的解读固然很重要，但是，在第一线创作的作家们对名著的解读似乎更接地气，更能形象生动地感染普通的读者与大中小学的学生——这是我们首先推出当代著名作家读大家的文稿的原因。

如今，许多大学的文学院或中文系都相继引进了一批知名作家进入教学科研领域，打破了“中文系不是培养作家的摇篮”的学科魔咒。在大学里的作家并非只是学校的“花瓶”，他们进入课堂的功能何在？他们会在什么层面上改变文学教育的现状？他们对于大学人文教育又有什么样的意义？这些都是绕不过去的问题。其实，这是中国现代大学的一个传统，我们熟悉的许多现代文学大家同时也是著名大学的教授。这一传统在新世纪得以赓续。十年前复旦大学中文系引进王安忆做创作专业教授的时候就开始尝试曾经行之有效的文学教育模式。近些年许多大学聘任驻校作家；北京师范大学成立了由诺贝尔文学奖得主莫言主持的国际写作中心；苏童调入北师大，阎连科、刘震云、王家新等也进入中国人民大学文学院。

在策划这套丛书的过程中，我们首先做了一个课堂实验，在南京大学请毕飞宇教授开设了一个读书系列讲座，他用自己独特的感受去解读中外名著，效果奇好。毕飞宇的课堂教学意趣盎然、生动入微，看似在娓娓叙述一个作家阅读文本时的独特感知，殊不知，其中却蕴涵了一种从形下到形上的哲思。他开讲的第一篇就是我们几代人都在初中课本里读过学过的名作《促织》，这个被许许多多中学、大学教师嚼烂了的课文，却在他口吐莲花的叙述中画出了一道独特的绚丽彩虹，讲稿甫一推出，就在腾讯网上广泛传播。仔细想来，这样的文本解读不就是替代了我们大中小学师生们都十分头疼的写作课的功能吗？不就是最好的文学鉴赏课吗？我们的很多专业教师之所以达不到这样的教学效果，最根本的原因就是他们只有生搬硬套的"文学原理"，而没有实践性的创作经验，敏悟的感性不足，空洞的理性有余，这显然是不能打动和说服学生的。反观作为作家的毕飞宇教授的作品分析，更具有形下的感悟与顿悟的细节分析能力，在上升到形上的理论层面时，也不用生硬的理论术语概括，而是用具有毛茸茸质感的生动鲜活的生活语言解剖经典，在审美愉悦中达到人文素养的教化之目的。这就是我们希望在创作第一线的作家也来操刀"解牛"的缘由。

丛书第一辑的作者，都是文学领域的大家。马原执教于同济大学，他在课堂上解读外国作家经典，讲稿出版后深受广大读者的欢迎。还有王安忆和阎连科也是如此。这两位作家的书稿原本也在第一辑出版，因为体例和内容原因，王安忆老师的书稿由人民文学出版社另行出版了。阎连科在当代作家中是个“异数”，他的小说和散文，都以独特的方式创造了另一个“中国”。如果读者听过阎连科的演讲，就知道他是在用生命拥抱经典之作。他对世界文学经典的解读另辟蹊径，尊重而不迷信，常有可圈可点之处。我们期待有机会出版阎连科的文稿。哈佛荣休教授李欧梵先生，因学术的盛名，而使读者忽视了他的小说家、散文家的身份。李欧梵教授在文学之外，对电影、音乐艺术均有极高的造诣，其文字表达兼具知性与感性。收录在丛书中的这本书，谈文学与电影，别开生面。张炜从九十年代开始就出版了多种谈中国古典、现代文学，谈外国文学，尤其是俄罗斯文学的读书笔记，他融通古今，像融入野地一样融入经典之中，学识与才情兼备。才华横溢的苏童，不仅是小说高手，他对中外小说的解读细致入微，以文学的方式解读文学，读书笔记如同他的小说散文一样充满了诗性。叶兆言在文坛崭露头角之时，就是公认的学者型作家，即便置于专业人士之中，叶兆言也是饱学之士。叶兆言在解读作家作品时的学养、识见以及始终弥漫着的书卷气令人钦佩。王家新既是著名诗人，亦是研究国外诗歌的著名学者，他用论文和诗歌两种形式解读国外诗人，将学识、情怀与诗性融为一体。我们这些简单的评点，赢得了读者的认同。我们将陆续推出当今著名作家解读中外大作家的系列之作，以弥补文学阅读中理性分析有余而感性分析不足的遗憾，让更多的普通读者也能从删繁就简的阅读引导中走进文学的殿堂。

我们现在读到的“大家读大家”丛书第二辑，收录了夏志清、王德威、白先勇、宇文所安、孙康宜、胡晓真、田晓菲、张小虹几位大家的书稿。他们无论身份是作家、学者，还是学者兼作家，几乎都是文章高手。用英文写作的宇文所安，是海外研究中国文学的大家，在他即将从哈佛大学荣休之际，出版他的大作，也是向他致敬的一种方式。值得注意的是，白先勇先生、胡晓真女士、张小虹女士，他们或有祖国宝岛台湾的生活经历，或长期在台湾的研究机构和大学从事教学研究，一样的母语写作，但有不完全一样的表达。彼岸学者、作家的阅读经验和修辞方式，自然而然丰富了我们汉语的表达。夏志清、王德威、孙康宜（她的部分文章是英文撰写）、田晓菲兼具中国文化和西方文化的背景，他们的阅读和写作，为我们提供了多元文化背景的参照。无疑，不少从事文学研究的学者也擅长生动的语言表达，他们对中外著名作家作品的解读在文学史的定位上更有学术的权威性，这类大家读大家同样是重要的。但我们和广大读者一样，希望看到的是他们脱下学术的外衣，放下学理的身段，用文学的语言来生动地讲解中外文学史上的名人名篇。

即将出版的“大家读大家”丛书第三辑，内容集中在外国文学。在解读世界文学名人名篇之时，我们不但约请学有专攻的外国文学的专家学者执牛耳，还将倚重一批著名的翻译大家担当评价和解读名家名作的工作，把他们请进了这个大舞台，无疑是给这套丛书增添了一道亮丽的风景线。新文学百年来翻译的外国作家作品可谓是汗牛充栋，但是，我们的普通阅读者由于对许多历史背景知识的欠缺，很难读懂那些皇皇的世界名著所表达的人文思想内涵，在茫茫译海中，人们究竟从中汲取到了多少人文主义的营养呢？抱着传播世界精神文化遗产之目的，我们在“大家读大家”丛书里将这一模块作为一个重头戏来打造，有一批重量级的学者和翻译大家做后盾，我们对此充满信心。

近几十年来，许多史学专家撰写出了像黄仁宇《万历十五年》那样引起了广大普通读者热切关注的历史著作，用生动的散文笔法来写历史事件，此种文章或著作蔚然成风，博得了读者的喝彩，许多作家也参与到这个行列中来，前有余秋雨的文化大散文《文化苦旅》，后有夏坚勇的历史大散文《湮没的辉煌》和《绍兴十二年》。我们试图在这套丛书中倡导既不失史实的揭示与现实的借镜功能，又有笔墨生动和匠心独运的文风，让史学知识普及在趣味阅读中完成全民阅读的使命。这同样有赖于史家和作家们将春秋笔法融入现代性思维，为我们广大的普通读者开启一扇窥探深邃而富有趣味的中外历史的窗口，从中返观历史真相、洞察人性沉浮，在历史长河中汲取人文核心素养。

哲学虽然是一个枯燥的学科，但它又是一个民族人文修养的金字塔，怎么样让这个可望而不可即的灰色理论变成绿叶，成长在每个读者的心头呢？这的确是一个难题，像六七十年前艾思奇那样的普及读本显然已经不能吊起当代读者的胃口了。我们试图约请一些像周国平那样的专家来为这套丛书解读哲学名家名作，找到一条更加有趣味的解读深奥哲学的快乐途径，用平实而易懂的解读方法将广大读者引入中国哲学和西方哲学名人名著的长河中，让国人更加理解哲学与人类文化休戚相关的作用，从而对为什么要汲取人文素养有一个形而上的认知，这恐怕才是核心素养提升的核心内容所在。

艺术本身就是有直观和直觉效果的学科门类，同时也是拥有广大读者群的领域，我们有信心约请一些著名的专家与创作大家共同来完成这一项任务，我们的信心就在于许多作者都是两栖人物——他们既是理论家，又是艺术家，在美术、书法、音乐、舞蹈、戏剧、电影、电视等艺术门类里都有深厚的人文学养和丰富的创作经验。

“大家读大家”丛书的策划、写作和出版，是一个长期而艰巨的工程，我们将用毕生的精力去打造它。我们希望这套丛书成为我们民族人文核心素养提升的一个大平台，为普及人文精神开辟一条新的航道。

非常感谢译林出版社和明哲文化公司为“大家读大家”第二辑所付出的心血，使得本丛书顺利出版，以飨读者。

向写作的大家致敬！

向阅读的大家致敬！

谨以此书
纪念高友工教授

目 录

细读人生

细读经典

白先勇如何揭开曹雪芹的面具？

给他一个面具，他便会告诉你事实。

——奥斯卡·王尔德，《作为艺术家的批评家》

这几天开始阅读《白先勇细说红楼梦》一书，读到学者叶嘉莹的"读后小言"，令我十分振奋，遂生"心有戚戚焉"之感。她说："《红楼梦》是一大奇书，而此书之能得白先勇先生取而说之，则是一大奇遇。天下有奇才者不多，有奇才而能有所成就者更少，有所成就，而能在后世得到真正解人之知赏者，更是千百年难得一见之奇遇……"我以为白先勇的最大贡献乃是，他不但成了曹雪芹的"真正解人"，而且揭开了将近三百年以来曹氏所戴的"面具"。

首先，曹雪芹一直是戴着"面具"来写他那本小说《红楼梦》的。从小说一开始，作者就故弄玄虚，让人无法确定谁是该书的作者。有关该书的缘起，第一回写道：

> 空空道人听如此说，思忖半晌，将这《石头记》再检阅一遍……方从头到尾抄写回来……改《石头记》为《情僧录》。东鲁孔梅溪题曰《风月宝鉴》。后因曹雪芹于悼红轩批阅十载，增删五次，纂成目录，分出章回，又题曰《金陵十二钗》，并题一绝——即此便是《石头记》的缘起。诗云："满纸荒唐言，一把辛酸泪。都云作者痴，谁解其中味？"

根据这段简短的叙述，读者实在很难确定曹雪芹是否就是本书的作者。依其口气，曹雪芹只是传承有关《石头记》的故事及"批阅"该手稿的人，并为其"增删五次，纂成目录，分出章回"。看起来曹雪芹顶多只是该书的编辑或是个"合著者"而已。

实际上，正如俞平伯在《红楼梦八十回校本序言》中所言，作者曹雪芹"一生都在写红楼梦"。只因为他采用了"面具"的设计，整部小说将记忆的事实与虚构的框架融合起来，故"假作真时真亦假，无为有处有还无"，连作者的身份也成为小说虚构设计的一部分了。

应当说，红楼梦的作者之谜，早在曹雪芹死后（曹氏于一七六三年去世）的二三十年间所传阅的多种八十回脂砚斋评本（手抄本）中，已获得了公开揭晓。遗憾的是，当程伟元与高鹗于一七九一年首次刊印一百二十回本的《红楼梦》（即程甲本）时，程伟元却在其序中称"作者相传不一，究未知出自何人"。这样一来，读者就开始疯狂地研究《红楼梦》的作者问题。直到一百三十五年后的一九二七年，随着一个重要的脂砚斋评本的发现，前八十回的作者问题才算大体解决——因为该抄本明载脂砚斋的批语："壬午除夕，书未成，芹为泪尽而逝。"

问题是，根据脂砚斋的评语，曹雪芹"书未成"就去世了，而且所有的脂评本最多也只有八十回，所以读者们开始怀疑高鹗所编的"后四十回"是否就是他自己的伪作。即使程、高二人在程乙本（即一七九二年的修订刻本）的引言中明明说他们"惟按其前后关照者，略为修辑，使其有应接而无矛盾，至其原文，未敢臆改"，长期以来以胡适为首的红学家们大都认定后四十回乃为高鹗的续作，而非曹雪芹的原稿。虽然早在一九五八年，林语堂就已发表了一篇长达六万字的文章《平心论高鹗》，主张红楼梦的后四十回是曹雪芹作、高鹗"补"，并举出数十个例证，但该文由于偏重考证，并没引起广泛读者的反响。（在此我要特别感谢钟汉清先生提供有关林语堂文章的信息。）一直到二十世纪八十年代，才开始有较多的学者质疑"高鹗续书"的论点。例如，学者周策纵在《〈红楼梦〉大观》中极力主张程、高并未说谎，因为高鹗只是编者，"他实在没有著作权"。然而目前发行的诸多《红楼梦》版本（包括人民文学出版社和香港中华书局的本子）都还是以"曹雪芹、高鹗"为该书的共同作者，连大卫·霍克斯和闵福德的英文翻译本《红楼梦》也注明曹雪芹和高鹗是后四十回的共同作者。

我以为后四十回的作者之谜之所以难以解开，还有一层重要的考虑——若按所有八十回脂评本有关原书结局的说法，那么后四十回的情节的确严重地偏离了“原书”的构想。所以许多熟悉脂评本的读者们自然要问：如果后四十回确是曹雪芹的原稿，为何有如此严重的结局分歧？

我不是红学家，但自年轻时代就喜欢读《红楼梦》。多年来我一直相信后四十回是曹雪芹的作品。据我猜测，或许基于某种难言的苦衷，曹雪芹在写完后四十回的初稿后，就私自将之隐藏起来，甚至不愿与他关系密切的脂砚斋和另一位评点者畸笏叟分享。尤其因为八十一回以后该书开始涉及贾府之衰，恐怕那些评点者（他们最可能是他的亲戚，其中一位甚至可能是他的父亲）又要“逼”他改东改西，或是删去大半的稿本。诚然，从各种八十回脂本的评点中可知，由于脂砚斋和畸笏叟的屡次要求，曹雪芹经常必须改动情节——例如有一回（有关秦可卿之死），作者终于“被迫”删去八九页的手稿，只为了宽慰评点者。我看这就是八十回的《石头记》原稿不止存有一个稿本的原因之一。为了应付评点者的要求，曹雪芹一共把前八十回增删了五次之多，而后四十回却一直隐藏未现，实在有其个人的顾虑。有关这一点，其实并不完全是我个人的臆想，英译者霍克斯早就说过有这么一种“躲避评点者”的可能（虽然霍克斯并没明显指出曹雪芹乃为后四十回的作者）。

还有另一种可能就是曹雪芹的政治恐惧，他或许害怕后四十回的情节会触犯到政治。据有关曹家的记载，一七二八年（即曹雪芹十三岁那年）曹家遭遇到抄家的悲剧，那就是全家北返、转入萧条贫穷的那一年。而八十回以后的《红楼梦》写的也正是有关这个敏感的话题。或者正是基于这个原因，曹雪芹一直不敢把后四十回拿出来传观。此外，曹雪芹去世后不久，尤其是十八世纪七十年代及八十年代，正巧是乾隆朝文字狱最盛的时代，当时即使某位亲戚（例如畸笏叟）找到了后四十回的原稿，他也自然不敢拿出来传阅或刊印。这可能就是一直要等到后来程伟元才有机会买到《红楼梦》后几回残卷的原因。

其实作为一个作者，曹雪芹虽然一直戴着“面具”，但他确实是希望有一天终究能和读者“面对面”的。这是因为曹雪芹虽然在生前只传阅了前八十回，但他却处心积虑地设置了一个有关后四十回的线索，期待后来的编者或读者可以找到他的后四十回，那就是他的书目中早已列有一百二十回的目录。有关这一点，在程甲本的序里，程伟元已经说得很清楚:“然原目一百二十卷，今所传只八十卷，殊非全本。即间称有全部者，及检阅仍只八十卷，读者颇以为憾。不佞以是书既有百廿卷之目，岂无全璧?”难怪程伟元要“竭力搜罗”，以重价购买残卷，并请高鹗细心编辑，终于“得后四十回合成完璧”。

凭良心说，程、高二人为《红楼梦》“合成完璧”的贡献可谓功德无量，但可惜他们不但没有为作者曹雪芹揭开“面具”，反而又为他加了一层“面具”。问题是，有关该小说的作者，程伟元却说“究未知何人”，所以当时又把读者带到了问题的起点。更遗憾的是，由于读者一直以为后四十回是高鹗的伪作，所以他们开头就不喜欢后四十回的情节和风格，而高鹗也一直受到后人不公平的谴责。就如白先勇在他的《细说红楼梦》书中所说："……后四十回遭到各种攻击，有的言论走向极端，把后四十回数落得一无是处，高鹗续书变成了千古罪人。"

有趣的是，最后能真正为曹雪芹揭开面具的人正是那个为高鹗平反的小说家兼评论家白先勇。首先，白先勇以小说创作、小说艺术的观点来评论后四十回。他说："……我一直认为后四十回不可能是另一位作者的续作……《红楼梦》人物情节发展千头万绪，后四十回如果换一个作者，怎么可能把这些无数根长长短短的线索一一理清接榫，前后成为一体……后四十回本来就是曹雪芹的原稿，只是经过高鹗与程伟元整理过罢了。"换言之，白先勇相信高鹗并没说谎。事实上，白先勇认为"后四十回的文字风采，艺术价值绝对不输前八十回，有几处还有过之"。这样的观点正好与张爱玲的看法相反，所以白先勇说道："张爱玲极不喜欢后四十回，她曾说一生最遗憾的事就是曹雪芹写《红楼梦》只写到八十回没有写完。而我感到一生中最幸运的事情之一就是能够读到程伟元和高鹗整理出来的一百二十回本《红楼梦》，这部震古烁今的文学经典巨作。"

重要的是，除了将后四十回的著作权归属于曹雪芹以外，白先勇还有另一个巨大的贡献——那就是将脂砚斋评本的庚辰本与程、高的"程乙本"之间作了十分细致的、一回接一回的"细说"

比较。首先，自从一九二七年胡适用新式标点标注的程乙本《红楼梦》出版以来，程乙本已经成了该小说的定本。但红学家们仍十分看重庚辰本抄本，因为它在诸脂本中还是比较完整的抄本，共存有七十八回，而且它早在曹雪芹生前（即一七六〇年，曹氏离世前三年）就已经流行于世。所以不少学者认为一七六〇年的庚辰本抄本应当比一七九二年刊刻的程乙本更接近曹雪芹的原作。这就是为什么白先勇说，近年来以庚辰本为主的《红楼梦》版本“渐渐大行其道”，“甚至有压倒程乙本之趋势”。

然而白先勇的“版本比较”终于推翻了红学家们对于庚辰本的迷信。首先，白先勇发现庚辰本（因为是手抄本）经常出现一些不合情理的描写和对话，疑似抄书人自已加上去的，或是“手抄本脂砚斋等人的评语，被抄书的人把这些眉批、夹批抄入正文中去了”。相较之下，程乙本要来得顺畅得多，且人物描写和叙事观点都较为合情合理。这也就证明高鹗和程伟元乃是一流的编辑。就如程、高二人在程乙本的引言中郑重写道：“书中前八十回抄本，各家互异；今广集核勘，准情酌理，补遗订讹……书中后四十回……惟按其前后观照者，略为修辑，使其有应接而无矛盾，至其原文，未敢臆改……”所以白先勇说：“在其他铁证还没有出现以前，我们姑且相信程伟元、高鹗说的话是真话吧。”

至少在目前，白先勇揭开了红楼梦的作者之谜。既然程、高二人尽力保留了原作者的“原文”，而“未敢臆改”，一百二十回的程乙本总算是最接近曹雪芹原意的定本了。当然，这样的假设并非来自所谓的“铁证”，但我相信只有像白先勇那样的“真正解人”才能体会到曹雪芹的原意，即曹氏所谓“都云作者痴，谁解其中味”。

梦与神游

——重读《红楼梦》后四十回

已有十年不教《红楼梦》了，所以今年春季又重新教起《红楼梦》时，一切都感到十分新鲜。其中最奇妙的发现是：这次重读这部小说，特别欣赏后四十回，而且情节意象都能牢牢记住。从前读《红楼梦》，由于全受胡适《红楼梦考证》和俞平伯《红楼梦辨》的影响，深信后四十回是高鹗的续笔，于是总是匆匆阅过，不愿下功夫，难怪对其中所演细节（除了“黛玉之死”“宝玉当和尚”及“锦衣军查抄宁国府”等大事以外）均不记得。

这次重读后四十回，自己痛下决心要以“细读”的态度给予一个公平的文学评价。尤其是如刘梦溪在其《红学》中所言，红学界对于“胡适提出来的续书作者为高鹗”一说，已因证据不够充分而“发生动摇”。而且宋浩庆在其《红楼梦探——对后四十回的研究与赏析》一书中又以颇能令人信服的观点证据来彻底反驳“高鹗续书”说。这种种原因都促使我仔细重读后四十回，决心不再盲目相信前人的“定论”。

最感到高兴的是，此次重读后四十回，虽发现其中有所谓“瑕疵”的语句，但直觉告诉我，大体上是曹雪芹（或其亲人）的笔墨，而高鹗也只是“截长补短”而已。而且据我研究高鹗生平著作的心得，似他那种“缺乏想象”的名教儒者，不大可能创造出后四十回那样生动的小说文笔。

首先，最有趣的是，此次重读后四十回，我个人感触与小说主人翁贾宝玉重游太虚幻境的情况酷似。宝玉重游太虚幻境发生在一百十六回，即全书倒数第五回，它与书开头第五回的宝玉“初游”太虚幻境自然是互相呼应——所不同的是，第五回宝玉看过“金陵十二钗”册子之生命预示后，完全不记得（因为恍恍惚惚，由梦中惊醒）；但第一百十六回的重游经验却使他完全记得：

> 宝玉睁眼看时……遂把神魂所历的事，呆呆的细想，幸喜多还记得……
>
> 岂知宝玉触处机来，竟能把偷看册上诗句俱牢牢记住了……

这种“记得”与“不记得”的基本差异甚为紧要，所以著名的《红楼梦》评者护花主人曾如此说道：“宝玉初次之梦是真梦，所以画册题词俱不记得；此番是神游幻境并不是梦，故十二首诗词俱牢牢记得，读者莫亦作梦看。”

读了护花主人的评语，顿然使我大梦初醒。原来我此次所以能记得那一向被忽视的后四十回情节，乃是因为自己下意识想从天真烂漫的“梦境”进入明理成熟的“悟境”——盖因寻求“悟境”才能体会“神游”的意味。无形中在那神游的自由阅读中，我深深领悟到《红楼梦》后四十回与前八十回本是一个有机体——就因为有前八十回的痴情浪漫之宝玉才会有后四十回的“无情冷淡”之宝玉。（“那知宝玉……竟换了一种，不但厌弃功名仕进，竟把那儿女情缘也看淡了好些。”一百十六回。）这就是曹雪芹所谓的“得通灵幻境悟仙缘”，也就是庄子所谓的“逍遥游”。

神游是一种自我意识的肯定，更是一种觉悟性的自由——故它有别于不自觉的梦境。此次重读《红楼梦》使我领会到“红楼梦的两个世界”（恕我套用余英时的词句）——“梦”的世界和“神游”的世界。我以为前者大致落实于前八十回，后者则在后四十回中随着情节的发展愈加明显。但更重要的是，这神游的（悟的）境界本来就建筑在梦的幻境基础上。我认为这种由梦至悟的构想，若无曹雪芹家庭遭遇和个人经历，是写不出的。

当然，这样的细读观察完全建立在直觉的基础上，在逻辑上无法证明《红楼梦》今本一百廿回大多是曹雪芹（或其亲人）的原稿。但在我看来，后四十回与前八十回是一个“艺术”整体。而且除非有更有力的证据，我们实在不必怀疑程伟元的《红楼梦序》。程伟元说，他数年来收得《红楼梦》二十余卷，后来“一日偶于鼓担上得十余卷，遂重价购之”。细阅之下，因见四十回“漶漫不可收拾”，才同高鹗“细加厘剔，截长补短，抄成全部”。所以他与高鹗基本上只做了编辑的工作，高鹗并非后四十回的作者。再者，与曹雪芹交情甚厚的友人，如敦敏、明义等，均看过曹雪芹的全书原稿。而程高本出版的那一年（一七九二年），这些友人仍然在世。就如宋浩庆所说："如果程高本《红楼梦》完全违背曹雪芹的《红楼梦》原稿，他们作为曹雪芹的好友，作为《红楼梦》的笃好者，怎能容忍？怎会一言不发？”此外，研究《红楼梦》的周策纵先生早已主张程、高所说非谎，更否定了高鹗为后四十回作者之说，明确指出“高鹗实在没有著作权”。

当然，就如刘梦溪所说，由于目前“缺乏实证”，四十回的问题“只好成为一桩公案，听凭红学家们反复聚讼”。其实胡适也称赞后四十回的许多精彩文字：例如鸳鸯之死那段（一百十一回）。但因为胡适断定后四十回是高鹗续写的（他以为程伟元骗人，因世上哪有“这样奇巧的事”，能忽然在“鼓担上得十余卷”），于是后来的学者大多人云亦云，不愿细读后四十回，更不愿赏析那一部分文字，可谓自我限制。今日几乎无人不知胡适在建立红学典范上，其功不可没，但仅在“高鹗续笔”一点上，造成了不可补偿的害处，用英美诗人艾略特的说法，这就是所谓“一个伟大艺术家也可能产生坏的影响力”了。

语讹默固好

——简论施蛰存评唐诗

近代读者总记得施蛰存先生是二十世纪三十年代的“新感觉派小说大师”（例如一九八七年《联合文学》十月号，李欧梵教授所策划的“新感觉派小说”一栏即称施先生为该派小说家的先驱）。但或许因为施先生在小说界的名声太大，反而容易使人忘记他在古典文学研究中的辉煌成就。其实他晚年的功力完全放在研究古典诗词上，可谓“晚节渐于诗词专”。

从一九八八年起，我经常采用施著《唐诗百话》为教科书。我的耶鲁研究生一致认为，历来论诗从未有能如此深入浅出者。而且书中篇篇俱佳——不论是论初唐、盛唐、中唐抑或是晚唐诗，都令人体验到其理论之新、其文体之佳。因为书中共有一百篇论文，每篇精简易读，令人雅俗共赏。有些学生甚至把全书当日记来读，每日一篇，从不间断。另外，学生里有几位“有心人”，因感于该书的独特创意，希望能用分工合作的方法，把它一篇篇地译成英文，以飨美国读者。

至于我，则是以一贯阅读书信的态度，仔细玩味那一篇篇思想的含义，诠释那精心安排的文字。读其书有如阅其信，阅其信有如见其人。在我想象中，施先生晚年的思想创意代表的是一种疏淡反省的“中唐诗”境界，而非那种情感浪漫的“盛唐诗”境界。因此他的论点常常呈现出一种非比寻常的创意，一种因生活经验累积而成的体会，一种洒脱的生活艺术。

我最欣赏施先生讨论韩愈《落齿》的那一篇。奇怪的是，以前我从未注意到韩愈这首诗（其实，即使读到这首诗，那曾经沉醉于美感世界的年轻的我，也必定不能领会韩愈的“落齿”经验）。而今日的我，由于人生阅历渐多，初读到施先生所引的这首韩愈诗，内心产生一种难以形容的感动。底下引这首韩愈《落齿》诗：

去年落一牙，今年落一齿。
俄然落六七，落势殊未已。
馀存皆动摇，尽落应始止。
忆初落一时，但念豁可耻。
及至落二三，始忧衰即死。
每一将落时，懔懔恒在己。
叉牙妨食物，颠倒怯漱水。
终焉舍我落，意与崩山比。
今来落既熟，见落空相似。

馀存二十馀，次第知落矣。
倘常岁落一，自足支两纪。
如其落并空，与渐亦同指。
人言齿之落，寿命理难恃。
我言生有涯，长短俱死尔。
人言齿之豁，左右惊谛视。
我言庄周云，木雁各有喜。
语讹默固好，嚼废软还美。
因歌遂成诗，时用诧妻子。

这首诗酷似一篇小品文，描写的是一件极平常的事，叙述的是一般老年人所经过的阶段——人老了，牙齿一颗颗掉落的经验。或许因为这个题材太寻常了，这首《落齿》诗从不被选集选取，也几乎没有“齿及”。施蛰存算是第一个撰写专文讨论此诗的学者专家。

这首诗表现的是中唐诗人一种从忧患里渐入清境的心理过程——与盛唐诗以美感取胜的体裁截然不同。其实韩愈这首《落齿》诗几近宋诗风格——颇与吾友柯庆明教授所谓宋诗之“以意念造作形象”的风格酷似。细细玩味咀嚼此诗，我尤其喜爱诗中那句“语讹默固好”所呈现的意念——牙齿落光了，说话多误，那么就经常保持缄默也不错。从这一诗句中，我领悟出一个老年诗人所创出的另一种自由空间——一种对生命过程的信心，一种把握人生风浪的智慧心灵。人老了，不必怨这怨那，最好安静下来，凭自己的智慧来思考，使那生命之树永不枯萎，不断启发生命的再思。

也就是这种“启发再思”的诗意，使我深深珍视施先生给我的每一封信。其实，我也喜欢看施先生写给其他友朋的信件（当然要在友朋的允许之下才能看），因为他的书信总是流露出清澈鉴人的言语。例如，他曾给著名词家张珍怀（当时张旅居美国）写信，信中劝道：“孤独一些，闭目养神，弄弄花鸟，也可消磨时日。”在我心目中，施先生永远像个辛勤的老前辈，以自己的智慧继续开拓出满园花开的生命境界，也不断流露出坚毅的神采。

从前施先生在其《浮生杂咏》（八十首）中曾咏出一绝：

湖上茶寮喜雨台，
每逢休务必先来。
平生佞古初开眼，
抱得宋元窑器回。（第七十九首）

那是记载他年轻时，每逢星期日喜欢至湖滨“喜雨台”茶楼古董商处饮茶，并购取文物的玩古之癖。到了老年，他仍保持那一尘不染的生命境界，徜徉于清净的自由空间。他在《不死就是胜利——致痖弦》一文中说：“现在我是四大皆空，一尘不染，非但富贵于我如浮云，连贫贱也如浮云了。”这是陶渊明的境界，也是中唐诗里“语讹默固好”的疏淡境界。（施蛰存先生已于二〇〇三年逝世，享年九十九岁。）

说愁：论愁的词境与美感

说到愁，人们总是奉辛弃疾的《丑奴儿》为至理名言：

> 少年不识愁滋味，爱上层楼。爱上层楼，为赋新词强说愁。
> 而今识尽愁滋味，欲说还休。欲说还休，却道天凉好个秋。

然而最近在“识尽愁滋味”后，我发现自己却完全解构了辛弃疾的“少年”与“老年”的对立关系——我发现自己在给学生讲课时，凡是遇到“愁滋味”的解读时，不但没有“欲说还休”，反而更加热切地诠释，企图把那种感情的形形色色当成人生画布上的色彩来分析。

我认为词里有两种“境界”最能捕捉愁的诸多面貌：一种是令人难以自拔的“哀愁”，一种是令人惆怅的“闲愁”。前者是词人以赤子之心的情怀，在遭遇大苦大难之后，把人间哀愁的极致以无限痴情的态度，所表达出来的一种“全情”之倾注。后者则是词人在感叹人世无常的悲哀之余，以一种言情体物的态度，把“不幸”视为客观的玩味，并以一种理性的思索及观察所表达出来的美感叙写。

在传统的词中，最善于表达“哀愁”的词人莫过于李后主。他在身历国破家亡之痛后，以一种深情而直觉的感伤，在词里写尽了人类所共有的斫伤及苦难，使词叙写出前所未有的哀感。无怪乎王国维要说:“尼采谓‘一切文学，余爱以血书者’。后主之词，真所谓以血书者也。”最痛苦的人生遭遇莫过于在中年遭难，而内心又无法自拔地“哀而怨”。人生旅途走到半路，突被命运的浪潮击毁，自己又无法变感情为理智，于是日夜被哀伤煎熬，独自吞饮斫伤的苦楚。正是“往事只堪哀，对景难排”，“问君能有几多愁，恰似一江春水向东流”。

另一方面，词里的“闲愁”还更能捕捉中国文人特有的抒情观。所谓“闲愁”就是对人生瞬息性的感伤，也是对过去欢乐的一种贪恋及向往，表现在词里就是一种“旧地重游”的词人心态。在周邦彦的《瑞龙吟》里，我们可以看到词人如何用一次个人的经验诠释这种无可奈何的普遍生命经验：

> 章台路，还见褪粉梅梢，试花桃树。愔愔坊陌人家，定巢燕子，归来旧处。
>
> 黯凝伫，因念个人痴小，乍窥门户。侵晨浅约宫黄，障风映袖，盈盈笑语。

前度刘郎重到，访邻寻里，同时歌舞，唯有旧家秋娘，声价如故。吟笺赋笔，犹记燕台句。知谁伴，名园露饮，东城闲步。事与孤鸿去。探春尽是，伤离意绪。官柳低金缕。归骑晚、纤纤池塘飞雨。断肠院落，一帘风絮。

这首词写的是典型的“旧地重游”的惆怅：词人重新来到章台大街，看到又是桃花梅萼初放的时节，不由得回忆起过去那段美如神仙的爱情经历。但如今一切已如天边孤雁般飞逝，美丽多情的“她”已经离去，只剩下一个当年与“她”同时歌舞的姊妹仍然走红。过去词人曾在此吟诗作赋，如今诗句仍历历如绘，但一切已是物是人非，了无踪迹，只见“断肠院落，一帘风絮”。真是若有所失，令人伤感。

这种对人世无常的感伤本是人之常情，谁会没“旧地重游”的经验？因此这种所谓“闲愁”构成了宋词的主要内容。我们发现词人不论有多么不同的遭遇，他们对人生的怅惋却是一致的，因此当吴文英重游西湖时，他就无限伤感地叹道：“别后访、六桥无信，事往花委，瘗玉埋香，几番风雨？”（《莺啼序》）当张炎偶然来到旧居时，他就想起十年前曾经与一位女郎在此分手的情景：“十年前事，愁千折、心情顿别。露粉风香谁为主？都成消歇。”（《长亭怨》）归根究底，生命的本质是悲剧性的，尤其是无情的离别所带给人们的创伤与遗恨，使人在与情人离别之际，无可避免地一味惆怅。难怪吴文英要说：“何处合成愁？离人心上秋。”李清照也说："一种相思，两处闲愁。"就因为过去的经验太令人心迷神醉，这种愁才更加苦涩而难耐。如英国浪漫诗人济慈在其《忧郁之歌》中所说："忧郁总是与美丽之事物同在——在那种注定要消逝的美丽中。"

然而中国诗词的魅力就在于诗人对哀愁本身的"品味"——愁既是痛苦的，也是美丽的。整个中国诗词的精神，几乎全都表现在这种感伤的美感中——诗人一方面慨叹人世无常的空虚感，一方面又把品味之余的苦涩转化为美丽的诗歌。就因为人生是瞬息性的，每一刻的生命经验才可能有永恒之价值；唯其是暂时的，每一段旧梦才是不可重复而独一无二的。可以说，世界上没有一种诗歌像中国传统诗词一样彻底地捕捉了这种回忆的美感。康正果在其《风骚与艳情》中所言极是，原来对传统中国文人来说，"作诗就是重温旧梦，它补偿现实中存在的缺憾"。这也就是当代诗人席慕蓉在其《诗的价值》一诗中所谓的"美丽的价值"：

我如金匠，日夜捶击敲打
只为把痛苦延展成
薄如蝉翼的金饰
不知道这样努力地
把忧伤的来源转化成
光泽细柔的词句

是不是也有一种
美丽的价值

总之，从宋代词人到今日的席慕蓉，我们发现诗歌便是美化忧愁的一种文学。在每一首诗词中，我们看到了人间的痛苦与美丽，体验到人生的短暂与永恒。

寡妇诗人的文学“声音”

在后现代的今日，我们已经很难找到年轻的寡妇了。但在中国古代，年轻寡妇一直是文学的主题。有趣的是，文学中的寡妇形象大多是男性文人创造的。因此，一提到寡妇，我们会立刻想到几篇著名的代言体《寡妇赋》。例如，在曹丕《寡妇赋》中，我们读到“惟生民兮艰危，于孤寡兮常悲”的哀叹；在潘岳的《寡妇赋》中，我们感受到“气愤薄而乘胸兮，涕交横而流枕”的凄凉。其余像王粲、丁廙，以及后来唐宋文人所写的寡妇诗都是感人至深的作品。这些古代文人之所以喜欢撰写这种代言体的诗歌，主要因为他们深深同情寡妇孤苦无依的处境，但有时也借此抒发自己怀才不遇的牢骚。

但在明清以后——除了何景明的《寡妇赋》以外——我们很少看到男性文人所写的代言体寡妇诗。这是因为明清时代已经出现了大量的妇女诗人，而寡妇在女诗人中所占的比例很大。明清女诗人不仅打破了男性诗人对诗坛的垄断，而且也打破了男人在抒写女性心理及生活方面的垄断。就寡妇诗人而言，她们的作品重在自我抒情，她们常常毫无保留地发挥并展示自己的内心世界，给读者一种十分真切而可信之感，故与男性文人所写的“为文造情”寡妇诗有基本的不同。无论在题材的多样化和表现手法的创新方面，明清寡妇诗人都为中国文学传统作出了一定的贡献。本文主旨就是试图从“女性声音”的角度来概括出明清寡妇诗人作品的若干特征，从而阐释文学传统与女性个人风格的相互关系。

首先要说明的是，在明清两代，妇女诗歌创作达到了空前的繁荣。胡文楷的《历代妇女著作考》一书就收录明清女作者多达三千九百一十五人，其中绝大多数是诗人。值得注意的是，在这个庞大的女诗人创作群中，有不少人是属于才女命薄的那一类：她们或是早夭，或者所适非人，或是早寡。以施淑仪的《清代闺阁诗人征略》卷八为例，该卷共收一百六十五人，而其中遭遇各种不幸者竟有七十三人，占该卷总数的百分之四十四点二四。总之，悲剧性命运似乎特意降临在这批才女的身上，或者我们可以说，她们之所以成为才女也许与她们的悲剧性遭遇有很大的关系。自古以来中西文人都相信“诗穷而后工”，以为一个诗人在处处碰壁的痛苦处境中最能创造杰出的作品，所以杜甫说，庾信在晚年山穷水尽之时才有“诗赋动江关”的伟大成就；英国作家塞缪尔·巴特勒也说：

苦难出诗人，
也许只有缺憾和挫折，
才可以造就出
一个杰出的诗人。

在明清的薄命才女中，寡妇诗人是最痛苦、孤独的一群，所以她们的文学成就也最大。她们大多在年轻时就遭遇到欲生不得、欲死不能的孤寡困境。对于一个传统的女人来说，失去丈夫就失去依靠与认同，总是不免有一种无家感。加上在明清的理学影响之下，社会的伦理原则一般都鼓励妇女守节。特别是有钱或有身份人家的女子一旦丧夫，大多选择守寡这条艰难的路。然而不论是留在夫家或是归住母家，寡妇总是一个多余的人。著名才子方以智的姑母方维仪在这一方面尤有深刻的体会：她十七岁出嫁，不久即丧夫，自己选择回娘家寡居，与她那“十六而寡”的妹妹方维则一同在家中度过漫长的孀居生活。从她们的诗作中，我们发现姊妹两人自始至终有着无家可归的失落感。除了自叹薄命以外（“薄命何须更问天”），方维仪很诚实地道出寄父母篱下的苦闷：

长年依父母，中怀多感伤。
奄忽发将变，空房独彷徨。
此生何蹇劣，事事安可详。
……（《伤怀》）

与古代“十七而寡”的卓文君相比，方氏姊妹确有截然不同的遭遇：同样是年轻新寡，卓文君得以改嫁才子司马相如，而其私奔之风流行却未受到后人的批评。事实上，后世文士，每当描写文君性格，颇多溢美之词。倘若文君生于明清时代，她必定难逃终生守寡的命运。以方氏姊妹为例，两人皆度过将近七十年的寡妇生活，也都体验到孤独的苦闷。但另一方面，在漫长的孀居生活中，吟诗填词便成为她们的真正寄托与生命归宿。文学创作成为她们的救赎。

在方维仪的身上，我们深深体会到才女薄命的事实。她的人生境遇确实坎坷：她丈夫死后不久，女儿就相继夭亡，因而失却了唯一的感情寄托。她在《未亡人微生述》中写道：“万物有托，余独无依，哀郁交集，涕泗沾帷，自今以往，槁容日益朽，气力日益微。”在她的《死别离》一诗中，她又以更加悲苦交集的语言道出了内心的孤独与哀伤：

昔闻生别离，不言死别离。
无论生与死，我独身当之。
北风吹枯桑，日夜为我悲。
上视沧浪天，下无黄口儿。
人生不如死，父母泣相持。
黄鸟各东西，秋草亦参差。
予生何所为，死亦何所辞？

白日有如此，我心徒自知。

与《古诗十九首》中的“行行重行行，与君生别离”一诗相比，这首诗呈现出截然不同的意境。而其关键处乃在于生别与死别的基本不同：在《古诗》中，那位“衣带日已缓”的思妇虽然因为长时间“游子不顾返”而感到焦虑，但她至少从未放弃过希望，因为只要男人还在世，总有可能再见到他。（套用现代学者康正果的话来说：“他既使她失望，又以他的遥远而使她不断希望。因为除了把他等回来，她别无选择，她绝对不能绝望。”）相对而言，方维仪的《死别离》描写的正是一种完全绝望的心境：从一开始，作者就让我们从中体验到死亡所带给人的绝望，这不只是诗中寡妇的处境，也是一切寡妇，乃至于所有失去所爱者的处境。“无论生与死，我独身当之”完全说中了绝望者独自承受痛苦的悲剧感：在尝尽生离与死别的双重灾难后，诗人发现自己格外孤苦伶仃。在这个薄情的世界中，只有北风“日夜为我悲”，于是诗人失去了活下去的理由。她想结束自己的生命，但父母却不允许她去死。最后诗人在求死不得之后只有发出无可奈何的叹息：“予生何所为，死亦何所辞？白日有如此，我心徒自知。”在痛苦无处倾诉的境况中，大概也只有指着天上的白日发誓，把感情深埋心底了。这种“我心徒自知”的悲观心态确与《古诗》中思妇“努力加餐饭”的自慰心理形成了强烈的对照。在生离与死别之间，我们看见了两种十分不同的人生态度，也感受到思妇与寡妇极其不同的文学形象。

与历代文人所写的代言体寡妇诗不同，明清寡妇自己写的诗常常传达了男人想象以外的很多信息。例如，传统男性文人所写的寡妇诗几乎千篇一律专注于独守空闺的苦楚。但事实上，对许多寡妇来说，寂寞固然痛苦，更难挨的还是生计的艰难和日常生活的负担。在妇女经济上不能自立自主的传统社会中，生活上的无依无靠显然比情感的空缺对一个女人更为可怕。有些寡妇的生计之难全在诗中表现无遗，例如女诗人丁月邻曾在《携婿女上先茔》一诗中说道："衰门香火凭谁继，麦饭还须百六天。"孔瑶圃也写道："夜枕先愁明日米，朝寒又典过冬衣。"这些都是一些有才气而任劳任怨的寡妇，她们把写诗作为艰辛生活中的唯一安慰。

值得一提的是，不是所有丧夫的女子都选择守寡终生。在某种情况下，有些女人在丈夫死后还可能自愿或被迫地殉夫。不论她们自杀的动机为何，我们可以说死节或是守节已无形中成为许多明清寡妇的终极选择，其重要性可比明末清初遗民所面对的殉国与否的问题。明末女诗人商景兰就是把寡妇的选择与忠臣命运相提并论的最佳范例。在她丈夫祁彪佳以身殉国后，商景兰便赋悼亡诗云：

公自垂千古，吾犹恋一生。
君臣原大节，儿女亦人情。

折槛生前事，遗碑死后名。

存亡虽异路，贞白本相成。

此诗一开始，作者就以“垂千古”三字点明了自己对夫君殉国的称颂之情：祁彪佳与明代朝廷共存亡，堪称忠臣大节之表现，足以死后声名永存。另一方面，身为臣妻，诗人未能相伴夫君走上黄泉路，也并非贪生怕死，而是完全出于“儿女亦人情”的考虑。因此作者在诗的末尾肯定了“贞白本相成”的道理：以为殉国之贞节与守寡之清白同样地可嘉可许。这首诗彻底表达了一个亲自经验到寡妇困境的女性所发出的真实感悟。女评论家沈善宝在其《名媛诗话》中称赞此诗“诗旨正大，非后人所能及”。但我认为此诗的长处在于它打破了传统的寡妇形象，因为它是用寡妇自己的声音来写的：女诗人在生死抉择之间，敢于承认“吾犹恋一生”，而且肯定了活下去的意义。寡妇活下去是一种自觉的选择，是一种坚强的表现，它表示对艰辛生涯的信心。

从诗歌中我们经常看到一个含辛茹苦、夜夜在灯前教子读书的寡妇形象。那是一个崇高又幽寂的母亲形象。例如早寡女诗人宗婉在她的《感示两儿》一诗中写道：“半生辛苦母兼师，朝课经书夜课诗。”以“苦节”著名的张凌仙也在《岁暮感怀》一诗中写道：

灯前课子诵芸编，百事萦心逼岁阑。

泉路十年音信断，空山风雪一家寒。

此诗生动地描写出一个寡妇灯前教子的辛酸与感触。丈夫去世后，诗人独自担教育子女的责任，在这岁暮天寒的季节里，她不得不想起自己的孤单与无助。除了“课子”的重任之外，她还深深感到“百事萦心逼岁阑”的苦楚。因为还有许多杂务——如筹金钱、偿债务等——需要她独自处理，她心中产生了很大的焦虑。这一切都由“逼”字道出了无可奈何的伤感，也由“寒”字反映出寡妇心中的寂寞。

与许多寡妇诗人相同，孤独寂寞的张凌仙只能以诗自遣。在她的诗中，我们可以读到从妇女日常生活经验的缝隙中偶然流露出来的点滴感悟，是抒情的动力使女诗人不自觉地超越了妇女生活的局限性。在一首《杂咏》中，张凌仙抒写了这种超越感：

家住青山侧，青山断尘迹。
浮世几兴亡，依旧青山色。

从诗中我们知道作者住在一个寂寞的“青山侧”。“青山断尘迹”特别点出一个孤苦人家与外界几乎隔绝的处境，那是一个被封闭、被遗弃的角落。然而人生的一切经验都有两面：负面的缺憾常会引向之后的感悟，也只有在生计清寒的境况中，诗人才更能体会青山的永恒价值。不论外界经历过多少次兴亡更替，青山却永远存在，它不会因为人间的变化而惊变面目。于是在孤零零的寡居生活中，青山成为诗人的唯一“靠山”，它也是凄苦生涯中的一种希望。

与青山的象征意义相同，诗中常见的孤松意象常代表寡妇心中的慰藉。例如，另一位早寡的女诗人宋婉仙通过孤松的描写来肯定自己历尽寒霜而傲然不屈的精神。《后山春望》云：

> 满山春树寻常见，独抚孤松未忍回。
> 黛色参天阴覆地，曾经历尽雪霜来。

沈善宝评此诗曰：“真乃阅历之言。”确实，不论寡妇的生活如何辛苦，她只要一想到自己有如孤松的品德，就可以立刻获得一种超越世俗的感觉，因而增加她继续活下去的希望。有些寡妇诗人甚至把这种心境发展成孤芳自赏的趣味。

这里使我们联想到中国文学里的“孤寒”美学：自古以来，君子所欣赏的正是松柏在孤寒的境况中所代表的坚贞之操。不论处于多么偏僻的地方，不论在多么寒冷的冬天，这种凌霜之树仍然常青高大。所以《礼记·礼器》曰：“松柏之有心也，贯四时而不改柯易叶。”《史记·伯夷传》曰：“岁寒然后知松柏之后凋，举世混浊，清士乃见。”把不畏孤寒的松柏比喻成傲然独立的君子可以说是中国文化的一贯精神。因此当明清寡妇诗人把自己比成高洁的青松及其他类似的常青之树时，我们看到了一种女性“君子化”的现象。一个在不利于自己的环境下还坚持活下去的寡妇，就是冬日的孤松，也是最坚强的君子。

“五四”以来，一般人都把寡妇视为社会的牺牲品，以为一个人一旦成为寡妇就成了“废物”。事实上，对许多明清妇女来说，守寡的生涯虽然艰苦，它却含有许多下面的意义。一个丧夫的女子，只要她把活下去看成一种自觉的选择，她可以给寡妇生活赋予极其丰富的内容——她虽然不再扮演妻子的角色，她却成为更加德高望重的母亲，可以充分发挥许多从未想过的伦理热情，从而积极地证实自我价值。也就因为如此，明清许多寡妇都成为非常精明能干的内当家。她们常常是在大半辈子努力掌管家庭之后，终于在垂暮之年得到报偿：儿孙们中举为官，媳妇们工于家务及吟咏。作为大家庭中最受尊敬的老人，她们领导着一门风雅。这样的寡妇堪称君子，真乃“岁不寒，无以知松柏；事不难，无以知君子无日不在是”（《荀子·大略》）。

也就在这种上下文中，许多明清寡妇诗人下决心把余生作为发愤图强的机会。她们集中精力勤奋读书，希望借此提高文才，以发抒内心的愤闷忧思。例如，被称为“扼腕时事，义愤激烈，为须眉所不逮”的李因，在其夫葛征奇去世后，曾过着“白发蓬松强自支，挑灯独坐苦吟诗”的寡居生活。又如，以“文多经济大篇，有西京气格”著名的女诗人顾若璞曾在给她弟弟的一封信中表明了相同的志向：

……日月渐多，闻见与积。圣贤经传，育德洗心。旁及骚雅，共诸词赋。游焉息焉，冀以自发其哀思，舒其愤闷，幸不底予幽忧之疾。而春鸟夏虫，感时流响，率尔操觚，藏诸笥箧。虽然，亦不平鸣耳。（《与胞弟书》）

在顾若璞的信中，我们听到了一个"女儒者"面对生命挑战的声音。在遇到生命悲剧时，她不以弱者的态度向命运低头，而采取一种"君子以自强不息"的理想。用现在的观念说，她所希望完成的就是把自己修养成一个真正的知识分子，使自己完全跳出女性生活的狭隘内容。

在明末女诗人薄少君的八十一首悼亡诗中，我们充分看见这种"女儒者"所散发出来的阳刚之气。《玉镜阳秋》说："少君以奇情奇笔，畅写奇痛，时作达语，时为谑言，庄骚之外，别辟异境。"实为切中肯綮之论。《悼亡》第一首云：

海内风流一瞬倾，彼苍难问古今争。
哭君莫作秋闺怨，薤露须歌铁板声。

与传统男性诗人悼亡诗相比，薄少君的诗句可谓反其道而行。例如，唐代诗人元稹的《遣悲怀三首》之所以成为古今悼亡诗之绝唱，乃因为诗中悱恻缠绵的感人情怀，足令读者心酸泪下。但薄少君的悼亡诗正好与元稹诗的哀婉之风相反：女诗人不作元稹式的“昵昵儿女语”，而为极其男性化的“铁板声”。诗的开始以“海内风流”来称赞其夫，并痛惜其“一瞬倾”的早逝事实。是作者内心的悲愤使她激起“问天”的情绪（“彼苍难问古今争”），终于写出洋洋洒洒的近百首悲壮悼亡诗。

另外一位早寡女诗人文氏也在悲愤不已的心境下写出了那闻名后世的《九骚》。就如朱彝尊在其《静志居诗话》中所说，文氏的写作动机是为了“作九骚以见志”。作为一个努力活下去的寡妇，文氏的“志”就是持守对丈夫忠贞不贰的节操：

> 含薄怒以惓惓兮，心郁郁而坚节。（《矢柏舟》）
>
> 悲朱颜其易改兮，惟寸心之不更。（《抚玉镜》）

与屈原相同，文氏希望借着自己的德行而树立一个美名，所以屡次提出“修名”的愿望——“命灵灵而不昧兮，顺天禀而修名”；“愿贪秽之典浊兮，诵绿衣而修名”。对文氏来说，这才是真正的不朽，所以她说：“人在世之贞洁兮，没万代而垂名。”在《九骚》中，我们俨然看见了一个“女屈原”一方面怀芳抱洁，一方面上天下地、涉水登山地追求古代的贤者。而她所谓的贤者正是像舜帝二妃（娥皇与女英）那样坚贞的寡妇：

> 缅二妃之清尘兮，芳草蔼焉有辉光。
>
> 佐重华之隆盛兮，风教垂于椒房。（《怀湘江》）

文氏努力追求道德的决心代表着许多明清寡妇的执着精神。那是一种“离骚型”的执着，真切地反映出传统儒家的修身与修名情结。

但有另一类寡妇采取了一种超脱的人生态度。她们已超越了俗世的执着，她们借山水言情，托林泉述志，颇有道人的风采。在这一方面最有成就的女诗人之一就是屡受男性文人推崇的王慧。王慧是清初江苏人，是有名督学王长源之女。她在丧夫后就开始大量写诗，把目不暇接的江南美景逐一写出，俨然成为女中的山水诗人。在有名的《山阴道中三首》诗中，女诗人如导游一般，向人描述人间的另一种美好境界：

出郭忘远近，十里清阴中。
川陆互回没，延缘遂无穷。
冈峦去殊势，竹树交成丛。
安知蒙密处，下有溪流通。
石桥路可寻，一转迷西东。
烟空人不见，寂寂山花红。

以上是该组旅游诗的第一首。从诗中可以看出，这位喜欢旅行的女诗人特别看重旅途中的“忘”与“迷”的境界。旅程始于“出郭忘远近”的流连忘返，而其高潮竟是一种使人难辨东西的迷惑经验。在诗人的眼中，山阴风光之所以美好乃是因为它有“延缘遂无穷”的作用。当诗人迷路走到山口溪头时，只见路和小溪又各自向远方伸展下去。其实这样的旅途感受也正反映出寡妇诗人王慧旷达的人生观：人生就如旅行一般，即使走到绝路也还能找出新路继续走下去。这样的人生哲学比王维的“行到水穷处，坐看云起时”还要积极得多，因为女诗人王慧不仅“坐看”眼前景色而且还顺着“无穷”伸展的山路走去。东晋王献之曾就山阴道的壮丽景色赞叹道：“从山阴道上行，山川自相映发，使人应接不暇。”（《世说新语·言语》）所以该地一直是著名的风景区。王慧能从常见的山阴景色提炼出基本的人生哲理，难怪她屡次得到读者们的赞赏。清代唐孙华称其诗“吐属风华，气体清拔”（《凝翠楼诗集序》），沈德潜曰：“其诗清疏朗洁，其品最上。”

另一位寡妇诗人王素娥也在登览类的诗中表现出超越的生命境界。她是山阴人，尤其喜欢观览附近的山山水水。从她的诗中我们看见一种“逍遥游”似的境界。下面是一首游钱塘江的诗：

> 风微月落早潮平，江国新晴喜不胜。
> 试看小舟轻似月，载将山色过西陵。（《过钱塘喜晴》）

这首诗描写的是一种超然物外的感受。诗人或者是从西陵附近坐船到杭州去，或者从杭州一带过江到西陵某地来，不论旅程路线如何，她的心情可用“轻”字来形容。她的内心轻松自如，所以很自然地把乘坐的小舟比成轻似天上的弦月。在这个“江国新晴喜不胜”的心情下，作者空发奇想，把自己想象成既是舟中人也是舟外人——于是她设想自己正在舟外，以一种客观的审美态度赞叹道:“试看小舟轻似月，载将山色过西陵。”把小舟想成能把岸边青山既轻盈又疾速地载走，确是一种极富想象力的创见，也只有当诗人以极轻松愉快的心情完全投入自然风光时才能体会得出。但这种写法其实是对前人句式的模仿。例如宋朝诗人郑文宝的《柳枝词》曰:“不管烟波与风雨，载将离恨过江南。”苏轼的《虞美人》曰:“只载一船离恨向西州。”李清照也说:“只恐双溪舴艋舟，载不动、许多愁。”(《武陵春》)这些都是诗词评家所赞誉的佳句，所以后来许多作家都模仿这种写法。然而女诗人王素娥的特殊创见是：她把前人上下文中的“愁”与“恨”变成美丽的“山色”，把向来流行的悲婉语调改成愉悦的观赏。作为一个早寡的女子，王素娥显然是属于恬淡知足的那一种。她在人生之旅中已认清“诸行无常”的道理，凡事不去执着也不去占取。她只觉得沿途美不胜收，她要心平气和地驾好这一叶扁舟，她要持续旅程。

旅行可以扩展一个人的胸怀，所以不少喜欢旅行的明清寡妇诗人都成为当时的女文坛领袖。上面曾经提过的商景兰就是一个最好的例子。就如清初才女王端淑所说，商景兰所居住的山阴梅市风景优美，其“山水园林之盛超越辋川”，故其“笔底”颇有“江山之助”。当其夫祁彪佳在世时，商景兰已享尽了人间的荣华富贵，也看尽了江南的美丽风光；他们还拥有几座山中别墅，所以旅游早已成为日常生活的一部分。丧夫后的商景兰（当时她四十二岁）更加不遗余力地登临作诗，与家人和各处来访的才女互相唱和。在她的领导之下，她的家中简直成了当时闺秀文学的中心。朱彝尊曾在他的《静志居诗话》中记载道：“商夫人有二媳四女咸工诗，每暇日登临，则令媳女辈载笔妆砚匣以随，角韵分题，一时传为胜事；而门墙院落葡萄之树，芍药之花，题咏几遍，过梅市者，望之若十二瑶台焉。”

商景兰是第一个真正提高才女之间的认同感的寡妇诗人。因为她爱才如命，又被视为是当时“江南两浙闺秀之冠”，所以不少才女慕名而至。其中尤以女诗人黄媛介来访（约一六五四年）一时传为佳话。两位才女一经相遇就立刻成为知音，此后一年间黄媛介住在商景兰家中，天天吟咏又游山玩水，与商景兰及其女儿、媳妇们彼此唱和甚盛。她们常常同游祁家别墅愚山和密园，而且每次都有精彩的唱和之作。在一首《同皆令（媛介）游寓山》的诗中，商景兰写道：

笙歌空忆旧楼台，竹路遥遥长碧苔。
一色湖天寒气老，万重山壑暮云开。
梅花绕径魂无主，明月当轩梦不来。
世事只今零落尽，岂堪佳客更徘徊。

愚山正是当年祁彪佳在世时常和商景兰一同度假的庄园别墅。现在女诗人又重游故地，自然满怀怅惘哀伤，于是发出“梅花绕径魂无主”的慨叹。然而，使她感到伤心的不只是悼亡的回忆而已，而是对“世事只今零落尽”的感叹。作为明朝的忠臣，她与祁家都付出了很大的代价——一六四五年祁彪佳在清兵攻陷南京时，绝食并自沉于池中而死；接着长子祁理孙和次子祁班孙加入复明运动，皆先后被捕而株连甚广。理孙不久即去世（死时才二十多岁）；班孙则被流放西北，形同死别。所以作为一个寡妇兼女遗民，商景兰已经历遍人生种种悲苦与物是人非的经验。对别人来说，“明月”或仅指天上明丽的月亮；但对国破家亡的她来说，“明月”永远代表明朝，永远象征过去的一切。因此，当她说“明月当轩梦不来”时，我们感到一种今昔对比的惆怅。可以说，“明月”已成为商景兰诗中的一个永恒的象征。尤其每当她在愚山庄园等处泛舟时，她总要想起那投水自杀的先夫以及代表过去的明月。以下是商景兰的《中秋泛舟》：

秋光何事月朦胧，玉露澄澄散碧空。
野外香飘丹桂影，芙蓉分出满江红。

此诗明写月色，暗写诗人的心境：就像那朦胧的月色一般，诗人的心中也充满了阴影。然而全诗一扫悲切而痛不欲生的感伤情调，它采取的是一种超越美学观照。我们看见玉露、丹桂、芙蓉构成了一幅凄美的画景，也能想象一叶扁舟在月色朦胧下浮动的情景。

一直到诗的结尾处我们才终于领会到诗的真正隐喻：因为“满江红”是渡船的名称，代表明朝。据清俞樾《茶香室续钞》载，明太祖朱元璋“与徐公达同行，买舟以觇江南虚实，值岁除，舟人无肯应者。有贫叟夫妇二人，舟尤小，欣然纳之。登极后，访得之，无子，官其侄，并封其舟，而朱之。故迄今江中渡船，谓之满江红云”。原来商景兰对她家中的小舟仍沿用明朝的称呼；《中秋泛舟》等于是对大明的哀悼。但表面上这是一首十分含蓄的写景诗。

作为一个明朝遗民，黄媛介完全可以体会这种隐喻的含意，尤其因为她自己也常用含蓄的意象来捕捉复杂的心境。在《同祁夫人商媚生祁修嫣湘君张楚纕朱赵璧游寓山》的诗组中，黄媛介特别突出这种描写方式：

山抱苍潭水，亭藏碧树烟。
栖乌啼月下，回棹泊霜前。

诗中的“月”“棹”诸意象可被解为“个人的秘密象征法”，那是中国文人特别喜好的一种象征诗法。这种诗法的特点是，任何有意的解码过程都无法完全证明作者的原本用意。

在才女黄媛介的身上，商景兰找到了真正的知音：一个是历尽沧桑的中年寡妇，一个是婚姻不幸、流落他乡的女子，二者可说都是身居边缘处境的人。从这两位女诗人的经验看来，我们可以体认到一个成功女作家所必备的心理条件：她既需要有个人的孤独感，也需要有情感的联系性。这也正是近年来美国女性主义者所强调的“双重空间”。自古以来，无论在中国或是西方，女人婚后大多把精力花费在抚育子女及料理柴米油盐之中。因此，如何突破现实生活之局限而建立个人的独立空间就成了女性作者的首要问题。一个人只有在孤独中才能面对自己，进而自觉地从事创作。然而孤独并不等于隔绝——孤独是一种心的训练，只有一个原来不寂寞的人才能达到的一种自足美感。就如女性主义者乔·安·帕加诺所说：

> 就因为我知道自己与别人密切地联系着，我才有能力欣赏我的孤独。

商景兰与黄媛介都是懂得孤独又有能力建立感情联系的成功女作家。归根结底，是她们的悲剧性命运使她们逃脱了许多普通女人的生活负担，从而使她们找到了写作的心灵空间。另一方面，她们之间的契合与相知更使她们有勇气走出悲观自怜的世界，终能同心合力建立一个新的“才女文化”（即高彦颐所谓的“Women's culture”）。或许更确切地说，她们所提倡的是一种“女文人”的生活方式，是对男性文人的基本认同。与怀才不遇的文人相同，许多像商景兰和黄媛介一样的薄命才女都选择走向生活艺术化：她们致力于吟诗酬唱、游山玩水、琴棋书画等生活情趣的培养。

表面上她们的妇女诗社好像只在凝聚“姊妹情谊”，但实际上却在体现一种十足的男性化价值观。因此在文化上，男女之间的趣味也就拉近了，他们终于有了共同的语言。尤其对寡妇来说，这种女文人的生活情趣使她们体会到名副其实的性别超越。

从某一个角度看来，明清寡妇是一种“性别遗民”——与男性的“政治遗民”一样，她们不幸失去了自己的“皇帝”，却终于找到了自己的声音。那是一种超越性别的文学声音，一方面制造了某些不同于传统的东西，一方面却丰富了传统的文人文化。

写作的焦虑：龚自珍艳情诗中的自注

龚自珍向来被公认为第一流的诗人与思想家；事实上，今之论者多盛誉龚为近三百年间最优秀的中国诗人，朱则杰就把龚称为“旧时代的殿后，新时代的开山，真正具有划时代的意义”。可谓推崇备至。但具有讽刺意味的是，正是这样一位大诗人在他的一生当中多次试图封笔戒诗。作为一名虔诚的天台宗信徒，龚相信只有戒绝文字的诱惑方可悟道。可作为一名诗人，他却感到自己与文字结有不解之缘。故此，龚对于诗歌的诱惑始终抱有一种且爱且惧的矛盾态度。总的说来，龚的一生中至少有三次试图就此放弃作诗（一八二一年、一八二八年和一八三九年）。可是，写诗之于龚犹如堕入情网，愈是想要自持便愈是神魂颠倒不可救药。每一次龚下定决心封笔，结果都是很快破戒，写出更多的诗歌，包括著名的诗集《破戒草》。据一些评论家推测，龚在反复戒诗的过程当中一定焚毁掉了自己的大量诗作，因为他在十五岁到四十七岁之间（龚享年五十一岁）写下的二十七卷诗稿今天已经大量佚失。

龚对于诗歌写作的焦虑令人联想到英国现代诗人杰拉德·曼利·霍普金斯，此君在时代上晚于龚约半个世纪，彼此经历却差相仿佛。像龚一样，出于宗教信仰，霍普金斯烧毁了自己的许多诗稿。如布拉德·莱特霍伊泽所指出的，在一八六八年加入天主教耶稣会以后，霍普金斯“断然决定戒诗”，而这一戒就是七年。等到七年之后霍普金斯重新提笔写作，竟一举写出了他本人最长也是最著名的诗篇《德意志号的沉没》。霍普金斯一生都游移在诗歌与宗教、对情欲的渴求（据说他是同性恋）与上帝的召唤这种种张力之间。事实上，无论是对于霍普金斯还是对于龚自珍，写诗就是一种不断复发的瘾癖，令人欲爱不能、欲罢不舍。这既是一种天赋，令诗人创作力勃发，同时又是一种天谴，令他们的心灵备受煎熬。女权主义者桑德拉·M.吉尔伯特和苏珊·古芭谴责霍普金斯鼓吹一种“带有父权色彩的观念”，即所谓“男性天赋”，可她们显然误解了这位十九世纪的英国诗人。事实上，霍普金斯所关注的远远超出了社会性别的范畴，而更多地涉及诗人自身对于写作的焦虑。

同霍普金斯一样，龚自珍最优秀的诗作是在最后一次发誓戒诗以后写出来的。时值公元一八三八年，四十六岁的龚自珍再一次下定决心弃诗不作。可是短短几个月之后，也就是一八三九年，他的生活猝然发生了重大变故：这一年，龚仓皇挂冠出京，连家小都没有带上，据说是因为某满族权贵行将对他进行政治迫害。

同年四月二十三日，龚孑然一身南下避难，直到十个月之后方得以与家人在故乡昆山团聚。可以想见，对于龚这样一个富于远大政治抱负的人，这场飞来横祸是一个多么沉重的打击。在浪迹江南的漫漫长途中，龚写下了总共三百一十五首七言绝句，后结集为《己亥杂诗》出版。出于某种机缘，自从龚离开京城以后，他产生了难以遏制的创作冲动，写诗的灵感如流水般奔涌不息，正如《己亥杂诗》第一首所言："著书何似观心贤，不奈卮言夜涌泉。"在旅途中，他给友人吴虹生写信提到：

> 弟去年出都日，忽破诗戒，每作诗一首，以逆旅鸡毛笔书于账簿纸，投一破簏中。往返九千里，至腊月二十六日抵海西别墅，发簏数之，得纸团三百十五枚，盖作诗三百十五首也。

无论以何种标准来衡量，《己亥杂诗》都是中国诗史上罕见其匹的杰作。尽管组诗的写作仅花费了短短十个月，其内容所涉及的时间则长达四十年之久，人物有一百二十名之多。正如龚自珍对吴虹生所说的，组诗意在传达诗人的"心迹"，包括旅途中的琐细点滴，"乃至一坐卧、一饮食，历历如绘"。如当代学者刘逸生所言："这一组诗，是龚自珍有意识地对前半生经历作一小总结而写的。"一八四〇年暮春，龚回到了昆山老家，终于得以将《己亥杂诗》编校付梓，这就是著名的"羽琌馆本"。尽管早前龚经常烧毁自己的诗稿，这一次他却一反常态，不但悉心校订每一首诗歌并特意加上注解，还自费印行诗集并到处分赠友人。

龚自珍研究早已成为显学，然而，几乎所有研究龚诗的学者都忽视了《己亥杂诗》中艳情诗的特殊意义——尤其是那些题赠给名妓灵箫的诗歌。令人瞩目的是，《己亥杂诗》总共收录三百一十五首绝句，而其中的三十八首（也就是十分之一强）都是龚自珍写给灵箫的情诗。鉴于这些情诗是在非常短暂的时间跨度内写就，龚用情之深沉之炽烈由此可见一斑。（在一八三九年“往返九千里”的旅程中，龚仅仅在灵箫处驻足两次——一次是五月十三日左右的短暂会面，另一次是九十月间的重访，前后约十天。）但重要的是，在这组艳情诗当中，龚以纪实的笔调再现生命中那段刻骨铭心的情缘。可惜绝大多数批评家都不太重视龚写给灵箫的情诗，也许是灵箫出身于风尘贱质的缘故吧。即使是专门研究龚自珍艳情诗的刘逸生也认为，龚写给灵箫的情诗“免不了陷进‘红似相思绿似愁’的‘凄馨绮艳’之中……自然说不上有什么积极意义”。当代学者郭延礼的《龚自珍年谱》为学界所推重，但该年谱只字不提龚与灵箫的亲密关系，尽管龚本人在对其诗歌的自注中反复提及此事。

不过，一个世纪以来，民间大众更加津津乐道于龚自珍与同时代其他名媛之间的所谓风流韵事，而这些街谈巷议往往基于对于龚诗中某些歧义诗句的断章取义与牵强附会。譬如小说《孽海花》的作者曾朴就将龚自珍与满族女诗人顾太清捏合为情人关系。尽管学者们早已证明这样一种浪漫关系纯属子虚乌有，读者却依然乐此不疲。这些流言蜚语起于何时已是无从考证，但龚自珍一生遭际，风波迭起——譬如一八三九年的仓皇挂冠离都以及一八四一年的暴卒——无不诱发读者误读（或者过度阅读）其诗歌。鉴于龚曾公然批判某些当朝权贵，这些谣言有可能出自他在京中的政敌。但同时也应该注意到，正因为龚自珍天生是个情种，又以“下笔情深不自持”的艳情诗闻名，沉浸于中国诗歌阐释传统的读者很容易编造出浪漫“事实”与其诗歌对号入座。事实上，龚、顾艳情风传一时与龚自珍对《己亥杂诗》第二〇九首的短注不无干系，该注曰“忆宣武门内太平湖之丁香花”——此地名恰恰是顾太清的深闺所在。围绕“丁香花疑案”的种种飞短流长，尽管是无稽之谈，却给女主人公顾太清带来了下半生的无尽灾难：顾是满族贝勒、乾隆皇帝曾孙奕绘的侧室；由于这些谣传，在奕绘死后，顾居然被夫家亲属逐出贝勒府，直到顾于一八七七年左右去世，几十年的宿怨始终不曾化解。

与此同时，也有人相信名妓灵箫向龚自珍下毒，导致了诗人一八四一年的暴卒。富有讽刺意味的是，尽管读者长期漠视灵箫其人在龚自珍艳情诗中的重要位置，龚的暴卒却骤然提高了灵箫的知名度（尽管是恶名）。谣传灵箫红杏出墙，故而鸩杀了龚自珍。这个谋害亲夫的传闻之所以不胫而走，是因为人们想当然地认为，既然龚自珍被狐媚的灵箫迷住了心窍，他早晚会死在这个工于心计的烟花女子手上。没有人说得清这个“红颜祸水”的故事起于何时。也许，言者无心听者有意，谋害亲夫的谣言由龚自珍赠灵箫情诗中的某些自注引发。看来诗人的自注，尽管自有其文学效用，在现实生活中却有可能造成危险。受这些注解的启发，再发挥一下好奇心和想象力，一些读者会趁势向壁虚构，歪曲事实的本来面目。

不过，在很大程度上，正是龚的自注赋予其诗歌强烈的近代气息。对龚自珍而言，情诗的意义正在于其承担双重功能：一方面是私人情感交流的媒介，另一方面又将这种私密体验公之于众。事实上，《己亥杂诗》最令人注目的特征之一就是作者本人的注释散见于行与行之间、诗与诗之间。在阅读龚诗时，读者的注意力经常被导向韵文与散文、内在情感与外在事件之间的交互作用。如果说诗歌本文以情感的浓烈与自我耽溺取胜，诗人的自注则将读者的注意力引向创作这些诗歌的本事。两者合璧，所致意的对象不仅仅是情人本身，也包括广大的读者公众。这些诗歌之所以能深深打动现代读者，奥妙就在于诗人刻意将情爱这一私人体验与表白这一公众行为融为一体。在古典文学中很少会见到这样的作品，因为中国的艳情诗有着悠久的托喻象征传统，而这种特定文化文本的“编码”与“解码”有赖于一种模糊的美感，任何指向具体个人或是具体时空的信息都被刻意避免。郁达夫曾指出，苏曼殊等近代作家作品中的“近代性”在很大程度上得益于龚自珍诗歌的启发，或许与此不无相关。

正是在这样的文化语境里，龚自珍题赠给名妓灵箫的艳情诗显得格外富有艺术感染力。总的说来，龚写给灵箫的诗歌近乎诗人的自白，带有明显的自传性，与传统艳情诗的托喻象征手法大相径庭。此外，这些赠予灵箫的诗歌表现了一种新型的坦率；倘若要比较东西方文化中的“公—私”问题，这恰恰是一个好题目。艾略特就曾向妻子谈起过情诗的双重功能：“但这首献给你的诗作也是写给他人看的；这些是公开向你吐露的私语。”凯西·N. 戴维森也同样说过，情书“抹杀了‘私密’与‘公开’表达之间的界限”。我相信，龚自珍的情诗也同样超越了公私的界限。话说回来，可能也正是因为这一点，像王国维这样的中国学者对于龚的艳情诗抱有很深的偏见；王国维曾经说过，龚自珍为人“凉薄无行”。因为大多数传统的中国人都认为情爱是非常私人化的体验，在任何情况下都不应该与公众分享。

可是，在龚自珍写给灵箫的情诗里，我们经常看到诗人同时扮演着经历私情的个体与自觉的史家这样的双重角色。比如《己亥杂诗》第二〇一首：

> 此是春秋据乱作，升平太平视松竹。
> 何以功成文致之，携箫飞上羽琌阁。

龚将自己与名妓灵箫的恋情比拟成孔子《春秋》里谈到的上古理想社会。孔子在《春秋》里预言，世界在实现大道以前要经历“乱世”、“升平世”和“太平世”三个渐进阶段。由此引申，龚自珍设想他和灵箫的结合将达到一种类似儒家“太平世”的完美境界。龚想要让自己对于灵箫的爱慕得到社会认可的愿望是如此强烈，以至于希望他们的情事琐屑（无论多么凡庸无奇）日后将载入正史。这就是为什么见面第一天，龚自珍就写诗强调艳情与历史之间的密切联系：“青史他年烦点染，定功四纪遇灵箫。”（第九七首）渐入“老年”的诗人恳请未来的史家将自己与一代名妓的浪漫恋情载入史册。由于担心未来的传记作者未必了解“灵箫”一词的含义，龚特意在诗末插入注解，说明灵箫系人名。显然，对于龚来说，与美人灵箫的艳遇是其生命的一大转折点。诗人相信，他和灵箫命中有缘，因为在他们相会的第一天，即席限韵赋诗，诗人抽到的恰好是灵箫的“箫”字。须知，“箫”对于龚具有特殊意义，代表了艺术创造力，“箫”与“剑”一道构成了龚自珍一生最喜欢使用的诗歌意象。正是在这一意义上，诗人一开始就体验到一种“浪漫的宿命感”，也许还有某种情场得意的自我意识。这就是为什么龚自珍希望通过诉诸儒家的理想境界让自己的恋情得到社会认可。

但情场得意并不能彻底消除龚内心深处的彷徨与顾虑。身为佛教徒，龚不能不意识到灵箫是个“致命的诱惑”，依恋灵箫则意味着丧失宗教修持所必需的静心与自制。他哀叹自己抵御不了男女之情，因为从以前的花月冶游中他了解到这种关系可能带来的多重危险。所以，就在那首希望历史能够作见证的诗篇里，龚将自己身陷情欲无法自拔的经历比作佛教徒难以抵御天花的诱惑：

“天花拂袂著难销，始愧声闻力未超。”据《维摩诘所说经》:“天女即以天花散诸菩萨、大弟子上。花至诸菩萨，即皆堕落；至大弟子，便著不堕。天女曰：结习未尽，花著身耳；结习尽者，花不著也。”佛教词汇“结习”指世俗的烦恼想念，大致相当于英语里的addiction。如今再次堕入情网的龚自珍自认为“结习未尽”。在《己亥杂诗》的其他篇章里（比如第一〇二首），龚进一步哀叹自己“选色谈空结习存”，摆脱不了“天花”的诱惑。

龚自珍为灵箫所写的多篇情诗向读者展现了这种情爱的复杂性质，包括爱欲所特有的种种心理症状：欣快，狂喜，疑惑，痛苦，还有诗人宗教意识的觉醒。一八三九年秋，龚自珍在灵箫住所盘桓了十天，此间写下二十六首诗歌，统一命名为“寱词”（即梦话）。以下是龚为该组诗所写的总注：

> 己亥九月二十五日，重到袁浦。十月六日渡河去。留浦十日，大抵醉梦时多醒时少也。统名之曰《寱词》。

这是中国文学里罕见的关于艳情的“本事”自注。诗人以自白的口吻，将自身的情爱体验描述为一种“醉梦”。此“醉梦”不同于中国早期诗歌中频频出现的巫山云雨之梦。在那些诗歌里，诗人与一位迷离恍惚、似幻似真的神女在梦中欢会，而这类绮梦无非是诗人现实情感体验的折射变形——自宋玉《高唐》《神女》二赋以来，这种修辞策略奠定了艳情文学的传统。而龚自珍所谓的“醉梦”从新的立意来表现情爱，强调了作者对于情爱的痴迷：一旦沉溺于爱恋的美妙，他就像酒徒一般，对于杯中物需索无度，直至长醉不醒方休。《己亥杂诗》第二五九首就表现了这种“醉与醒”的两难困境：

> 酾江作醅亦不醉，倾河解渴亦不醒。
> 我侬醉醒自有例，肯向渠侬侧耳听。

该诗试图表达诗人在爱情的痴狂中所体验到的脆弱心态。他游移在“醉”与“醒”两极之间，感情上充满了矛盾与挣扎。

但如何摆脱这种痴狂？

首先，诗人企图不辞而别，可是一旦收到灵箫的道歉函，他又感动莫名，马上回到了情人身边。

接下来，在十月六日这一天左右，龚终于下定决心再次离开灵箫，终止这段情缘。在第二七一首诗（也就是“寱词”系列的最后一首诗）里，诗人透露出这段情事已经戛然而止。显然，在一段不愉快的争吵之后，龚自珍意识到：尽管他们深爱对方，他们的结合却不会幸福。翌日清晨，龚悄然登舟离去——“报道妆成来送我，避卿先上木兰船”。然而，诗人很快意识到，离别非但没有削减他对心上人的爱恋，反而令他倍加思念灵箫。他后悔自己决定遗弃灵箫。船才航行了八里路，诗人已经开始为灵箫作诗：

欲求缥缈反幽深，悔杀前番拂袖心。

难学冥鸿不回首，长天飞过又遗音。

这首诗典型地表现了爱情的悖论。诗人以为，只要将自己从痴情的纠缠中解脱出来，就能获得完全的自由，犹如划破长空的征鸿，但结果却堕入更多的疑惧、绝望、惊慌和痛苦。事实上，他永远也无法做到像鸿雁那样说飞走就飞走，头也不回。在写于黄河之滨的另一首诗里，诗人坦承自己从来不曾经历过如此强烈的绝望：

亦是今生未曾有，满襟清泪渡黄河。

事实上，龚自珍在与灵箫分别后的头三四天内所作的几首诗可以说是《己亥杂诗》里最具有艺术感染力的诗篇之一。正因为它们是写给灵箫的情书，才最打动我们。具有讽刺意味的是，正是情人的缺席使得诗人真正将注意力集中在他的爱恋对象身上——“从兹礼佛烧香罢，整顿全神注定卿”（第二七五首）。

但这些离别诗（第二七二—二七八首）与早先的“寱词”系列（第二四五—二七一首）形成了鲜明对照：虽然哀感恻艳的基调犹在，这些诗歌却表现出一种内心的平静与精神的升华。在第二七二首里，龚将其情事的结局比作《易经》的末卦“未济”：

未济终焉心缥缈，百事翻从阙陷好。

吟到夕阳山外山，古今谁免余情绕？

值得注意的是，在对该诗的自注中，诗人特别说明这是一首题壁诗，就仿佛他本人亲眼看见一段文化记忆。在《易经》原文里，第六十四卦“未济”（意即“还未完成渡河”）指一种“事未成”的阶段；具有讽刺意味的是，《易经》全书止于“未济”卦。显然，龚引用此卦是为了表示自己的情事尚未了局，有待生命中新的考验。第六十四卦的卦辞乃一则寓言：“小狐汔济，濡其尾，无攸利。”意思是小狐狸就要渡过河了，却把尾巴弄湿了，终于没能抵达彼岸。所以，“未济”卦的象辞之一曰：“饮酒濡首，亦不知节也。”意思是如果有人沉溺于饮酒弄湿了头，那是因为他太不懂自我节制。在此，饮酒的譬喻恰好适用于龚自珍。对于龚来说，正如“寱词”总注所言，恋爱犹如饮酒。在此过渡阶段，尤需审慎从事，切忌贪杯滥饮，以免乐极生悲。著名汉学家卫礼贤说过，“未济”卦表述的是“由乱及治”的过渡时期，“在‘事未成’的情况下，只有深思慎行才能万事亨通”。同理，热恋中的人切忌为激情冲昏了头脑，只有自我慎戒方能看清事物本相。

接下来，在第二七八首诗里，龚描绘了自己由男欢女爱到参禅入定的经历——不无讽刺意味的是，“红”与“禅”本来互相矛盾，“红”却恰恰成为“禅”的诱因：

阅尽天花悟后身，为谁出定亦前因。

一灯古店斋心坐，不似云屏梦里人。

该诗最能表达龚自珍的精神蜕变。龚承认，自己本来早已“入定”或者说进入到一种心念安住、不言不动的大自在境界。可是在邂逅灵箫之后，他骤然“出定”，再也无法抵御俗世的诱惑。而现在经历了与灵箫的一段激情，龚已经幡然醒悟。他的结论是：在这个世界上，你为谁“出定”，全都是前世的夙缘使然；在与“天花”发生了一段因缘纠葛之后，如今我已经在精神上大彻大悟。此论的要害在于，灵箫在龚自珍由色悟空的过程中扮演着重要角色，正是她引导龚重返“入定”状态。这和但丁-贝雅特丽齐的故事有点相似，只不过对于龚自珍而言，不是肉身的死灭，而是痴情的死灭将世俗的男女之情升华为宗教的悟道体验。

该诗作于十月十日，是《己亥杂诗》里最后一首题赠灵箫的诗歌。为此，诗人特别附有长注：

顺河道中再奉寄一乎，仍敬谢之，自此不复为此人有诗矣。寄此诗是十月十日也。越两月，自北回，重到袁浦，问讯其人，已归苏州闭门谢客矣。其出处心迹亦有不可测者，附记于此。

对于龚，“出处心迹”难以测知的灵箫始终是一个谜一般的人物。

在现实生活中，龚自珍与灵箫的一段情缘并没有就此结束。据龚另一首诗作手抄真迹的诗后自注，次年，他终于赴吴门替灵箫脱籍并将她纳为小妾：

> 偶游秣陵（今南京）小住，青溪一曲，萧寺中荒寒特甚，客心无可比似。子坚以素纸索书，书竟，忽觉春回肺腑，掷笔挐舟回吴门矣……

别处亦有证据显示龚最终娶了灵箫，《上清真人碑书后》文末“姑苏女士阿箫侍”的字样即可为证。

可是，新婚燕尔不到一年（一八四一年八月）龚就猝然辞世。正如前文所言，风传灵箫毒杀了龚自珍。可是，一切仅仅是揣测之词，没有任何证据证明龚真的死于谋杀。与此同时，也有人怀疑龚自珍死于另一起情杀。在清末著名的谴责小说《孽海花》里，龚自珍与一位富有诗才的满族贵妇顾太清有着瓜李之嫌，于是顾的丈夫雇人谋杀了龚。可这一指控同样属于无稽之谈。所谓无风不起浪，人们不禁要问：这些风言风语究竟从何而起？在我看来，至少在灵箫一案里，谣传的流行与读者对于龚自珍艳情诗“本事”自注的过度阅读大有干系。比如，在写给灵箫的“诀别诗”的自注里，诗人提到此姬“出处心迹亦有不可测者”，据此读者可能会过度阐释他们两人之间的感情纠葛。本来龚之喜欢为自己的作品作注，是为了弥补诗歌语境的含混，让后来的历史学家对自己的生活实况有更清楚的了解。谁知读者却据此捕风捉影，添枝加叶，编造出种种风流韵事。不可思议的是，诗作一旦写就，便仿佛具有了自足的生命，对其含义的阐发不再是作者的原意所能左右。

和许多伟大的作家一样，龚自珍是在身后才被纳入文学经典的。围绕着龚的生平和作品有着许多谜团和疑点，有待现代读者考释发掘。套用詹姆斯·芬顿在其新作中对于道学批评家的评价，大部分读者喜欢“让现实服务于道德宗旨”，然而，“诗有别趣”——诗歌自有其美学维度，不必拘泥于本事实录。也许《红楼梦》里的一句名言能最恰切地总结这种现象：“假作真时真亦假，无为有处有还无。”

也许这就是为什么像龚自珍和霍普金斯这样伟大的诗人强烈地意识到文字的危险性——他们既无可避免地沉迷于文字的魅力，又不断地负荷着写作的焦虑。

细读现代

永远的“桂枝香”

——重看白先勇的《游园惊梦》

借着陆敬思教授来耶鲁演讲的机会，我又把白先勇的小说《游园惊梦》仔细读了一遍。最令我感到意外的是：从前读这篇小说，自己的注意力总在钱夫人（蓝田玉）身上——作者白先勇也说，钱夫人是故事中的“女主角”（详见白先勇《为逝去的美造像》）——但这一次我却不知不觉把注意力集中在窦夫人（桂枝香）身上，而且以为窦夫人或许更是作者“下意识中”所创出的特具魔力的角色。其象征性与神秘性使窦夫人（在我这次阅读经验中）较诸钱夫人更具吸引力。

此回我是如何诠释窦夫人这个角色的呢？首先，其艺名桂枝香典出王安石的《桂枝香》词：

桂枝香·金陵怀古

登临送目，正故国晚秋，天气初肃。千里澄江似练，翠峰如簇。征帆去棹残阳里，背西风，酒旗斜矗。彩舟云淡，星河鹭起，画图难足。

念往昔，繁华竞逐。叹门外楼头，悲恨相续。千古凭高，对此漫嗟荣辱。六朝旧事随流水，但寒烟衰草凝绿。至今商女，时时犹唱，后庭遗曲。

此词题为《金陵怀古》，描写对六朝金陵（即今南京）“繁华竞逐”的今昔之感。《桂枝香》此调首见于王安石此作（一〇六七年）。此词在当时即已成为“怀古”之正格——如《古今词话》云：“金陵怀古，诸公寄词于《桂枝香》凡三十余首，独介甫（王安石）最为绝唱。”连一向反对王安石的名诗人苏轼也佩服此阕词的魄力，因而叹息道：“此老（指安石）乃野狐精也！”

不论白先勇本人是否有意取材于王安石此词，但他把窦夫人取名为桂枝香，实已给了读者一个最有力的“互文根据”——那就是对台北与南京的“今昔关系”作了一个最大的象征性暗示。

从剧情上来看，《游园惊梦》写的是钱夫人应邀来台北参加窦夫人所开宴会的始末。从钱夫人抵达窦公馆到宴会结束，前后只有几个钟头的时间。但在这短短几个小时之间，台北完全成了南京的投影，因为在钱夫人眼中（即叙述者的眼中），今日的台北宴会相当于昔日的南京宴会——这种今昔并现的象征手法也就是欧阳子所谓的“平行技巧”（详见欧阳子《〈游园惊梦〉的写作技巧和引申含义》）。

一般读者（包括我自己过去）总是专注在钱夫人那角色，并对她赋予无限的同情。钱夫人算是时代的牺牲者——从前在南京她是个享受无限富贵荣华的人（相当于今日那爱排场讲派头的窦夫人），有一次还特别为当年的唱戏姊妹桂枝香开了一个三十岁生日盛宴。但来台湾之后——钱夫人的命运完全改变了，她已成为一个既老又穷的老女人了。而面对今日金光闪烁、华丽无比的“台北宴会”，她更感到自卑与过时——她久居偏僻的台湾南部，自己没有私人汽车还怕人知道。总而言之，今日的台北宴会可说是对钱夫人（蓝田玉）的昔日南京宴会的一种讽刺。而这种今昔之感很像王安石词中所谓“念往昔，繁华竞逐。叹门外楼头，悲恨相续”。

但从另一个层面看来，我更对窦夫人这角色感到兴趣：从前在南京时，她只是一个微不足道的清唱歌女桂枝香，而今日在台北她却俨然成为十分“雍容矜贵”的窦夫人（因为今日“窦瑞升的官大了，桂枝香也扶了正”）。宴会中她打扮得像天仙一般（与穿过时旗袍的钱夫人成一明显对照），一切排场、派头和会客的款待均是一流，而且以女主人的权利（其实是权力）在公众面前“分派角色”给别人做。细心敏感的读者总会记得她对程参谋（情人？）如此发号施令：

> “程参谋，我把钱夫人交给你了。你不替我好好伺候着，明天罚你做东。”

……

“程参谋，好好替我劝酒啊，你长官不在，你就在那一桌替他做主人吧。”

对于这些“命令”，程参谋均毕恭毕敬地行事，从头到尾把钱夫人照顾得服服帖帖——左一句钱夫人，右一句钱夫人，并随时往她酒杯里筛酒。

窦夫人的“权力感”使她懂得如何在情场中占有上风。在宴会中，她那轻浮妄动的妹妹蒋碧月（天辣椒）“穿了一身火红的缎子旗袍”，显然极尽卖弄风情的本领，想把程参谋勾引了去——这一切窦夫人均看在眼里。但窦夫人完全不是钱夫人那种脆弱的人（钱夫人在台北宴会中因目睹蒋碧月与程参谋的亲热镜头而引起联想，突然忆起当年南京宴会中自己亲妹妹月月红如何夺走她心中恋人程参谋的一段伤心往事。这一联想终于使钱夫人失去理性而一时变哑）。在台北宴会中，钱夫人可谓尝尽了“尴尬人难免尴尬事”的苦头；反之，窦夫人却凡事在握，知道如何控制那“凡事顺服”的程参谋。小说的末尾描写程参谋开车，将要把蒋碧月送回去。这时，窦夫人突然“又把程参谋叫了过去，附耳嘱咐了几句，程参谋直点着头笑应道：‘夫人请放心。’”

就如欧阳子所说，“细心敏感的读者禁不住疑惑：窦夫人究竟在程参谋耳中说了什么？”关于此点，作者白先勇故意不写明，可谓耐人寻味。但我想，从小说上下文的隐约暗示来看，窦夫人很可能故意在大众面前施展她的“权力”，也想让她妹妹蒋碧月看看她对程参谋的无限操控力。她好像在说：“你别做梦！你是抢不去的。”

不管这种设想对不对，总之，窦夫人是女人中的得胜者。过了这些年，她仍“没有老”（不像钱夫人已老），有些像“永远的尹雪艳”，她的美丽形象给人以神秘的感觉。另一方面，窦夫人却是十分正经懂事的女人：“论到懂世故，有担待，除了……桂枝香再也找不出第二个人来。”她是永远的桂枝香，就因为拥有那内心与外表的“永远”，她才可能把台北变成一个永恒的仙境，企图捕捉过去的繁华——用刘绍铭的话来说，对这种人，“台北就成了他们的大观园”（见刘绍铭《〈台北人〉与〈纽约客〉》）。

据我自己在台湾住过多年的亲身经验，我觉得像窦夫人那样的“外省人”居多——他们懂得如何在外地生存，如何创造他们的艺术世界。但来美国定居以后（我于一九六八年二十四岁来美国），却看见许多像钱夫人那样的华侨，他们是现实生活的失败者，只活在“想当年”的回忆中，而不能像窦夫人一样地创造崭新的大观园。

就因为如此，我才特别对那“永远的桂枝香”感到兴趣，转而探讨白先勇的《游园惊梦》之新含义。

断背山与罗浮山

看完李安导演的《断背山》之后，心中不断思考的一个问题就是：这部有关同志恋情的电影所要表现的是什么？我以为这是一个很值得思考的问题，因为它牵涉到人类情感空间的复杂性。

从剧情上来看，《断背山》很容易令人联想到中国古代小说中有关一对同性恋者合葬罗浮山的故事：

> 潘章少有美容仪，时人竞慕之。楚国王仲先闻其名，来求其友，因愿同学。一见相爱，情若夫妇，便同衾枕，交好无已。后同死而家人哀之，因合葬于罗浮山。冢上忽生一树，柯条枝叶，无不相抱。时人异之，号为共枕树。

这则记载出现在《太平广记》卷三百八十九的《潘章》一节，小说作者显然是以极其同情，甚至歌颂的笔调来叙述这桩“生同室，死同穴”的同性恋故事。后来明代末年小说《石点头》(作者署名“天然痴叟”，其真名或为席浪仙)将之改编为白话小说，题为《潘文子契合鸳鸯冢》(卷十四)，遂将注意力转向了性的描写，并以一种讽刺而说教的口吻叙述潘文子、王仲先二人后来如何为社会所不容，终于无处藏身、只得逃至罗浮山的故事。小说的结尾尤其令人深思：潘王二人最后都同时得了异症，都“似痴非痴，似颠非颠”，终于双双绝食而死，了却了两人“但愿同年同月同日同时死”的愿望。

有趣的是，李安导演的《断背山》正好综合了中国古代对同性恋者的——即以《太平广记》和《石点头》为代表的——两种态度。一方面，《断背山》表现出对同性恋者的绝对同情；该故事十分感人，原著作者安妮·普鲁本来就希望陈述一种真挚爱情的永恒性。但另一方面，电影中却不断提出了同性恋者所面对的社会和道德之压力，也展现出人性的许多脆弱和黑暗面。电影描写两个年轻英俊的牛仔(即二十岁不到的恩尼斯和杰克)于一九六三年暑假期间来到怀俄明的断背山从事牧羊工作，两人在深山中日夕相处，遂而生情。关键是，在一个寒冬的夜里，两人偶然为了取暖，共一床铺，一时冲动，而发生了性关系。次日两人均对该次经验表示惊异，因为他们原都以为自己不是“同性恋”者(尤其是，恩尼斯早就有了未婚妻)，没想到会发生这样的关系。后来暑期结束，两人必须离开断背山，只得互相劝勉，希望双方都能把这段异常的恋情忘诸脑后，而且发誓，有生之日两人绝不再见面。临别前的最后一晚，两个牛仔大汉居然以相互打斗来表现他们心底的无限哀伤。不久之后，两人果然都分别结婚成家了。

然而，四年之后，杰克突然寄来一张明信片，建议两人见面。恩尼斯接信后欣喜若狂，立刻回信答应了对方的请求。需要一提的是，在两人的“同志”关系中，杰克一直都是主动者；恩尼斯则为被动者，他是一个较内向却经不起诱惑的被爱者。（然而，所谓主动与被动也不是绝对的——例如，在两人的性行为中，恩尼斯却扮演了男性的角色。）虽然两人都已结婚生子，但久别重逢，两人互相之间的悦慕之情自然更加有增无已。哪怕要开一千多英里的长途，他们仍渴望每几个月就见一次面，而且每次见面的时间愈拉愈长。他们通常以“钓鱼”为借口，在深山中秘密约会，如此延续了整整二十年之久。在这期间，恩尼斯离了婚，但仍安分地工作。然而，杰克终于经受不住这种充满距离感的苦恋，于是建议两人干脆一同回到他的家乡庄园，希望从此同居，能过真正清静的日子。但这个建议被恩尼斯立刻拒绝了，两人为此激烈地吵了一架。恩尼斯的理由是：他虽然已经离婚，但他每月为了子女，必须赚足够的抚养金，因此无法一走了之，总之他无法逃脱社会给他的责任。同时，在他的内心深处，他忘不了幼年时目睹的一桩惨剧——原来，在他的家乡，同性恋者不但是被歧视的对象，而且经常被人殴打至死。有一次，他亲眼看到一个被群体杀害的同性恋者，其尸体后来被丢弃在山谷中。（他父亲特别带他到山中观看那尸体，以为告诫。）因此，他绝不能和杰克同居，他无法面对美国当时社会舆论对同性恋者的谴责和唾弃。

恩尼斯的恐惧感很容易令人联想到中国小说《石点头》里的潘文子。在潘王的同志关系中，王仲先一直扮演主动和勾引者的角色，而潘文子则较为被动，且开始时总有些恐惧感。第一次受到王仲先的挑逗时，潘文子就表现出十分为难，而且还教训对方，以为“读书当体会圣贤旨趣”，不应当产生邪念。然而在一个“衾枕生凉”的深秋之夜，王仲先又以情相誓，潘文子终于经不起诱惑，两人就发生了性关系，从此两人“神动魂销”，日则同坐，夜则同眠。二人的关系和电影《断背山》中的同性恋情可以说十分近似，只是潘王二人的关系发生在学堂里（学堂乃为中国古代最容易滋生同性恋关系的地方），而《断》片中杰克和恩尼斯之间的恋情则发生在美国西部一个偏僻的牧场中。此外，二者不同的是，潘文子外表十分女性化，其美貌打自娘胎就“九分像母，一分像父”。但恩尼斯是个牛仔帅哥，其仪表极具男性美，虽然内里温柔；他代表美国男性劳动者那种外表强悍而内心脆弱的一种。然而，相同的是，潘文子和恩尼斯在他们各自的同性恋情中，均扮演了被动而较保守的角色，他们都对社会成规抱有某种敬慎和畏惧。他们都惧怕自己会失去那个仅有的立足空间。

有关这一点，《石点头》的描写尤其生动。小说中的一个高潮就是，当潘王的同性恋关系成为大家讥讽的话题，而且两人因此被赶出学堂时，潘文子尤其感到“羞愧”，恨不得地上有个孔儿可以“钻了下去”。后来，他与王仲先只得回去辞绝各自的父母，并嘱妻子转嫁，然后相约逃往罗浮山中。罗浮山是个神仙世界，也是所谓的“海外丹台”，故潘王二人想要逃离这个世界的意愿已十分明显。但重要的是，他们之所以逃往深山穷谷，乃是因为现实的舆论世界已使他们失去立足之地了。就如潘文子所说：“通是这班嚼舌根的弄嘴弄舌，挑斗先生，将我们羞辱这场。如今还是怎地处？”意思是说，在社会的压力之下，他们已失去了生存的空间。其实，《断背山》片中男主角恩尼斯所最感到恐惧的，也正是那种失去生存空间的灾难。他知道，自己一旦被社会舆论所不容，生命就会失去价值。他之所以坚决否定了杰克的同居建议，就是害怕社会压力所带来的灾难后果。所以最后他仍决定要维持他那一向恬淡自如的生活方式。

但与恩尼斯不同，杰克是一个比较不能安于现状的人，他需要刺激，也需要把恋情不断地具体化。因此，在日常生活中，他经常把时间花在“思慕”的情绪中，他既为相“思”而受苦，也不断地企“慕”对方，希望能随时接近所爱。这种思慕之情就是英文中所谓的longing 。问题是，长期以来，那种可望而不可即的情绪已使他感到无限的焦虑，因为空间的障碍很容易产生猜疑、担忧、烦恼，以及一种把握不住的不安全感。讽刺的是，就因为他所向往的是一种“禁忌之爱”，是一种充满距离感而又无法完全成就的爱情，那种思慕之情才会如此迫切而强烈。反之，如果他真正拥有对方，那种思慕之情反而会随之而消逝。然而，处于火热恋情中的杰克自然无法客观地理解到这一点。他最无法理解的就是：为何恩尼斯不能放弃一切，和他隐居田园，以毕此生？恩尼斯的拒绝令他感到痛心，因而自己就有了一种被遗弃的感觉。最后他愤怒至极，毅然告别了恩尼斯，独自前往墨西哥，准备在那儿加入一个同性恋群体。然而，不久杰克就遇到了意外。在一次偶然事件中，杰克不幸被人杀害了。

值得注意的是，在电影结束之前，我们发现，杰克的遗言就是要把自己的骨灰撒在断背山下。这个情节与《石点头》的《潘文子契合鸳鸯冢》之故事结尾颇有相似处，因为潘文子和王仲先的生死之交极为感人，于是家人就把两人同葬于罗浮山。可见，潘王二人生前虽沦落到无地生存的景况，但死后却能共同在“鸳鸯冢”里开拓出一片无限的空间。据作者的描写，后来从潘王两人的墓中，还生出“连理”的大木，两树合抱，并常有比翼鸟栖于树上。所以，那一对曾经被世人唾弃的同性恋人最终已变成了永恒相爱的比翼鸟，是死亡使他们超越了世间的审判。

《断背山》片中的杰克也同样盼望死后能在断背山保有他与恩尼斯的一段永恒的爱情。但不同的是，杰克最终并没有达到他的遗愿，因为他的父母坚持要把儿子的骨灰葬在祖坟中。因此，恩尼斯也只能在自我回忆中独自凭吊那段宝贵的情谊了。相较之下，中国古代的社会还是对同性的关系较为同情，这是因为中国人特别看重“情”的缘故吧。

施蛰存的诗体回忆：《浮生杂咏》八十首

一九七四年，施蛰存先生七十岁。那年他“偶然发兴”，想动笔写回忆录《浮生杂咏》，“以志生平琐屑”。

施老开始想写《浮生杂咏》的念头，是由“不甘寂寞”而引起的。本来他计划写一百首（原来的题目是“浮生百咏”），但那年却只作得二十余首，因为“忽为家事败兴、搁笔后未及续成”。一直到十五年后、八十五岁时，施老才终于有机会续成该诗体回忆录，并将“百咏”改成“杂咏”。他曾在“引言”中解释道：

……荏苒之间，便十五年，日月不居，良可惊慨。今年欲竟其事，适《东风》编者来约稿，我请以此诗随时发表，可以互为约束，不使中止。但恐不及百首，遽作古人。又或兴致蓬勃，卮言日出，效龚定庵之《己亥杂诗》，皆未可知。故题以《杂咏》，不以百首自限。作辍之间，留有余地也。

一九九〇年一月三十日，北山施蛰存记。

后来《浮生杂咏》写毕，却只有八十首。这是因为他写到八十首的时候，才发现只写完二十世纪三十年代在上海之文学生活（即抗战前夕），而往后的数十年大半生却无法在二十首诗中写尽，所以他只得搁笔：

……以后又五十余年老而不死……可喜、可哀、可惊、可笑之事，非二十诗所能尽。故暂且辍笔，告一段落。一九九〇年除夕记。

诚然，对施蛰存来说，把一个人的生命过程分成不同的“段落”来处理，是完全可以的。他曾说过：“因为我的生活‘段落’性很强，都是一段一个时期，‘角色’随之变换，这样就形成我有好几个‘自己’。”但据笔者猜测，施蛰存的《浮生杂咏》之所以在一九三七年抗战前夕打住，还有一个重要的原因。那是因为在往后的八年抗战期间——即施先生先后逃难至云南和福建的期间——他连续写了大量的诗篇，那些诗歌完全可视为自传性的见证文学，无须在《浮生杂咏》中重复。他的女弟子陈文华曾感慨地说道：

被称为“百科全书式专家”的施蛰存先生，学识之渊博，涉猎之广泛，用学贯中西、融汇古今来形容毫不过分。他晚年曾说：自己一生开了四个窗口：东窗是文学创作，南窗为古典文学研究，西窗是外国文学翻译和研究，北窗为金石碑版之学。施氏“四窗”在学术界名闻遐迩，因为，推开每一扇窗户，我们都能看到他留下的辛勤足迹，品尝到让我们享用不尽的累累硕果。

虽然那段“回忆录”主要关于他幼年和青年时代的经验，但老人将近一个世纪的“阅历”所凝聚的诗心却涉及所有“四窗”的内容，其才情之感人、趣味之广泛，实在令人佩服。

同时，我们应当注意施蛰存为《浮生杂咏八十首》这组诗所选择的特殊诗体和形式，尤其因为他是一位对艺术形式体裁特别敏感的作家。在“引言”中他已经提到自己可能在仿效“龚定庵之《己亥杂诗》，皆未可知”。我想这是作者给我们的暗示。在很大程度上，《浮生杂咏》确实深受龚自珍诗歌的影响，但重要的是，施蛰存最终还是写出了自己的独特风格。

首先，施先生的《浮生杂咏》与龚自珍的《己亥杂诗》都采取七言绝句的体裁，同时诗中加注。这种自注的意义我已经在前面讨论龚自珍的文中分析过，我以为，恰恰是龚自珍这种具有现代性的“自注”的形式强烈吸引了施蛰存。

施蛰存在“引言”中已经说明，他在写《浮生杂咏》诗歌时，“兴致蓬勃，卮言日出”，因而使他联想到龚定庵的《己亥杂诗》。

这点非常重要。原来一八三八年龚自珍突然遇到一场飞来横祸，据说是某满族权贵将对他进行政治迫害。为了保身，龚必须立刻离开北京。他当时仓皇出京，连家小都没带上。在浪迹江南的漫漫长途中，龚写下了总共三百一十五首七言绝句。出于某种奇妙的灵感，自从龚离开京城以后，他产生了难以遏制的创作冲动，写诗的灵感如流水般奔涌不息，正如《己亥杂诗》第一首所言："著书何似观心贤，不奈卮言夜涌泉。"现在施蛰存的《浮生杂咏》也是在"兴致蓬勃，卮言日出"那种欲罢不能的情况中写就，足见施老也具有同样的浪漫诗人情怀。唯一不同的是，龚自珍写《己亥杂诗》那年，他才四十七岁；但施老写完《浮生杂咏》那年，他已是八十五岁的老人。施蛰存这种在文坛上"永葆青春"的创作力，学者刘绪源把它称为一种奥秘的文学"后劲"——那是极少数的一些文坛老将，由于自幼具备特殊的才情和文章素养，早已掌握了自己的"创作个性和审美个性"，因而展现出来的"强韧而绵长的后劲"。我想施蛰存的"后劲"还得力于刘绪源先生所谓的"趣味"：刘以为施老的"独特处和可贵处，就在于一切都不脱离一个'趣'字"。

我想就是这个"趣"的特质使得施先生的《浮生杂咏》从当初模仿龚自珍走到超越前人典范的"自我"文学风格。最明显的一点就是，施的诗歌"自注"已大大不同于龚那种"散见"于行与行之间、诗与诗之间的注释。施老的"自注"，与其说是注释，还不如说是一种充满情趣的随笔，而且八十首诗每首都有"自注"，与诗歌并排；不像龚诗中那种"偶尔"才出现的本事注解。

值得注意的是，施先生的“自注”经常带给读者一种惊奇感。有时诗中所给的意象会让读者先联想到某些“古典”的本事，但“自注”却将读者引向一个特殊的“现代”情境。例如，我最欣赏的其中一个例子就是第二十四首：

鹅笼蚁穴事荒唐，红线黄衫各擅场。
堪笑冬烘子不语，传奇志怪亦文章。

第一次读到这首诗，我以为这只是关于作者阅读“鹅笼书生”（载于《续齐谐记》）的故事以及《南柯太守传》《红线》《霍小玉传》《子不语》等传奇志怪的读书报告。但施先生的“自注”却令我大开眼界：

中学二年级国文教师徐信字允夫，其所发国文教材多唐人传奇文。我家有《龙威秘书》，亦常阅之，然不以为文章也。同学中亦有家长对徐师有微词，以为不当用小说作教材。我尝问之徐师，师云此亦古文也，如曰叙事不经，则何以不废《庄子》。

才是一个十二三岁的中学生，已从他的老师那儿学到“传奇志怪亦文章”的观点，而且还懂得《庄子》乃是“叙事”文学中的经典作品，也难怪多年之后施先生要把《庄子》介绍给当时的青年人，作为“文学修养之助了”。

这个有关《庄子》的自注，很自然地促使我进一步在《浮生杂咏》中找寻有关《文选》的任何资料。这是因为，众所周知，施蛰存于一九三三年因推荐《庄子》与《文选》为青年人的阅读书目，而不幸招致了鲁迅先生的批评和指责；后来报纸上的攻击愈演愈烈，以至于施先生感到自己已成了“被打入文字狱的囚徒”。那次的争端使得施蛰存的内心深受创伤，而且默默地背上了多年的“恶名”。我想，在施老这部诗体回忆录《浮生杂咏》中，大概可以找到有关《文选》的蛛丝马迹吧。

于是我找到了第四十一首。诗曰：

残花啼露不留春，文选楼中少一人。
海上成连来慰问，瑶琴一曲乐嘉宾。

在看“自注”以前，我把该诗的解读集中在“文选”一词。我猜想，这个“文选”会不会和施先生后来与鲁迅的“论战”有关？至少这首诗应当牵涉到有关《昭明文选》的某个典故吧？还有，萧统的《文选》里头会有什么类似“残花啼露不留春”的诗句吗？

然而，读了施老的“自注”之后，我却惊奇地发现，原来作者在这首诗中别有所指：

创造社同人居民厚南里，与我所居仅隔三四小巷。其门上有一信箱，望舒尝以诗投之，不得反应。我作一小说，题名《残花》，亦投入信箱。越二周，《创造周报》刊出郭沫若一小札，称《残花》已阅，嘱我去面谈。我逡巡数日，始去叩门请谒，应门者为一少年，言郭先生已去日本。我废然而返。次日晚，忽有客来访，自通姓名，成仿吾也。大惊喜，遂共坐谈。仿吾言，沫若以为《残花》有未贯通处，须改润，可在《创造周报》发表。且俟其日本归来，再邀商榷。时我与望舒、秋原同住，壁上有古琴一张，秋原物也。仿吾见之，问谁能弹古琴。秋原应之，即下琴为奏一操。仿吾颔首而去。我见成仿吾，生平唯此一次。《创造周报》旋即停刊，《残花》亦终未发表。

没想到，原来“文选楼”是指《创造周报》的编辑室，与昭明《文选》毫无关联。由于主编郭沫若等人乃是“选文”刊登的负责人，所以施老就发明了这样一个称呼“文选楼”。当年施蛰存只是一个二十一二岁的大学生，就得到主编郭沫若和成仿吾等人如此的推重，所以施老要特别写此诗以为纪念。至于他是否有意用“文选”一词来影射他后来与鲁迅之间的矛盾，那就不得而知了。诗歌的意义是多层次的，读者那种“仿佛得之”的解读正反映出诗歌的复杂性。施蛰存自己也曾说过:“我们对于任何一首诗的了解，可以说皆尽于此‘仿佛得之’的境地。”尽管如此，作者的“自注”还是重要的，因为它加添了一层作者本人的见证意味。

作为一个喜爱阐释文本的读者，我认为我对施老以上两首诗有关《庄子》和《文选》的解读也不一定是捕风捉影。至少我的“过度阐释”突出了施先生的幽默，那就是“趣”，是一种“点到为止”的趣味。他利用诗歌语境的含蓄特质，再加上充满本事的“自注”，就在两者之间创造了一种张力，让读者去尽情发挥其想象空间。其实，诗歌一旦写就，便仿佛具有了独立的生命，对其含义的阐发也不是作者的原意所能左右或限制的。所以，尽管我对以上两首诗的揣测之词或许出于我对施蛰存和鲁迅从前那场论战的过度敏感，但一个读者本来就有考释发掘文本的权利。何况我以为诗有别“趣”，有时“假作真时真亦假，无为有处有还无”。诗歌自有其美学的层面，不必拘泥于本事的局限。我相信，施老也会同意我的看法——在他一篇回答陈西滢的文章里（即回答陈君对他那篇解读鲁迅的《明天》的文章之批评），他曾写道，“也许我是在作盲人之摸象，但陈先生也未始不在作另一盲人……而我要声明的是：我并不坚持自己的看法是对的，也并不说别人是错的……我还将进一步说：这不是一个对不对的问题，而是一个可能不可能的问题。”

施先生提出的这个“可能不可能的问题”正是我们解读他的诗歌之最佳策略。而他的诗中“趣味”也会因这样的解读方法进一步启发读者更多的联想。我以为，真正能表达施蛰存的“诗趣”的莫过于《浮生杂咏》的第六十八首：

粉腻脂残饱世情，况兼疲病损心兵。
十年一觉文坛梦，赢得洋场恶少名。

“自注”中说明，此诗的“第三、第四句乃当年与鲁迅交谇时改杜牧感赋”。据沈建中考证，那两句诗原来发表于一九三三年十一月十一日的《申报·自由谈》。在那篇《申报》的文章里，年轻的施先生曾写道：“我以前对于丰先生（指鲁迅），虽然文字上有点太闹意气，但的确还是表示尊敬的，但看到《扑空》这一篇，他竟骂我为‘洋场恶少’了，切齿之声俨若可闻。我虽‘恶’，却也不敢再恶到以相当的恶声相报了。”令人感到惊奇的是，当年在那种天天被包围批判、被迫独自“受难”的艰苦情况中，一个二十九岁的青年居然还有闲情去模仿杜牧的《遣怀》诗，而写出那样充满自嘲的诗句。我以为，年轻的施先生能把杜牧的“十年一觉扬州梦，赢得青楼薄幸名”改写成自己的“十年一觉文坛梦，赢得洋场恶少名”乃为古今最富“情趣”的改写之一。

更有趣的是，半个世纪之后，八十五岁的施老在写他的《浮生杂咏》第六十八首时，为了补足一首完整的七言绝句，他不但采用了从前年轻时代所写的那两句诗，而且很巧妙地加了上头两句：“粉腻脂残饱世情，况兼疲病损心兵。”这样一来，施老就很幽默地把读者引到了另一个层面，那就是性别的越界。他用“粉腻脂残”一词把自己比成被社会遗弃的女人，就如“自注”的开头所述：“拂袖归来，如老妓脱籍，粉腻脂残。”在这里，他借着一个老妓的声音，表达了一种在现实生活中难以弥补的缺憾，以及一种无可奈何的心态。“自注”中又说：“自一九二八年至一九三七年，混迹文场，无所进益。所得者唯鲁迅所赐‘洋场恶少’一名，足以遗臭万年。”

其实“性别越界”（我在从前一篇文章里称为“gender crossing”）乃是中国传统文人常用的“政治托喻”手法。传统男人经常喜欢用女人的声音来抒情，因为现实的压抑感使他们和被边缘化的女性产生认同。但我以为，施蛰存的诗法之所以难得，乃在于他能在传统和现代的情境中进出自如，他幼年熟读古代诗书，及长又受“五四”新文学影响，并精通西洋文学。他不但写旧诗，也写新诗。凡此种种，都使得他的诗体亦新亦旧、既古又今。或从内容，或从语言，或从性别的意识，他的诗歌都能提供深入的解读和欣赏的新视点。可以说，他的诗歌一直是多层次的。

我们也可以用同样的“多层次”之角度来解读《浮生杂咏》第六十七首。该诗描写有关当年施先生在文坛被围攻得无处可逃的时候，所遇到的尴尬情境：

心史遗民画建兰，植根无地与人看。
风景不多文饭少，独行孤掌意阑珊。

本来施蛰存自从一九三二年三月被现代书局张静庐聘请来当《现代》杂志的主编之后，他已经走上文学生涯最辉煌的道路。在那之前，他早已出版了他的代表作《将军底头》《鸠摩罗什》

《石秀》等，接着他最得意的心理小说《梅雨之夕》以及《善女人行品》也在一九三三年先后问世。同时，作为主编，他在上海文坛所产生的影响是空前的。就如学者李欧梵所说："《现代》杂志被认为标志着中国文学现代主义的开始……在很多方面，施蛰存似乎都在领导着典型的上海作家的生活方式；而且他因编辑《现代》杂志获得了更多的'文化资本'，从而迅速地在上海文坛成了名。"此时，《现代》的声誉也随着提高，而杂志的销路"竟达一万四千份"，令那个现代书局的老板张静庐好不开心，一直庆幸他聘对了人——从一开始他就想办一个走中间路线的纯文艺杂志，而施蛰存正好合乎他心目中的理想。

但没想到这个中间路线也正是施蛰存被强烈打击的主要原因。到了一九三四年四月，《现代》已经快撑不下去了。其实这也是鲁迅早已预料到的："想不到半年，《现代》之类也就无人过问了。"据施蛰存后来自述："我和鲁迅的冲突，以及北京、上海许多新的文艺刊物的创刊，都是影响《现代》的因素。从第四卷起，《现代》的销路逐渐下降，每期只能印二三千册了。"最后现代书局只好关门，各位同人也纷纷散伙，所谓"风景不多文饭少，独行孤掌意阑珊"。所以施先生在第六十七首的自注中写道：

一九三四年，现代书局资方分裂。改组后，张静庐拆股，自办上海杂志公司……我与杜衡、叶灵凤同时辞职。

> 其时水沫社同人亦已散伙，刘呐鸥热衷于电影事业，杜衡……另办刊物。穆时英行止不检，就任图书杂志审查委员。戴望舒自办新诗月刊。我先后编《文艺风景》及《文饭小品》，皆不能久。独行无侣，孤掌难鸣，文艺生活从此消沉……

应当说明的是，当时除了《文艺风景》及《文饭小品》以外，还有一九三五年施先生与戴望舒合办的《现代诗风》，由脉望出版社出版。施蛰存并出任《现代诗风》的发行人，该杂志创刊号的扉页刊有他的撰文《〈文饭小品〉废刊及其他》，还刊有他的新诗《小艳诗三首》以及他的译作美国罗蕙儿《我们为什么要读诗》（署名“李万鹤”），此外还刊登了“本社拟刊诗书预告”，可惜《现代诗风》仅出一期就夭折了。

这就难怪《浮生杂咏》第六十七首把作者当时那种无可奈何的“消沉”心境比喻成一个传统“遗民”的心态——那是一种类似兰花“有根无地”的心态：“心史遗民画建兰，植根无地与人看。”施老在自注中进一步解释道：“南宋遗民郑所南画兰，有根无地。人问之，答曰：‘地为人夺去。’”

所以，真正的关键乃在于：“地为人夺去。”所谓“地”就是一个人的生存空间。讽刺的是，施蛰存和他的现代派友人原来是拥有极大的“生存空间”的。就如李欧梵所说：“这个刊物（指《现代》杂志）带异域风的法文标题*Les Contemporains*，显然是相当精英化的，同时也带着点先锋派意味：它是施蛰存这个团体的集体自我意象，这些人自觉很‘现代’。”在现代文学的领域里，他们无疑曾经占据了一个最新、最先锋的领导地位。然而，当残酷的现实使他们终于失去“生存空间”时，那对他们心中的打击也就特别严重。一九三四年七月二日，施蛰存给好友戴望舒的信中说道：“这半年来风波太大，我有点维持不下去了，这个文坛上，我们不知还有多少年可以立得住也。”

这是施先生有生以来体验到的最大一次“空间”失落。为了生存下去，他必须另找生路。（此为后话）然而，必须一提的是，施家几代以来，早已有那种从一处漂泊到另一处的“萍浮”感，而那也正是《浮生杂咏》最重要的主题之一。第十六首写道，“百年家世惯萍浮，乞食吹箫我不羞”，其实已经概括了他们家的奋斗史。自注中也说：“寒家自曾祖以来，旅食异乡，至我父已三世矣。”这就是施蛰存童年时代经常随家人从一个城市迁居到另一个城市的原因。施家世代儒生，家道清贫。《浮生杂咏》第一首告诉我们，施先生的出生地在杭州水亭址学宫旁的古屋。但四岁时他便随父母从杭州迁居苏州乌鹊桥，因为当时刚罢科举不久，其父施亦政顿失“进身之阶”，故只得搬到苏州以谋得一职。（见第二首：“侍亲旅食到吴门，乌鹊桥西暂托根。”）在苏州时，他的父亲曾带他到寒山寺，指着刻有张继《枫桥夜泊》诗的碑，教他背诵唐诗，乃为读古典诗歌之始。（见第六首：“归来却入寒山寺，诵得枫桥夜泊诗。”）后来，施蛰存八岁那年，辛亥革命发生，其父因而“失职闲居”，也只得“别求栖止”，最后终于搬到松江。（见第十一首：“革命军兴世局移，家君失职赋流离。”）

施先生后来在松江长大，居住了近二十余年之后，才迁居上海。对于松江，他始终怀有一种深厚的乡愁情感。《浮生杂咏》第十四首描写在他幼时，母亲每晚“以缝纫机织作窗下”，他在旁“读书侍焉”的动人情景。（“慈亲织作鸣机息，孺子书声亦朗然。”）在《云间语小录》的“序引”中，施先生一开头就强调“我是松江人，在松江成长”，虽然他的出生地是杭州。有趣的是，在《浮生杂咏》中，他经常喜欢与那些原本为外来者、最终定居在松江的古代前贤认同。例如，第十七首诗曰：“山居新语曲江篇，挹秀华亭旧有缘。他日幸同侨寓传，附骥濩落愧前贤。”自注：“元杨瑀著《山居新语》，钱惟善以赋曲江得名，皆杭州人侨寓华亭者，《松江府志》列入《寓贤传》。”同时，他也喜欢与古代诗人陆机、陆云二兄弟认同，因为他们是松江人：“俯颜来就机云里，便与商人日往还。”（第十二首）自注：“松江古名华亭，陆机、陆云故里也。”此外，晚年的施先生特别怀念松江的山水胜地——尤其是带有历史渊源的景点。例如城西的白龙潭是他一直喜欢提起的。《浮生杂咏》第十九首主要在咏叹钱谦益和柳如是定情于白龙潭的故事：

桦烛金炉一水香，龙潭胜事入高唐。
我来已落沧桑后，裙屐风流付夕阳。

自注："白龙潭在松江城西，明清以来，为邑中胜地。红蕖十亩，碧水一潭，画舫笙歌，出没其间。钱谦益与柳如是定情即在龙潭舟中。牧斋定情诗十首，有'桦烛金炉一水香'之句，为松人所乐道。入民国后，潭已污潴芜秽，无复游赏之盛。余尝经行潭上，念昔时云间人物风流，辄为怃然。"

但令施蛰存最念念不忘的乃是，他自幼在松江所受的古典文学教育。据《浮生杂咏》第二十三首，他才上小学三四年级时，就能从课文中体会到"清词丽句"的美妙："暮春三月江南意，草长花繁莺乱飞。解得杜陵诗境界，要将丽句发清词。"所以当他才十来岁时，他早已熟读古书，也学会作诗。《浮生杂咏》第二十五首，"自君之出妾如何，随意诗人为琢磨"，主要记载当年初拟汉魏乐府"自君之出矣"的诗句之情况。他曾说："我的最初期所致力的是诗……那时的国文教师是一位词章家，我受了他很多的影响。我从《散原精舍诗》《海藏楼诗》一直追上去读《豫章集》《东坡集》和《剑南集》，这是我的宋诗时期。那时我原作过许多大胆的七律，有一首云：'挥泪来凭曲曲栏，夕阳无语寺钟残。一江烟水茫茫去，两岸芦花瑟瑟寒。浩荡秋情几洄澓，苍皇人事有波澜。迩来无奈尘劳感，九月衣裳欲办难。'一位比我年长十岁的研究旧诗的朋友看了，批了一句'神似江西'，于是我欢喜得了不得，做诗人的野心，实萌于此。"又，周瘦鹃主编的《半月》杂志曾于一九二一年出版施蛰存为该刊封面《仕女图》所作的题词十五阕，一时颇为轰动；那年施先生才十七岁。

我想，促使施蛰存文学早熟的另一个原因，可能是他从小就喜欢与人订“文字交”的缘故。他自己说，在松江念中学时“与浦江清过从最密”。两人经常在一起读诗写诗。有一次两人“共读江淹《恨》《别》二赋”，并“相约拟作”。于是浦江清作《笑赋》，年轻的施蛰存作《哭赋》。《浮生杂咏》第二十六首曾记载该事：“丽淫丽则赋才难，饮恨销魂入肺肝。欲与江郎争壁垒，笑啼不得付长叹。”虽然那次两人的拟赋并不成功，但施老一直难忘那次的经验。同时，他也难忘当年与浦江清和雷震同一起游景点醉白池，三人互相“论文言志，臧否古今”，“日斜始归”的情景。第二十一首诗描写其中的闲情逸致：

水榭荷香醉白池，纳凉逃暑最相宜。
葛衣纨扇三年少，抵掌论文得几时。

可以说，早在青年时代，施蛰存已经掌握了传统的古典教育，也学会与人和诗、论诗，这与松江的文化背景不无关系。同时，由于松江的特殊教育制度，他上中学三年级时就已勤读英文，并大量阅读外国文学，从此水到渠成，也就打开了从事翻译西洋文学的那扇窗。

然而他也同时受“五四”新文化的熏陶，所以经常利用课余时间大量阅读各种报章杂志。据《浮生杂咏》第三十首诗的自注，当时他渐渐感到“刻画人情、编造故事，较吟诗作赋为容易”。尽管还是个中学生，所创作的小说早已陆续刊于《礼拜六》《星期》等杂志。（当时他经常署名为“施青萍”或“青萍”。）对他来说，这是他人生“一大关键”，也是“一生文学事业之始”。不久，他也开始思考如何写一种“脱离旧诗而自拓疆界”的新诗，以为郭沫若的《女神》颇可作为一种过渡时期的典范新诗，所以他在《浮生杂咏》第二十九首写道：“春水繁星蕙的风，凌波女神来自东。凤皇涅盘诗道变，四声平仄莫为功。”

总之，施蛰存的文学早熟是他走向上海文坛的一大关键。但人生的际遇也有难以预料的巧合因素。一九二二年，施蛰存上杭州之江大学一年级，有一回他与同学泛舟西湖，正好遇到几位杭州文学社团“兰社”的主要成员——戴望舒、戴杜衡、张天翼、叶秋原等。当时这几位兰社成员才只是中学四年级生，但已经以文字投寄上海报刊，故与施蛰存一拍即合，遂有“同声之契”。《浮生杂咏》第三十二首写道：

湖上忽逢大小戴，襟怀磊落笔纵横。
叶张墨阵鹅堪换，同缔芝兰文字盟。

那次的结盟无疑给了施先生许多新的启发和动力。不久他们在杭州戴望舒家中联手筹办刊物《兰友》，望舒出任主编，施先生为助编，于一九二三年一月一日出版创刊号。同时施蛰存也写《西湖忆语》，在《最小》杂志连载。同年八月，他自费出版了平生第一部小说集《江干集》(收有《冷淡的心》《羊油》《上海来的客人》等多篇介于“鸳鸯蝴蝶派和新文学之间”文体的小说)。该集署名施青萍，所收的小说都是他在之江大学肄业那年写的，因为“之江大学在钱塘江边，故题作《江干集》”。《江干集》的“卷首语”以十分典雅的古典诗歌形式写成，同时以“江上浪”作为人生譬喻，独具魅力：

> 踪迹天涯我无定，偶然来主此江干。
> 秋心寥廓知何极，独向秋波镇日看。
> 世事正如江上浪，傀奇浩汗亦千般。
> 每因触处生新感，愿掬微心托稗官。

晚年的施先生不愿把这本集子视为他的第一部小说集，以为尚不成熟，只称它为一部“习作”。但我始终以为施先生这一部处女作在中国文学史上颇有重要性，尤其它代表一个早期从传统过渡到现代的文人所经历的复杂心思。《江干集》有一篇附录，题为“创作余墨”，是作者专门写给读者看的。它很生动地捕捉了一个青年作家所要寻找的“自我”之声音：

> 我并不希望我成为一小说家而做这一集，我也不敢担负着移风整俗的大职务而做这些小说。我只是冷静了我的头脑，一字一字地发表我一时期的思想。或者读者不以我的思想为

然，也请千万不要不满意，请恕我这些思想都是我一己的思想，而我也并不希望读者的思想都和我相同。我小心翼翼地请求读者，在看这一集时，请用一些精明的眼光，有许多地方千万不要说我有守旧的气味，我希望读者更深地考察一下。我也不愿立在旧派作家中，我更不希望立在新作家中，我也不愿做一个调和新旧者。我只是立在我自己的地位，操着合我自己意志的笔，做我自己的小说。

这是时代的影响，同时也是施蛰存本人的文学天分之具体表现。他不久和他的兰社友人一起到上海去，他们合力奋斗了几年（包括建立文学社团“璎珞社”和创办《璎珞》《新文艺》等杂志），最后由于《现代》的空前成就一跃而成为二十世纪三十年代初上海文坛现代派的先锋主力。在他的《浮生杂咏》中，施老花了很大的篇幅回忆这一段难以忘怀的心路历程。从第三十三首到第六十六首，我们读到有关他那不寻常的大学生涯（“计四年之间，就读大学四所”），还有他与戴望舒、杜衡如何“在白色恐怖中仓皇离校，匿居亲友家”的情景，以及他和刘呐鸥刊编《无轨列车》《新文艺》月刊，后又开水沫书店的甘苦谈，最后他终于得到上海现代书局经理张静庐的赏识，成为《现代》杂志的主编，真可谓“天时地利人和”。（见第六十一首：“一纸书垂青眼来，因缘遇合协三才。”）

可以想见，一九三四年当现代书局瓦解、《现代》杂志同人解散之时，施蛰存和他的青年朋友们（他们都还不到三十岁）有多么颓丧。难怪施蛰存要说："独行孤掌意阑珊。"据他后来自述：一九三五年，春节以后，他"无固定职业，在上海卖文为生活"。他曾说："度过三十岁生辰，我打算总结过去十年的写作经验，进一步发展创造道路……以标志我的'三十而立'。"那时出版界突然出现晚明小品热，所以施蛰存就为光明书店编了一本《晚明二十家小品》。但主要还是因为周作人在北京大学作"中国新文学的源流"之演讲，以为新文学"起源于晚明之公安竟陵文派"，因而提高了晚明小品的身价。当时上海书商个个"以为有利可图"，就纷纷"争印明人小品"。（参见《浮生杂咏》第六十九、七十、七十一、七十二首。）重要的是，周作人当年还为施先生题签《晚明二十家小品》的封面，也难怪晚年的施蛰存念念不忘此事："知堂老人发潜德，论文忽许钟谭袁。"（第六十九首）但那次编《晚明二十家小品》曾再次得到鲁迅的攻击："如果能用死轿夫，如袁中郎或'晚明二十家'之流来抬，再请一位活名人喝道，自然较为轻而易举，但看过去的成绩和效验，可也并不佳……五四时代的所谓'桐城谬种'和'选学妖孽"，是指做'载飞载鸣'的文章和抱住《文选》寻字汇的人们的……到现在，和这八个字可以匹敌的，或者只好推'洋场恶少'和'革命小贩'了罢。"就在那以后不久，施蛰存开始为上海杂志公司主编《中国文学珍本丛书》，其中包括《金瓶梅词话》的标点工作。（见《浮生杂咏》第七十三、七十四、七十五、七十六首。）

但一九三六年六月施蛰存黄疸病复发，故只得离开上海，转到杭州养病。但这一“养病”却改变了施先生的人生方向，使他培养了一种宁静恬适的生活方式。他先在西湖畔的玛瑙寺（即他所谓的“释氏宫”）居住月余。在那儿他整天过着安静清淡的书斋生活，佛教尤其对他影响深厚。《黄心大师》那篇充满佛教背景的小说也就是在杭州休养的期间写成。（请注意：小说中的主角黄心大师，闺名原叫“瑙儿”，而她的父母也把她当作“玛瑙”看待。）不久施蛰存从玛瑙寺转到附近的行素女子中学执教。从此更是利用课余的闲暇时光沉浸在欣赏自然风光的乐趣中。正巧行素女中的校园就是清初文人龚翔麟的宅院故址，其“宅旁小园即所谓蘅圃，有湖石名玉玲珑，宣和花石纲也”。石旁又有著名的玉玲珑阁，乃为龚氏藏书之所，而施先生“授课之教室即在阁下”。每回他下了课没事，就在玉玲珑旁边一边品茶一半欣赏周遭的美景。《浮生杂咏》第七十八首正是描写那种闲适的心境：

横河桥畔女黉宫，蘅圃风流指顾中。
罢讲闲居无个事，茗边坐赏玉玲珑。

这首诗韵味十足，颇有言外之意。从诗中的优美意境，读者可以感受到一种大自然的“疗伤”功能——可以想见，当年施蛰存虽然怀着“海渎尘嚣吾已厌”的心情离开了上海，他终于在他的出生地杭州找到了新的生存空间。那是一个富有自然趣味的艺术空间，也是一种心灵的感悟。（同年他也写出《玉玲珑阁丛谈》一组随笔，“聊以存一时鸿爪”。）

值得注意的是，就在杭州养病那年，他开始了“玩古之癖”——也就是说，他多年后之所以埋首“北窗”（指金石碑版之学），其最初灵感实来自那次的杭州经验。《浮生杂咏》第七十九首歌咏这段难得的因缘：

湖上茶寮喜雨台，每逢休务必先来。
平生佞古初开眼，抱得宋元窑器回。

自注：“湖滨喜雨台茶楼，为古董商茶会之处，我每星期日上午必先去饮茶。得见各地所出文物小品，可实时议价购取。其时，宋修内司官窑遗址方发现，我亦得青瓷碗碟二十余件，玩古之癖，实始于此。”

从今日的眼光看来，这样突然的兴趣转移——从现代派小说转到“玩古之癖”——令人感到不可思议。但其实这正反映了施蛰存自幼以来新旧兼有的教育背景以及他那进退自如的人生取向。尤其在遭遇人生的磨难时，“进退自如”乃是一种智慧的表现——而且，能自由地退出已进入的地方，需要很大的勇气，这不是人人都能做到的。我想，年轻的施蛰存之所以把《庄子》推荐给当时的青年人，恐怕与他特别欣赏庄子的人生哲学有关。晚年的施先生曾经说过：“我是以老庄思想为养生主的。如古人所说，‘荣辱不惊，看庭前花开花落；去留无意，望天上云卷云舒。'”

这样的人生哲学使得施蛰存在一九三七年夏天做出了一个重要的决定：当他看见时局已变，整个文学创作的气氛已非往昔，他就毅然决定受聘于昆明大学，从此讲授古典文学。所以《浮生杂咏》最后以“一肩行李赋西征”为结，从此“漂泊西南矣”（第八十首）。

这就证实了施老所说有关他生命中的“段落”性。诚然，他的生命过程“都是一段一个时期”，而且“角色随之转换”。我想这就是《浮生杂咏》的主题之一；当八十五岁的施老回忆他那漫长坎坷的人生旅途时，他尤其念念不忘年轻时那段充满趣味和冒险的文坛生活。那段时光何其短暂，但那却是他生命中（也是二十世纪中国文学史）很重要的一段。

施蛰存的西行逃难诗歌

抗战八年，给我以很好的机会，使我在大后方获得多次古代旅行的经验。骑驴下马，在云南的山陵丘壑间寻幽揽胜，乘一叶轻舟，在福建的溪洪中惊心动魄地逐流而下……不论是骑马、乘船或徒步，每一次旅行都引起我的一些感情。我也作过几十首诗，自己读一遍，觉得颇得唐宋人的风格和情调，因为我的行旅之感和古人一致了。

——施蛰存

一九三七年对于施蛰存是特别重要的一年。那年他才三十三岁，已经出版过许多本小说集和不少新诗，尤以新潮的心理分析小说享誉上海文坛，并曾主持令人瞩目的《现代》杂志。但他眼见上海文坛的气氛已不同于往昔，故于那年的七月下旬接受了云南大学校长熊庆来的聘请（通过朱自清的推荐介绍），决定前往昆明教书。

但那是一个动荡不安的时代。两个多星期之后，他还来不及上路西行，淞沪抗战即于八月十三日正式爆发。当时施蛰存和他的妻儿正在老家松江，目睹敌机日夜以机枪扫射，颇为心悸。于是对于去滇之意，他开始有些动摇："实则私心尚有踌躇。堂上年高，妻儿又幼弱不更事，余行后，家中颇无人能照料者，无事之时，固不生多大问题，但在此兵革期间，却不忍絜然远去也。且去滇程途，闻亦颇生险阻，上海直放海防之船，闻极拥挤，公路能否直到昆明，亦无从打听，即使启行，究竟宜取海道乎，陆路乎？颇亦不能自决。半日间思虑种种，甚为焦苦。"

最后他与家人和友人商量之后，决定出发前往云南，以便赶上秋季开学。这时中国大地已经开始了抗日战争，于是施蛰存那个原本颇为单纯的赴滇之旅，一变而成了十分艰辛的逃难之行。九月六日他从老家松江出发，经过了持续不断的长途跋涉，途经浙江、江西、湖南、贵州诸省，直到九月二十九日才抵达昆明。一路上他经常目睹敌机在高空盘旋，又时闻炮声大作，并见各处逃生者纷纷四散，人心惶惶。每天他提着三大件行李上路，又忙着购票、上车、下车，又得跑警报、找旅馆，一路上十分艰苦。在那段充满紧张情绪的旅程中，虽明知前途艰险，但既已上路，也只有冒险前行了。

正是在这三个星期的紧张逃难中，施先生平生第一次（而且不间断地）写出了大量的旧体诗。他二十三天内共写了二十五首诗，其中包括六首《车行浙赣道中得诗》(只存两首)和八首《长沙漫兴》。此前，他虽早有过旧体诗创作(他曾说，“在文艺写作的企图上，我的最初期所致力的是诗”)，但仅为断断续续的写作，偶尔有感而发而已。再者，五四运动之后，他倾向新文学，故许多年不太作旧体诗。但奇妙的是，一九三七年九月，当他开始逃难之行时，忽然诗兴大发，妙语佳句接二连三地涌上心头。而他的《西行日记》也同时开始写就。于是在这段非常时期，他的旧体诗创作与旅途日记并驾齐驱，二者形成“互文”关系——如果说，他的日记以散文的方式对历史作出了具体的见证，他的诗歌乃是诗人感性所发出的抒情声音。当这两种声音叠合在一起的时候——尤其在描写苦难、逃亡、挫折的过程——我们似乎可以听见一种新的“时代”的声音。那是一个充满复杂性而又富多层意味的“自觉”意识。英国现代诗人艾略特——也是施先生特别尊敬的诗人——就曾经说过这样的话：“诗人只是把人们早已熟悉的感情用更富有自觉性的方式表达出来，因而能说明读者更加认识他们自己。”

谈到文学“自觉”，很少有人比逃难时期的施蛰存更有“自觉”性了。他在赴滇的途中，每天都写日记和诗；甚至在出发的前几天，当他目睹敌机不断来袭之际，还忍不住在炮火中赶写两篇有关抗战的文章，希望能引起读者的共鸣。第一篇写于九月二日，题为《后方的抗战力量还不够》(发表时改为《后方种种》)；第二篇写于九月三日，题为《上海抗战的意义》。可以想见，九月六日那天当他开始出发西行，之后又频频因敌机的轰炸而随时改道时，他的内心有多么大的焦虑。其狼狈的情况可由九月七日和八日的日记得知一二："昨晚即决定改道由洙泾到枫泾，若幸而有枫杭长途汽车，则乘汽车到杭，否则即从枫泾搭火车赴杭，则既过石湖荡铁桥，亦可较少危险。盖石湖荡之三大铁路桥实为沪杭线第一要隘，战争发作以来，日机无日不来投弹。我方则屡损屡修，敌人则屡修屡炸，故行旅者咸有戒心耳。今晨七时，仍携行李雇人力车到西门外秀南桥船埠，搭乘洙泾班船。八时启碇，十时到达。问讯枫泾班船夫，则谓枫杭汽车确已通行，但每日只上下行各一次，今日到枫泾，已赶不及。"（九月七日《西行日记》）"船行凡八十分钟，即到枫泾。雇人挑行李到汽车站。沿途见大街上已有数屋被炸残迹，镇上居民似亦移去十之六七，萧条甚矣……火车站中候车难民已甚拥挤，余携笨重行李三事，车到时恐亦无法挤上……十一时三十分，汽车先来，余遂到汽车站买票。据站长谓汽车不载行李，拒不卖票，余多方譬说，亦不见允……余见此事不可以理争，遂径将行李搬上车中，即坐于行李上，招站长来视，许其不再另占座位。余人亦纷纷效法。站长无辞，始允卖票。"（九月八日《西行日记》）

当时逃难过程之艰难，由此可见一斑。然而，与日记体裁不同，诗歌则更偏重于诗人的内心世界。如果说前者注重描写逃难期间的日常细节，后者则较重诗人内在情绪的发抒。他的《长沙漫兴八首》颇能表达作者在逃难途中的复杂心态：

一肩行李一囊书，来及长沙霖雨余。
胡为泥中甘曳尾，秋风征旅始愁予。

大道青楼天乐居，客来何事误停车。
笙歌别馆中宵发，一榻萧然且听渠。

八角亭边列肆张，绮窗朱户小门墙。
女儿市粉翁赊帽，仿佛杭州保佑坊。

凿地兼寻始及泉，荷塘深似九重渊。
移来湘浦凌波种，花发真成玉井莲。

武夷清茗佐芽姜，犹是唐人水厄方。
半日偷闲碧茵社，任他荦确走羊肠。

犹是先生痛哭时，三年猎彘古今疑。
何人夜半频前席，闲煞长沙太傅祠？

药碗茶铛未便虚，愁霖腹疾两难摅。
支颐倚枕都无计，自听潺潺雨灌渠。

病室凄清客梦孤，几曾问疾见文殊。

若非天女殷勤意，谁为维摩夜点酥。

以上这八首诗反映的是施蛰存不幸被困于长沙长达六天的狼狈状况。必须说明，当初他于九月十日清晨早已抵达南昌。本预备从南昌到九江、汉口，再乘飞机去云南。但由于敌机开始轰炸该区，他只得临时改道，故决定次日买票前往长沙。谁知在去往长沙的途中，那司机“年老力衰，且于汽车机构似亦不甚熟悉”，故汽车时开时停，直到九月十三日早晨才到长沙。刚抵长沙那天，施先生颇为兴奋，因为他的三妹及其夫家的人正好都在长沙，大家“相见各道行旅艰辛”，并到酒家大吃一顿晚餐（参见《长沙左宅喜晤三妹》一诗）。没想到当晚在旅馆中，施先生即开始腹泻不停：“……既而腹痛欲绝，披衣下楼如厕，竟病泄矣。余所僦室在三楼，厕所则在底层，半夜之间，升降五次，疲惫之至。”（九月十三日《西行日记》）第二天仍腹泻不止，故只得进入附近医院。一直到九月十八日清晨才平安出院，于次日继续赶路。

就在这样的艰难情况之下，施蛰存写出了《长沙漫兴八首》。该组诗中，每一首写一个情景，或一种特殊的心情。

首先，第一首的开头两句（“一肩行李一囊书，来及长沙霖雨余”）很细腻地描写了一幅连绵多日大雨后的萧条景象，一种寂寞的羁旅之情不由而生。最后一句“秋风征旅始愁予”显然借用《楚辞·湘夫人》的意境：“帝子降兮北渚，目眇眇兮愁予。袅袅兮秋风，洞庭波兮木叶下。”在这令人哀愁的秋景中，作者感叹他那漂泊异地、颠沛转徙的苦楚。他问道:"胡为泥中甘曳尾?"意思是说:为什么我像龟一样拖着尾巴在泥潭中爬行?(典出《庄子·秋水》)答案是不言而喻的:一切都为了逃难,以全生远害也。接着第二首又描写他住进天乐居旅馆之后的情况:该旅馆十分吵闹,别室一直有人在歌唱("笙歌别馆中宵发,一榻萧然且听渠")。把他人的彻夜欢娱和自己的萧然独宿对举,更有一种客居凄凉之感。此外,国难当头,依旧"笙歌",似有"商女不知亡国恨,隔江犹唱后庭花"之叹。于是诗人又问道:"客来何事误停车?"言下之意是:开车的司机为何把我带到这个地方?不幸的是,晚间不停的腹泻(加上窗外不停的霖雨声)又增加了这段羁旅的痛楚。所以第七首诗写道:"药碗茶铛未便虚,愁霖腹疾两难摅。支颐倚枕都无计,自听潺潺雨灌渠。"

在病中,诗人特别联想到古代谪居长沙的贾谊(第六首)。贾谊原来是洛阳人,在汉文帝初年被召为博士,后被权贵中伤,贬为长沙王太傅。当初贾谊曾上《治安策》,开头有"臣窃惟事势,可为痛哭者一"之语,此策却不为文帝采纳,故李商隐有"贾生年少虚垂涕"(《安定城楼》)之句。此处言"犹是",说明施蛰存以为当前的情势与贾谊献策时一样不安定,足可令人痛哭。诗中三、四句则用"宣室夜对"事:文帝曾在宣室召见贾谊,"至夜半,文帝前席"成为君臣遇合的千古佳话,但贾谊最终还是被贬到长沙,不为重用,所以李商隐曾有"可怜夜半虚前席"(《贾生》)的感慨,在此施先生更以诘问的口气表达了他对贾谊(一个怀才不遇之士）的惺惺相惜之感："何人夜半频前席，闲煞长沙太傅祠？"

但施先生终究还是幸运的。即使他不幸住进了医院，并尝尽了百般的痛楚（"病室凄清客梦孤"，见第八首），最终他还是平安出院。根据《维摩诘经》，维摩尝以称病为由，向释迦牟尼遣来问疾的文殊等宣扬大乘深义。在此施蛰存显然以维摩自比，只是无人问候探望（"几曾问疾见文殊"），可见诗人客地卧病之孤凄。若非维摩室中的"天女"（即医院里的护士）殷勤伺候，连为自己点灯的人也没有。但他最后还是痊愈了，而且在出院之后，还有一个"半日偷闲"的机会到著名的景点八角亭散步，甚至到长沙市的街上去参观市面，还发现那个市面与杭州的保佑坊十分相似；他甚至还有时间饮茶，欣赏池塘里的莲花等。（见第三首到第五首）

把腹泻前后的经验如此生动地写入诗中，确实是施蛰存的一大发明。这样的写法使得他的古典诗歌显得更加"现代化"。另外一个颇为"现代"的主题就是在旅途中所经常遭遇的"臭虫"之患。有关臭虫，施先生在他的《西行日记》中经常提起。其实，在长沙的旅馆中开始"腹痛不绝"时，他已经埋怨道："床上臭虫又多，益反侧不能成寐。"（九月十三日《西行日记》）后来腹泻痊愈之后，他奔驰了两整天（计程共三百八十一公里），于九月二十日抵达沅陵。（他在诗里写道："一日奔驰七百里，长沙西来皆坦途。"）然而不巧的是，本来以为住进了当地的全国大旅馆就可以好好地休息一夜，谁知臭虫又给他带来了厄运。他当天的日记写道：

> 九时解被褥就睡。初，肢体得苏憩。睡极酣适。既而臭虫群集，竞来侵啮，殆警觉时，左股及左胁间，已累累数十饼，略一抚摩，肌肤起栗矣……后室有女伎三五，更番作乐，讴歌宛转，筝笛低迷。俱大扰人，不能安枕。遂披衣排闼而出，山月初升，西风忽紧，哀猿绝叫，孤鹊惊飞，敻独幽凉，悲来无方，真屈子行歌之地，贾生痛哭之时也。（《西行日记》，九月二十日）

臭虫之扰的确败坏了诗人的心情。同时，旅馆的周围环境吵闹不堪，使他不能安眠。最后他只得半夜逃出户外，但终究还是感到“敻独幽凉，悲来无方”。在《沅陵夜宿》那首诗中，他把臭虫群集的情况比成蚂蚁入侵，尤其令人难忘：

> 瞢腾欲睡乍惊起，爬搔四体无完肤。
> 明灯荧荧照文簟，臭虫历乱如蚁趋。

这次恐怖的经验使得诗人从此害怕臭虫，而该诗也就以这种非常真实的顾虑作结："迟明发轫尚惺忪，恶道崎岖心所虞。"后来施蛰存几乎对臭虫产生了一种神经质似的畏惧。九月二十八日抵达曲靖时，他甚至不敢随意睡在旅馆的榻上："余榻上所设一草荐，已

尘污作黑色，恐有臭虫，不敢用，遂卷置一端。解被包，出一薄被，拟和衣而卧矣。”(《西行日记》，九月二十八日)

前面已经说过，如果施蛰存的日记注重描写逃难期间的日常细节，那么他的诗歌则较重诗人内在情绪的发抒。但由以上的例子可见，他诗里所描写的“内在情绪”实与日常经验息息相关。换言之，他之所以在长沙和沅陵的旅程不甚愉快，实由腹泻和臭虫的骚扰而引起。当然古人一定也有腹泻和遭遇臭虫的经验，但他们大多不认为那是合适的诗歌主题。尤其有关乱离诗，他们通常都注重描写家国之痛——例如明末女诗人王端淑（也是施先生很佩服的一位才女）的《悲愤行》就是典型的一例:“凌残汉室灭衣冠，社稷丘墟民力殚。勒兵入寇称可汗，九州壮士死征鞍……”然而，施蛰存却倾向把现代人所感受的真实心理情况——哪怕是神经质的——用现代人的方法注入他的诗中。这或许与他的现代派小说之心理描写有关。总之，我们应当把施蛰存的古典诗歌放在这种特殊的现代语境中来阅读。学者陈声聪（兼与）曾如此评论过施蛰存的《北山楼诗》:

> 然时代变，诗亦从无不变。自《三百篇》而《离骚》而乐府，而宋、齐、梁、陈，而唐、宋，以迄于清之同光，其表现意识，放映事务，实有不同之境界，皆有无形之进步。盖其变者内容，而不甚变者文字，恒为人所不觉耳……君（指施蛰存）华亭杰士，方其少日，文坛角逐，抗手时贤。中

> 更丧乱，辗转越南海角三湘八闽间，其所遇之境，所见之物，非前人所曾遇见。以君淹贯中西，融会新旧之才，发为声歌，虽由古之体，而其诗究为今之诗，与君一人之诗……

把施先生的旧体诗归纳为十分富有创意的“今之诗”和“君一人之诗”，确实甚有见地。可惜一般研究施蛰存的人都把注意力放在他二十多岁时所写的小说，却忘了他从三十多岁以后在旧体诗以及其他有关古典文学方面的辉煌成就。难怪陈声聪先生感叹道：“欣赏者（指欣赏旧体诗者）固已日少。”

另一方面，行旅中的施蛰存却喜欢与古人产生认同。在一篇回忆的散文中，老年的施先生居然把他平生的行旅称为“古代旅行”，这是因为他的“行旅之感和古人一致”：

> 唐宋诗词中，有许多赠别和行旅的作品，都是以当时的交通条件为背景的。现代人读了，总是隔一层，没有体会。即如“夜泊秦淮近酒家”、“夜半钟声到客船”这等诗句，古人读过，即有同感，因为人人都有这种生活经验。现代青年读后，便无动于衷，连想象也无从想象，因为他们的生活中从来没有这等境界。各式各样的古代旅行给了我的好处，就是使我能更深入地了解和欣赏这一类诗词……

正是一九三七年那年的西行逃难之旅（那就是，长达二十三日的长途跋涉，而非舒适的飞机之行）使他开始进入这种“古代旅行”的趣味中。这也可以解释，为何那年施蛰存突发诗兴，居然在途中欲罢不能地写出了那么多首抒情的旧体诗。（顺便一提，西方中古时代的大诗人但丁，也是因为在“被贬”的逃难之行中有所感触，才开始大量写出抒情诗的。所以现代文学批评家玛丽亚·梅诺卡尔曾经说过：“中古时代——以及现代和后现代——的抒情诗是在‘贬谪’之中发明的。”）

然而，值得注意的是，一个逃难者必须从“逃难”的心态转为“旅人”的心态才可能领略这种“古代旅行”的真正趣味。施蛰存的诗歌正好反映了这种微妙的心理变化。有趣的是，在西行的旅途中，最初触发他进入这种“旅者”心态的原因就是小说家沈从文的湘西世界。且说，九月二十一日那天，施蛰存顺利地离开了沅陵（那个充满“臭虫”记忆的地方），驱车凡二百四十里，最后抵达辰溪。一路上他“经过湘西各地，接触到那个地区的风土、人情”，顿然就想起了“凤凰沈从文著《湘西》一卷，摹写其地风物甚佳”。于是他忍不住在辰溪口作了一首诗，题为《辰溪待渡》：

辰溪渡口水风凉，北去南来各断肠。
终古藤萝牵别绪，绝流人马乱斜阳。
浣纱坐老素足女，叩棹行歌黄帽郎。
湘西一种凄馨意，彩笔争如沈凤皇。

就是这首作为“有诗为证”的《辰溪待渡》首先记录了诗人进入“旅人”心境的重大改变。（半个世纪之后，在他追悼沈从文的挽联中，施蛰存还念念不忘那段有关湘西的经验：“沅芷湘兰，一代风骚传说部；滇云浦雨，平生交谊仰文华。”他曾自己阐释过这副挽联，他说：“上联说从文的作品是现代的楚风、楚辞，不过不表现为辞赋，而表现为小说。”）

其实，施先生的《辰溪待渡》一诗（尤其是“浣纱坐老素足女”等意象）也使我联想到明代诗人杨慎。杨慎曾作《题浣女图》诗一首，戏仿李白的《浣纱女诗》，其开头的两句就是：“红颜素足女，两足白如霜。”不过，更关键的是，施蛰存的西行经验很自然地使我联想到杨慎的赴滇旅程。杨慎本来在文坛上很早（二十多岁时）就占据了很显赫的位置，后来（一五二四年，三十七岁时）却不幸因“议大礼”事件而触怒了嘉靖皇帝，故在遭到廷杖之后，终被贬到云南永昌卫。他在长达三十五年的流放生活中仍继续勤学，努力写作，其持续的多产令人惊叹（杨慎所撰写和编纂的文字多达四百余种，现存约两百种，仅杂著就有一百余种）。虽然施蛰存并没有被贬（只是他的“西行”原有“自我放逐”的含义），他后来在云南也只待了三年，但他那种身处“边缘”却新作迭出的创作精神，却让我不得不联想到明代大才子杨慎的经历。重要的是，当年的杨慎曾经从一个“放逐者”转而变成了一位融入大自然的“旅人”。他曾在《游点苍山记》中写道：“自余为僇人，所历道途，万有余里……号称名山水者，无不游已。”尤其是，在他见了点苍山之后，终于“如醉而醒，如梦而觉……然后知吾向者之未尝见山水，而见今日始”。

与杨慎相同，在初往滇黔的道中，施蛰存也有一种“如在梦中”的感触。他在九月二十二日的日记中曾记载道：

> 车入贵州境后，即终日行崇山峻岭中，纡回曲折，忽然在危崖之巅，俯瞰深溪，千寻莫止，忽焉在盘谷之中，瞻顾群峰，百计难出。崄巇之状，心目交栗。镇雄关，鹅翅膀，尤以险塞著闻，关轮疾驰以过，探首出车窗外，回顾其处，直疑在梦寐中矣……

当时施蛰存曾写诗《晃县道中》一首，以描写这种既险峻又令人感到震撼的特殊景象。作为一个旅者，面对如此经验，可谓大开眼界：

> 渐有居夷感，终朝瘴雾间。
> 天无三日霁，地属五溪蛮。
> 林杪猿啼急，云中鸟道艰。
> 回车吾岂得，越岭复登山。

尤可纪念者，当车行至“中国第一瀑布”黄果树时，施蛰存忍不住要请司机停下来，以便让他静静地观赏那千仞山壁、飞泉直落的震撼景观。他的日记写道："至黄果树，路转峰回，便见中国第一大瀑布。上则匹练千尺，下则浮云万叠，势如奔马，声若春雷，遂命司机停车十分钟，凭窗凝望焉。"（九月二十六日《西行日记》）那天他当场就写下了《黄果树观瀑》一诗：

黄果奴千树，青山界一条。
静垂吴女练，急卷浙江潮。
幽谷晴喷雪，曾阴昼听枭。
蛮烟封绝域，殊胜在三苗。

"青山界一条""静垂吴女练"等诗句显然暗用了中唐诗人徐凝《庐山瀑布》中的名句"千古长如白练飞，一条界破青山色"。但施先生却把它放在一个"蛮烟封绝域，殊胜在三苗"的全新背景中，于是就更加令人震撼。就是在这种"驰驱于悬崖绝壑"的旅途中，施蛰存由衷地感叹道："昔尝从徐霞客游记中知其为黔西险要，今亲临其地，视之果然。"同样，在《车行湘黔道中三日惊其险恶明日当入滇知复何似》那首诗中，我们不但读到"驱车三日越湘黔，堕谷登崖百虑煎"那种令人惊心动魄的描写，也能体验到作者咏叹滇黔地方风物的乐趣："负盐苗女支筇歇，叱驭奚僮解驮眠。"

值得注意的是，这段充满刺激的西行逃难之旅最终成了施蛰存一生中很重要的治学和文化之旅。他于九月二十九日抵达昆明，九月三十日往云南大学报到，不久开始教大一国文、文选、历代诗选等课程。施先生是抗战爆发后第一批到昆明教书的“外省人”之一，当时与他同时抵达昆明的教师们还包括吴晗、李长之等人。他们“都是在卢沟桥事变以前决定应聘的”，所以当初选择来到昆明，“不是由于战事的影响”。然而不久就来了大批的清华、北大师生，当时两校合并为西南联合大学。又有沈从文、杨振声等人也同时逃难到了昆明。所以一下子昆明成了人才的集中地，施先生也就很自然地进入了这个学术圈子。同时，昆明大学面临美丽的翠湖，那湖滨也是学者们经常聚会的地方。据沈建中的书中所载，施蛰存曾回忆道：

> 那时候，中国的学术圈子主要是在北平，一大批学者云集北平的几所大学。抗战爆发后，北平沦陷，北平城里的这一大批精英开始撤离，一部分去了成都、重庆，另一部分随着清华、北大、中央研究院迁到了昆明，成立了西南联大。在那里，我碰到了闻一多、向觉明、罗庸、冯友兰、张荫麟、陈寅恪、魏建功、唐兰、林徽因、杨振声、冰心等许多人，还有旧友朱自清、浦江清、沈从文、滕固、傅雷、徐迟、孙毓棠、凤子、徐中玉和叶秋原夫妇，课余时常聚集在一起，有时在翠湖公园里散步聊天，有时到圆通公园喝茶，渐渐地似乎也进了这个圈子。对于我来说，在治学方面深受影响，知识面广了，眼界开了。

很巧的是，施蛰存当时正好与浦江清等人住在翠湖旁边的承华圃街，所以他课余闲暇之时经常到风景优美的湖边散步。他当时所交的新朋友——例如吴宓、冯友兰等人——大多是在翠湖散步时相识的。如果说昆明是战乱时期知识分子的避难所，那么翠湖就成了那个“避难所”的象征。在《翠湖闲坐》那首诗中，施蛰存企图捕捉其中的平静之美：

斜阳高柳静生烟，鱼跃鸦翻各一天。
万水千山来小坐，此身何处不随缘。

重要的是，一个人必须在历经千惊万险的颠沛逃亡之后，才能真正体会这种“此身何处不随缘”的境界。

在昆明的前半段期间，施蛰存还没有真正感到战事的威胁，因为那时昆明很少遭受严重的空袭。然而，诗人内心的焦虑却因松江老家被日机炸毁的消息而难以平静。一九三七年十一月二日，他突然接到家人的电报，得知老家已在战火中毁去，内心感伤之情无以名状，当下即赋诗一首，题为《得家报知敝庐已毁于兵火》：

去家万里艰消息，忽接音书意转烦。
闻道王师回濮上，却教倭寇逼云间。
屋庐真已雀生角，妻子都成鹤在樊。
忍下新亭闻涕泪，夕阳明处乱鸦翻。

从此，“已是无家争得归”（见《大观楼独坐口占》）就成了他诗中的一大主题。在《除夕独游大观楼》那首诗中，他把自己比成古代诗人陆机那种只身漂泊异乡的孤寂心情：“楼外楼空游客稀，老夫策杖独依依。城中儿女喧分岁，日下倭夷正合围。入洛士衡非得计，去家元节总思归。萧寥一段残年意，伴取西山冷翠微。”在给妻子的家书中，施蛰存虽表达了忧国思家的愁闷，但总是尽量给予安慰，总是盼望战争很快就会过去（“王师旦夕定东夷”）。例如《寄内》一首：

干戈遍地锦书迟，每发缄封总不支。
莫枉相思歌杕杜，暂时辛苦抚诸儿。
浮云随分天南北，闺梦欲来路险巇。
春水方生花满陌，王师旦夕定东夷。

然而，对施蛰存来说，真正能起到抚慰心灵作用的，乃是徜徉于山水的旅行经验。一九三八年的寒假，他终于有个好机会到路南县旅游前后十五天，在其间他“游玩石林、芝云洞诸名胜三天，在彝人山中住了十天”，“自然界的奇观及倮罗人的风俗习惯”均使他多年之后“未能忘怀”。该行是应云南大学学生李埏的邀请，到他的家乡路南彝族自治县旅游。同行之人还有吴晗先生和他的弟弟吴春曦。其中尤以石林之游特别引人入胜，施先生嗣后还写了长诗《游路南石林诧其奇诡归而作诗》一首。其开头四句写道：

平生不解驰驱乐，一朝捉辔心手艰。

石林游兴不可降，踞鞍叱驭终自娴。

该诗以如此风趣和自嘲的口吻开头，在古今诗中都是少见的。原来，施蛰存一向不善骑马，不像吴晗和他的弟弟平日课余就经常租马去郊外练习驰骋，因而在往路南县的山路旅途中他们总是策马急驰，唯独施先生因“不善捉鞚”，只得“享用滑竿”。但在那次石林之游，施先生终于有了平生第一次骑马的经验。他的《路南游踪》很生动地记载了当时的情况：

吃了早饭，李埏君已将马匹预备好。我本来想乘坐滑竿，但吴君昆仲坚主骑马，并且也劝我趁此机会学一学驰骋之术。我心中不免动摇，颇油然而有据鞍之兴，遂即欣然首肯。李埏君知道我不会骑马，所以特地替我预备了一匹驮马……我跨上马背，坐在那鞍架上，觉得怪不舒服……于是我表示宁愿摔跤，不愿骑这驮马。吴君等都笑起来，请李君给我的马换上了一道鞍子……出了东门……来到城外大路上，吴君昆仲策马疾驰，李君的马也跟着跑了。我的马在最后，看见前面三匹马绝尘而去，也不甘落后，翻滚银蹄，追奔上去了。我竭力保持身子的平衡，不让给溜下去，但是有好几次是已经滑下了鞍子，又努力坐正来的。我觉得马背在我胯下像波浪一样地往前涌，耳朵中只听见呼呼的风声，眼前只见一大堆马鬣毛。我屡次大叫前面的马赶快停止奔驰，但吴君他们都哈哈大笑。这样我完成了生平第一课的骑术。

后来他们四人终于安抵石林峭壁，并爬上了最高的石堆。施蛰存那首《游路南石林诧其奇诡归而作诗》的后半部（第十七行至末尾三十八行）就是描写他刚见到那些嶙峋的巨石所产生的非寻常之感官意识：

千岩万崿开竹田，琅玕磊砢难跻攀。
虎牙桀峙荆门竦，天光隐遁日脚黫。
望夫插灶罗星躔，督邮亭长趋朝班。
苍鹰静发山鬼笑，杜鹃乱作洪荒殷。
始知女娲炼石处，鼎炉乃在西南蛮。
米颠屐齿不到此，丈人寂寞苔藓斑。
苏柳斗诗虚想象，几曾真见剑铓山。
东吴培塿亦小巫，万笏朝天徒自讪。
老夫眼福得天赐，色飞魂动眸子孱。
拊髀爵跃不可说，欲宠以诗辞已悭。
待乞项容挥水墨，卧赏崔嵬几席间。

以上这一段诗的大意是：石林的千万石柱拔地而起，如竹林一般，又多又密，难以攀登。这些尖锐的怪石有如“虎牙”一般，连太阳光都被挡住。它们仿佛是望夫石和插灶山的巨石一般，都一起高耸入云；峭壁上的两块大石有如“督邮”和“亭长”两个官吏正在攘袂相对。这些奇石或如展翅欲飞的苍鹰，或如凝睇含笑的山鬼，姿态各异。同时，乱石堆积，满目殷红，似杜鹃遍地，又好像到了混沌的远古时代。这才令人恍然大悟：原来女娲炼石的“鼎炉”就在这里（“西南蛮”）。可惜善画山水的米芾游踪不到此地，以至奇山怪石寂寞不为人知，到处都长满了苔藓。从前苏柳等人也都写过有关“尖山”似“剑芒”的诗文，但他们“几曾真见剑铓山”了？（言下之意是：眼前石林之陡峭远胜苏柳所见。）我今天见了这儿的石林，才终于想到：原来苏州的天平山（“东吴培塿”）虽然早已擅名“万笏朝天”，其实只是小巫见大巫了。我（“老夫”）真是“眼福得天赐”，让我面对此景，少见多怪，故觉惊心动魄，以至眉飞色舞，欢欣雀跃，所见奇景无法形诸言语文字（“欲宠以诗辞已悭”）。但愿唐代著名的山水画家项容能为我画出这个石林伟观（“待乞项容挥水墨”），好让我卧赏石林的高大奇景（“卧赏崔嵬几席间”）。

像这样生动的游记诗确实少见。比起韩愈那首《山石》，施蛰存的《游路南石林诧其奇诡归而作诗》更来得“奇诡”。韩愈的《山石》其实并非关于“山石”，只是因为开头一句“山石荦确行径微”而得名，全诗乃是有关诗人游山之后、在归家途中之所见所感，其中尤以结尾诸句（“人生如此自可乐，岂必局束为人鞿。嗟哉吾党二三子，安得至老不更归”）流传于世。施蛰存特别欣赏韩愈这首诗的结尾，曾在他的《唐诗百话》中评论道："像这样的生活，自有乐趣，何必要被人家所拘束，不得自由自在呢？我们这两三人，怎么能在这里游山玩水，到老不再回去呢？"施蛰存的《游路南石林诧其奇诡归而作诗》似乎也抒发了"至老不更归"的旅游情趣。当然，除了《山石》，施先生此诗（至少在多层描写的技巧上）显然更受韩愈《南山诗》的影响。韩愈《南山诗》之描写险语迭出，也颇动人心魄，在此不能不提及。但施诗最大的不同是：它虽是一首旧体诗，其中所表达的却是一种"新"的感觉。换言之，诗人用很艰深的古典用语来描写自己独特的心理印象——从诗人的眼中看来，石林中所有那些嶙峋的巨石都被人格化了，在他的想象中，那些石头已经不是什么静态的峭拔石块，而是充满动作的主动者。这样的写法不得不令人想起：施先生其实是用他那种写"现代派"心理小说的写法来写诗了。与他从前所写的许多心理小说相同，他在这首诗中采用了不少古代的典故，但描写的却是极其现代的心理感觉。[1]

这种古典中的"新鲜"感，其实是施先生的云南诗歌中很重要的一个特征。在昆明期间，他最流连欣赏的景致之一就是到处满目怒放的山茶花。他曾与浦江清、吴晗等人多次到著名的金殿欣赏茶花之美，目睹"茶花盛放"的景致。有一次，其中一株"色浅红者尤大，高二丈许，花大可比芍药"。至于施蛰存所写有

1　有关施蛰存的心理小说经常采用古代典故和故事，尤以《将军底头》最明显；该故事从头就引用杜甫的诗"成都猛将有花卿，学语小儿知姓名"。此外，他的小说《石秀》《鸠摩罗什》等也都建立在古典用事的基础上。

关山茶花的诗歌，尤以长诗《华亭寺看山茶》最为壮观：

云南鹤顶夸绝艳，未到云南先在念。
寓斋颇有犀角株，初浣征尘已点朱。
繁霜浓雾日凌扇，坼蕊吐苞忽满院。
曈曈晓日蒸燕支，荡荡琼瑰照酒卮。
丰肌秾态出殊色，江外盆栽那比得。
老夫一日三凭栏，欲赋新诗琢句难。
涯渚自欣天下好，坐被邻翁笑绝倒。
朝来挈我上西山，松桧萧森苔藓斑。
迤逦却入华亭寺，目炫魂翻心忽坠。
赤城霞起建高标，三月阿房火势骄。
即墨奔牛犹爇尾，东瓯烧畬惊山鬼。
眼前物候失春冬，暖入重裘四体融。
谁遣炎官主北政，日炙风薰来用命。
当阶一丈饰珑璁，突兀凌霄照殿红。
簇碗堆盘几千朵，醉眼酡颜争婀娜。
云从烟拥舞霓裳，朱鸾赤凤翩回翔。
桃杏不须夸烂漫，芙蓉失色山榴叹。
南强北胜徒纷争，篱角墙根浪得名。
寺僧为我征故实，屈指昆明推第一。
移向安宁三泊开，劣与茶王作舆台。

邻翁闻之面发赤，拘虚人笑拘虚客。
要余更作三泊游，观海一洗井鱼羞。
老夫回面谢不敏，莫损有涯逐无尽。
归来诗成不饰文，寄去家园诧细君。

这首长诗大约作于一九三八年三月间，是施先生与叶秋原、杜衡夫妇游华亭寺之后写的。据沈建中考证：“滇西南郊西山之腹地有座殿宇华亭寺，元延祐七年（一三二〇年）由高僧玄峰建立，传说大殿上梁之际有群鹤翔集，诧为华亭仙翮，因而名寺。明末毁于兵燹，清康熙二十六年（一六八七年）修缮，至咸丰七年（一八五七年）又遭毁，在光绪九年（一八八三年）重新兴建。一九二三年虚云和尚增建了藏经楼、大裴阁、海会塔，改名为云栖禅寺。寺内有天王殿、大雄宝殿、钟楼，大殿内有三尊三世佛金身塑像，两旁壁上塑有五百罗汉像；天王殿雕有四大金刚和哼哈二将，正中供奉弥勒佛。寺周围苍松翠柏，曲径通幽，颇为古雅。”

然而，施蛰存的长诗《华亭寺看山茶》却把重点放在“红色”山茶的描写上。据传说“华亭寺”最初乃因“大殿上梁之际有群鹤翔集，诧为华亭仙翮，因而名寺”，所以施先生此诗的开头首句就把云南的山茶花比成丹顶鹤——那是一种头顶上有一抹艳红的白鹤：“云南鹤顶夸绝艳。”这样一来，该诗的气氛从头就是既红又艳的。首先，诗人描写当天在旅途中，从一开始就看到周遭的树林已有红色的点缀（“初浣征尘已点朱”）。后来他渐渐觉察到太阳照在胭脂色的山茶花上之景观（“曈曈晓日蒸燕支”）。于是那红色的山茶立刻使他联想到红玉般的酒杯（“荡荡琼瑰照酒卮”）。抵华亭寺之时，那儿的山茶花更让他感到“目炫魂翻心忽坠”，因为整个华亭寺有如一个“赤城”。此外，满山遍布的山茶也令他联想到阿房宫中的红火（“赤城霞起建高标，三月阿房火势骄”）。他接着还联想到古代春秋时代那种像火一般的“火牛阵”，还有那足以令山鬼心惊的火烧畲田（“即墨奔牛犹爇尾，东瓯烧畲惊山鬼”）。此时诗人猛然觉察到：似乎季节完全倒错了，否则山茶花的“红热”怎么使得寒冷的初春温暖得有如盛夏一般？于是他又问道：是谁差遣火神（炎官）来到人间，使他做出违背节序之事？

眼前物候失春冬，暖入重裘四体融。
谁遣炎官主北政，日炙风薰来用命。

接着诗人注意到：有一棵一丈多高的山茶，就在华亭寺的台阶上，它长得特别突出，它的红色照亮了整个寺院；同时，它树上的“几千朵”山茶花有如堆积起来的碗盘，其艳丽犹如美人的两腮醉颜：

当阶一丈饰珑璁，突兀凌霄照殿红。

簇碗堆盘几千朵，醉眼酡颜争婀娜。

此外，诗人也把这些山茶花比成“舞霓裳”的美女，还有天上飞翔的“朱鸾赤凤”。最后他的结论是：无论是桃杏或是木芙蓉或石榴花，即使它们也是红色的，根本无法和山茶的灿烂相比（“桃杏不须夸烂漫，芙蓉失色山榴叹”）。

把山茶花比成像火一般的热烈，确实是施先生的一大创见。在这首诗中，我们也可以感受到所谓“通感”在诗中的作用。钱锺书把“通感”定义为中国古典诗中很重要的诗法，它指的是一种视觉、听觉等“感觉挪移”的交互作用。但在《华亭寺看山茶》这首诗中，施蛰存所表达的更是一种“现代派”的全面象征手法，那是法国波德莱尔等人所主张的“象征通感”之进一步发挥。因为施蛰存所强调的不仅是“感觉挪移”的作用，而是一种整体的感官想象——诗人由视觉进入触觉的热感、又由热感转入心理的描写。有关色彩的渲染，施蛰存无疑是受了唐代诗人李贺诗法的影响（施在少年时代曾写《安乐宫舞场诗》，自称是“模仿了许多李长吉的险句”）。但在这首《华亭寺看山茶》的诗中，施蛰存所创造的意象却有一种“现代派”的特征，那就是触及“心理现实”的层面。尤其是，他把山茶花拟人化，并让它具有某种心理活动，确实令人大开眼界。

当然，并非施蛰存所有的逃难诗歌都具有这种“现代派”手法，但一般来说，施先生所写的较长的“古诗”——尤其像《游路南石林诧其奇诡归而作诗》和《华亭寺看山茶》等长诗——都比较容易展示他这一方面的特征。相比之下，他一般所写的律诗或绝句，则似乎较为含蓄而浓缩。这乃是因为，短诗较不容易安排大规模的意象“通感”。例如，有一回他和朋友在晋宁探望闻一多，顺便游盘龙寺，之后写了一首五言律诗，题为《晋宁偕浦君练吕叔湘侍闻一多先生游盘龙寺》。该诗云：“残晋开蛮郡，蒙元选佛场。三乘空贝叶，十地舍金装。来见不见相，谓尽无尽藏。阇黎供一饭，毛孔生妙香。”这首诗的重点自然和以上的长诗十分不同。

此外，必须说明，并非施蛰存在昆明所写的全部诗歌都和旅游有关。上头已经提到，在抗战初期，昆明成了人才荟萃之地，施蛰存也就很自然地进入了这个文人的圈子，所以他的许多诗歌都是他当时和朋友的唱和。例如，昆明的大观楼一向是文人赋诗聚会之处，所以施先生经常和朋友们到该地品茶酬唱，有一首诗《何奎垣李季伟张和笙诸公招饮大观楼分韵赋诗因呈一章》就特别记录了那次的聚会：“胜地初相引，来同诗酒盟。倭氛妨北顾，蜀学喜南行（诸公皆蜀人）。佳句草堂旧，玄言秋水清。幸从倾盖语，尊俎定平生。”据施先生告诉沈建中：“这三位四川籍教授都是风雅之士，何奎垣尤善诗词，李季伟偏爱戏曲，张和笙长于围棋。”另外，施蛰存也经常与他的同事周泳先唱和，当时周泳先住在风景优美的磨盘山，施先生常去拜访他家。有一首诗《赠大理周泳先》云：“苍洱新词客，清真有嗣音。湖山容寄傲，花草费钩沉。寇骑不窥塞，霜翰宁息林。从今谢羁旅，松菊入瑶琴。”对周氏的隐居方式表示羡慕之情。另有一首题为《周泳先招饮率尔有作》，对周氏后院“松菊存三径”的环境尤为称赞，相较之下，自己却还在“风尘”中逃难，他因而感叹道：“周郎招取饮香醪，更与吴笺写欝陶。篆刻雕虫童子技，霜刀飞鲙细君劳。输卿松菊存三径，老我风尘见二毛。小阁银灯共遥夜，羁愁聊借一尊逃。”施先生对朋友的坦白和幽默的情趣在该诗中表现无遗。

此外，施蛰存对抗战期间避居昆明的才女格外敬仰。其中有一位女诗人卢葆华，她早年曾在上海求学，后不断在报刊上发表诗文，施先生早与她结识。抗战爆发后，卢氏携带老母和两个孩子避居昆明，又被丈夫遗弃，所以施蛰存特别同情她，也经常与她唱和，曾赠她“今来解后滇池上，避地俱为离乱人”（《为卢葆华女士题飘零集诗卷》）等诗句。另外，有一次施先生在翠湖公园散步时认识了著名的女诗人徐芳，后来经常有来往，曾作一诗《漫题一绝为徐芳作》：“元是凌波缥缈身，雕虫獭祭亦天真。焚书王寿终能舞，却道君家有解人。”

对当时不在昆明却不幸遭遇困难的朋友们，施蛰存也同样以写诗的方式表示关切。例如，他曾作诗《寄郁达夫南洋》：“容台高议正纷纷，竞奏蛮书靖敌氛。雪涕贾生方赋鹏，投荒杜老政怜君。朱弦欲为佳人绝，玉镜难缘舞凤分。珍重东坡谪儋耳，随行犹自有朝云。”此诗显然写于一九三九年郁达夫在香港《大风》杂志刊登《毁家日记》公布自己与王映霞婚变内幕之后。诗的前半部集中描写抗战期间对于当时文人的冲击，他把郁达夫的南洋逃难比成贾谊被贬和杜甫在安禄山事变期间的“投荒”四川。诗的后半部则对朋友的婚变表示遗憾——大意是，即使那个被贬到海南岛的苏东坡，也比郁达夫幸运。总之，整首诗表达了对郁达夫的关切，也表示问候之意。（顺便一提，后来一九四〇年初夏施蛰存到了香港，有一天见到王映霞，听她述说自己的经历，故作一诗《香港寰翠阁遇王映霞话近事为赋一章》，深表遗憾：“朱唇蕉萃玉容臞，说到平生泪渍襦。早岁延明真快婿，于今方朔是狂夫。谤书漫玷荆和璧，归妹难为合浦珠。蹀躞御沟歌怏绝，上山无意采蘼芜。”后来一九四二年施蛰存转到福建长汀，听说王映霞已改嫁，又作《闻王映霞近事》一首，中有“可怜京洛风尘里，缁尽凌波白练裙”诸语，却不无微词，此为后话。）

昆明在抗战时期所扮演的文化角色是比较特殊的。当初施蛰存之所以决定到昆明去教书，他所选择的纯粹是一条传统文人的道路——这与他的朋友戴望舒、穆时英等人的目标极其不同。然而，施蛰存最终在昆明只住了三年（严格地说，前后只住了两年半），这完全是外在现实的情况所造成的。首先，一九三九年之后，由于屡次躲避敌机的轰炸，施蛰存和他的朋友们经常被迫避居离昆明一百里以外的小城，情势已经很危险了。从他的散文《山城》和《枯坐》那首诗中（有“索居空众虑，枯坐遂中宵”等语），已可以读出作者日渐孤寂的心态。同时，据他所写的《米》一文可知，当时昆明的通货膨胀已到了“一百元一石的米价威胁之下”，他说“我们每天担忧着明天或许要挨饿，因为我们没有权利一次买到一斗以上的米，也没有把握能确定每一次都买得到”。一九四〇年三月十日，施先生在给成都闻宥先生信中则更清楚地写道：“弟现已定于十三日离滇赴港……昆明物价近已无法对付，米售百元一石尚可，所更难堪者，纸烟‘皇后轮’廿支乃售一元六角。故弟不能待至暑假结束告退耳。”不过，当时施先生可能只想暂时离开一下，想在香港待一段时间，等将来情况好转再回昆明。谁会料到，仅只三个月之后，日本军就彻底封锁了滇缅线的铁路，即使他想再回昆明，也已经不可能了。

在施蛰存的人生记忆中，昆明一直占有极其重要的地位。在他的心目中，昆明不仅是一个特殊的“地点”，也是一种特殊心灵境界的象征。尤其在离开云南之后，他更加怀念昆明。事实上，才离开昆明不到两个月，他就写出了以下忆旧游的文字：“现在到了香港了，安居下来之后，一天一天地觉得不自在起来。虽然在这里抽纸烟吃鱼都比昆明方便，可是当时所渴望而不可得者，现在既得之后，反而又觉得不甚珍异；非但不甚珍异，甚且有点厌腻，而对于昆明的生活，转觉得大可怀恋，虽然明知道此刻的昆明比我离开它时更不易居了。”八月二十日，施先生又发表了一篇题为《驮马》的文章，其中写道：“我第一次看见驮马队是在贵州，但熟悉驮马的生活则在云南……二万匹运盐运米运茶叶的驮马，现在都在西南三省的崎岖的山路上，辛苦地走上一个坡，翻下一个坡，又走上一个坡，在那无穷尽的山坡上，运输着比盐米茶更重要的国防材物，我们看着那些矮小而矫健的马身上的热汗，和它们口中喷出来的白沫，心里将感到怎样的沉重啊！”这篇散文令人想起了他的石林之游，还有那首题为《驮马》的五言律诗：“巴滇果下马，款段耐登山……长楸喷玉过，斜日识途还……”后来十月间他到了福建，在途中写《坑田道中得六诗》，诗中却有“吾昔游滇中，好山看不已”之句。在福州的西湖公园内喝茶，也不知不觉地想起了昆明：“福州也有一个西湖，但我在西湖公园内开化寺前喝茶的时候，却仿佛身在昆明翠湖公园中的海心亭茶寮内。我自己也有点吃惊，为什么昆明能使我愈益留恋起来？”不久他到了山中的永安教书，心里特别寂寞，也就怀念起从前在昆明的日子：“这一年中的生活，大约将花费于朝看山色，暮听溪喧里了。到此地，真有寂寞之感了。在昆明的时候，感觉到寂寞。到这里来之后，就不禁想起在昆明时的热闹了。这里没有亲戚，没有同乡，也没有一个旧朋友，投身到一个完全陌生的环境里，即使我原是抱着此勇气而来，到其间也不禁有点后悔的样子。”不久他写长篇的《愁霖赋》表达他那种哀“世乱而流离”的情绪，中有“初纡辔于昆滇，旋扬舲于闽越”的感叹。接着他写《归去来辞并序》，抒发无家可归的悲哀，寂寞之情油然而生：“庚辰之冬，寄迹闽越诸山中。除夕，少饮酒，便而陶然，空堂独坐，无与欢者……归去来兮！岁云暮矣，尔安归？”在那段期间，与昆明的老朋友们通信已成为他生活中最大的安慰——当然，那些朋友大都已离开昆明，都转到成都或重庆去了。好友吕叔湘就曾经由成都来函，中有“前读《愁霖之赋》《归去来辞》，读之凄然”诸语。后来施蛰存游著名的武夷山，写《武夷行卷》三十五首，在该“题序”中居然也提到了云南：“予居滇三年，尝发意游鸡足山，辄因循未践，既去滇乃大悔。今因缘来闽越，武夷山近在眉睫，讵忍复失之？”原来他游武夷山的原因之一，乃是为了补偿当年在云南之行的遗憾。最有意思的是，闽食那种“一撮花生佐浊醪”的趣味居然也令他想起了昆明的美食。他曾作《偶忆昆明肴馔之美戏赋一首》：“浪迹昆明意气豪，盘觞排日助吟毫。薄批云腿凝脂酪，小盏香螺细缕蒿。五月鸡葼真俊味，三年虫草亦珍芼。朅来闽峤艰生事，一撮花生佐浊醪。”这首诗大约作于一九四三年的春天，当时他在长汀的厦门大学教书。

尤可注意者，在一组题为《绮怀十二首》（副标题为“十年影事微见于斯”）的诗作中（作于一九四三年秋季，于长汀），昆明翠湖的“海心亭”居然成为其中少有的一个“实证”。首先就整体而言，该诗组读来颇令人感到一种迷离恍惚的心理状态——初读之下，读者会以为每首诗可能影射一事，但细读之下，却很难找到明显的事实。诗人忽而套用近代人黄景仁《绮怀十六首》的艳诗词汇（如“飘蓬”“红烛”“明珠”“沈郎”“梨云”等），忽而转用曹植《洛神赋》和刘禹锡诗中的典故（例如第一首开头二句：“瑶琴罗袜各生尘，病树前头忍见春”）。总而言之，此诗组似乎充满了许多虚化的事实，故给人一种凭空臆造、故布迷阵、若有若无的“影事”情境。然而有趣的是，第七首居然提到“海心亭”，那至少是一个可以证实的实际地名：

海心亭畔观鱼乐，笑说侬心乐似鱼。
今日华堂供设醴，可曾缄泪戒鲂鱮。

至于“海心亭畔观鱼乐”是否指实有其事，也无从考察。但有一个暗示就是：该诗的后半部似乎意味着那个被怀念的朋友已经亡故，但诗人还一直难以忘怀。至于结尾“戒鲂鱮”一词似可由以下汉乐府《枯鱼过河泣》一诗引申出意思：

枯鱼过河泣，何时悔复及！
作书与鲂鱮，相教慎出入。

所以“戒鲂鱮”大概是指好友之间互相警戒的意思。当然，“观鱼乐”一事的具体事实如何，那就纯属个人内心的秘密了。

最令人感动的是，施蛰存终其一生都无法忘记昆明的翠湖。二〇〇一年，他已是九十七岁的老人，但他的那首旧作《翠湖闲坐》（写于一九三八年寓居昆明时）又一次刊登在《新民晚报》上：

斜阳高柳静生烟，鱼跃鸦翻各一天。

万水千山来小坐，此身何处不随缘。

对于施先生，昆明似乎永远代表着内在心灵的避难所。如果不是一九三七年，他毅然走上那个赴滇的逃难之旅，他的后半生将会十分不同。就如他在垂暮之年所说："去云南大学教书，成为我一生的生活转折点。"

与耶鲁学生看《末代皇帝》

自从三月上旬，甫获九项奥斯卡金像奖的影片《末代皇帝》陆续在纽黑文地区上演，有些美国学生就希望我能带他们同去看看这部名片，并且建议我来个观后心得讨论会。四月一日我们看过《末》片之后，便就该片内容及其评价交换了意见。

在看《末》片之前，我和学生都先读了不少影评。结果发现，这部名片竟引起了两种截然不同的反应，非常有趣。这两种全然相反的态度，或许可以用“爱”与“憎”两个字来分别形容。属于前者的可以汉学家费正清先生的评论为代表，属于后者的可以《耶鲁日报》近日一篇影评为代表。费正清先生认为《末》片场面壮观兼有文化深度，且是一部极富戏剧性的影片，至于片中不符史实之处，费氏以为都能从增进艺术效果的角度来理解。而另一方面，《耶鲁日报》的执笔者则认为《末》片无聊、肤浅，是一部令人感到沉闷的庸俗影片。如此极端相反的见解，深深触发了学生的好奇心和想象力，更使他们渴望一睹为快。待我和学生们看完《末》片，一同讨论观感的时候，学生中间竟也分成了两派，有的赞之备至，有的把该片批评得体无完肤。

一

喜爱《末》片的学生，一致称赞片中所表现的“异国情趣”，以及精彩的服饰、富丽的宫廷，尤其其中穿插的历史背景，动人心弦，使观众在短短三小时之内便能体会到中国文化的特色。他们称赞导演贝托鲁奇技艺不凡，能把一段动荡不安的中国近代史借溥仪的一生刻画得淋漓尽致。小皇帝登基那一幕，有人特别喜爱，认为是开场好戏。彼得·奥图饰演溥仪的英国老师庄士敦，特别出色，其中教导小皇帝如何做“绅士”一段，尤其令人寻思难忘。有一位学生说，他刚在我的课上念过《论语》，所以觉得儒家“君子”的理想，和英国“绅士”的概念有异曲同工之妙；庄士敦所说，绅士必须“言行一致”，正与孔子“谨而信”的意思不谋而合。原来庄士敦本是一位通晓中国文化的“君子”，出身牛津大学，入清宫之前已在亚洲二十余年，不但走遍中国内地各省，对中国风土人情了如指掌，对四书五经也是研究有素的，难怪幼年的溥仪对这位“中国通”特别敬服了。另有几位学生说，他们非常欣赏导演在《末》片所展露的组织和创造的才能。例如，以下这段对话，在溥仪的《我的前半生》中是找不到的：

"语言是很重要的……"庄士敦一本正经地说。

"为什么语言特别重要?"溥仪问道。

"绅士必须言行一致啊……"庄解释说。

"那么，我就不是绅士喽，因为我不能自由说实话，他们叫我说什么，我就得说什么……"

这一段由导演创造出来的对白，把这位小皇帝的寂寞、不自由，都表露无遗；原来在紫禁城那道城墙之内，溥仪（和以前的同治、光绪一样）是没有说话的权利的（这与溥仪后来性格上的懦弱有深切的关系）。总之，喜爱《末》片的学生异口同声地赞扬导演的才干，特别是他的艺术眼光和创作力。

二

在另一方面，不喜爱《末》片的学生，则各有其不同的反面看法。例如有人说，慈禧太后那一段演得太阴森恐怖，把个清宫描绘得活像鬼屋。此外有不少学生，对于养心殿中"闺房游戏"那一幕深有反感，认为只为了描写皇帝和后妃的闺房生活，竟把溥仪、婉容、文绣三个人蒙在一床大被里玩"捉迷藏"，这等手法未免太过于庸俗不堪，何况这样一个镜头，竟无端地延续了这么久，令人觉得不成体统，真不知导演用意何在。同样，在后来伪满生活的描写里，又出现了婉容皇后与日本女间谍川岛芳子闹同性恋的镜头。许多学生问我，这件事是否于史有据，我说，这在溥仪自传中未曾提过，显然是导演根据贝尔去年出版的《末代皇帝》一书而加以夸张的。贝尔的书里是曾写到川岛芳子在男女关系上的糜烂，但对与婉容之间的同性恋行为并无记述，仅仅提到一九二八年该女间谍曾到天津，在溥仪家做客数周，与婉容交谊甚笃，如此而已。可见《末》片中这一同性恋镜头必是出自导演自己的设想（据说在台湾上演的《末》片，已将此一“黄色”镜头剪去了）。另外，在溥杰的日本妻子嵯峨浩所撰回忆录中，曾提到溥仪有同性恋之癖，所幸《末》片未把这一节也搬上银幕，否则就更显得庸俗而夸张了。

我个人认为，这部影片还有几处缺点。最遗憾的莫过于史实交代不清，特别使外国观众摸不着头脑。例如说，宣统皇帝是谁？这是观众急于知道的。然而片中却没有交代出宣统是刚刚过去的光绪帝的侄子这一点。尤其是溥仪的父亲醇亲王载沣，在小皇帝登基以后扮演摄政王的角色，片中也没有点出。载沣或许是中国历史上最无能的摄政王，但他的确身居高位，在被袁世凯挤掉以前，一直控制着清政府的大事。也正因为他懦弱无能，才被慈禧太后（他的姨母）选为摄政王。其实他与年幼的溥仪被召入宫，乃是由于光绪的暴卒，慈禧一心想要利用这位听话的摄政王，继续做她“垂帘听政”的美梦。谁料两天之后她自己也离开人世了。《末》片因对这段历史交代不清，徒使许多观众产生疑惑与误解。

此外，溥仪在《我的前半生》中记了一段和胡适开玩笑的往事。我认为《末》片该把这段演出，以调剂片中过于沉闷的气氛。故事大要是这样的：溥仪十五岁那年，听庄士敦讲起“电话”的功用，后来又听说自己的弟弟溥杰也看过这个玩意儿，由于心中好奇，便坚持在养心殿中也安上一个。不久果然电话机来了，电话局又送来一本电话簿。有一天溥仪心血来潮，想起庄士敦刚提过一位“新人物”——胡适博士，于是立刻拨了他的号码。正巧是胡适本人接电话：

> “你是胡博士吗？好，你猜我是谁？”
>
> “您是谁啊？怎么听不出来呢？”
>
> “哈哈，甭猜啦，我说吧，我是宣统啊！”
>
> “宣统？……是皇上？”
>
> “对啦，我是皇上。你说话我听见了，我还不知道你是什么样儿。你有空到宫里来，叫我瞅瞅吧。”

后来胡适果然来了，两个人聊了二十多分钟。

三

另外有一个重要的主题，我觉得被导演忽略了的，就是溥仪有个“帝国复辟”的美梦。溥仪因被这个美梦迷了心窍，以致先后被军阀和日本人所利用。一九一七年，袁世凯死后未久，发生“丁巳复辟”，使溥仪第二次登上皇位宝座。复辟虽是昙花一现，溥仪心中的幻觉却因而产生，满以为有生之年必可恢复大清基业。因此当他第三次在伪满称帝时，心里只是想望要尽快穿上光绪皇帝的龙袍。这一美梦虽遭日本人否决，溥仪却仍未彻底醒悟，仍然以为只要在“缉熙楼”中兢兢业业，终能靠日本人帮助光复祖业。溥仪这种“自我幻觉”，不但是他性格上的一个弱点，更是铸成他一生悲剧的导因，可惜《末》片导演未能把握刻画。

关于溥仪乳母被逐出紫禁城一节，《末》片的处理可算成功，使人对小皇帝寄予无限的同情。在这样一位自幼缺乏母爱的小皇帝心里，乳母占有特殊重要的地位，是不难理解的。溥仪在《我的前半生》中回忆道:“我九岁那年，太妃们背着我把她赶出去了……但任我怎么哭闹，太妃也没有给我把她找回来。现在看来，乳母走后，在我身边就再没有一个通‘人性’的人了。”问题是，对于如此重要的一位人物，《末》片的描述未免显得有些草率。事实是这样的：溥仪这位乳母，并非如片中所演从此消失了。终溥仪之一生，他对乳母的挚爱始终不渝。到他结婚之后，还是派人四处寻访乳母，终于找到并接去同住。在伪满后期，还特地把乳母接往东北奉养。一九五九年溥仪被特赦后，立刻探寻乳母的下落，方知她已去世，只见到了她的继子。我想，溥仪性格中如此纯真的一面，《末》片若能着意发挥，应可使溥仪一生赢得更公平的评价。

溥仪性格上另一个优点是善于宽恕。例如在东北期间，婉容皇后曾与司机老李私通，生下一个女婴（婴儿为日本人所害）。按常理说，溥仪身为皇帝，有生杀予夺之权，报复刑罚自可为所欲为，然而他在屈辱痛心之余，却赦免了这位老李——给了他两百五十块钱，让他离开了东北。没料到一九六二年，溥仪在北京街头竟又碰到了老李，那时溥仪正撰写《我的前半生》，想从老李那儿得些伪满宫中仆婢生活的资料。老李窘得瞠目结舌无以自处，溥仪却泰然自若，谈笑之间对婉容之事只字不提。分手之际，溥仪还把身边所有的钞票都给了老李（这位老李直到一九八五年才去世）。然而《末》片的老李，却因与婉容私通而被处死，这是与史实不符的。

大体说来，《末》片不失为一部成功的影片。细节上虽有不少虚构之处，然而结构紧凑，戏剧性突出，足以吸引观众。我个人尤其欣赏片中的意象设计，例如“围墙”的象征意义，处理得相当出色。溥仪在自传中说：“我这一生一世总离不开大墙的包围。”又说：“我溜到墙根底下，望着灰色的大墙，心中感慨万千。”这种无可奈何的疏离感，在《末》片中表达得十分生动。起先，小皇帝被“关在”紫禁城墙里，伪满时代又变成日本太上皇的墙中傀儡，被俄国人俘虏之后，至终又做了新中国狱墙里的囚徒。这一连串的意象捕捉，给观众极深刻的印象。

四

最后值得一提的，是《末》片对蟋蟀的意象处理。按《开元遗事》所记："每至秋时，宫中妃妾辈皆以小金笼捉蟋蟀，闭于笼中，置之枕函畔，夜听其声。"因此在小皇帝登基之时即出现蟋蟀一幕，自是十分得体，不过更精彩的，是全片以蟋蟀收场，真可算是神来之笔了。原来蟋蟀有其重要的象征意义，因其得寒而鸣，故楚人比之为王孙。全片结尾以蟋蟀来表达溥仪心中的疏离之情，家国之怨，颇得余音绕梁之妙。《末》片此种艺术手法，不禁使人联想到我国古代词人咏蝉的寄情方式来。寒蝉常在庭树之间发出哀音，故和蟋蟀一样，同能表达遗臣之恨。当我看完《末代皇帝》，剧终幕落之时，不由得记起南宋词人王沂孙的《齐天乐·蝉》来：

> 一襟余恨宫魂断，年年翠阴庭树，乍咽凉柯，还移暗叶，重把离情深诉……病翼惊秋，枯形阅世，消得斜阳几度？

《末》片中，类似的寄托心声的艺术，耶鲁学生也颇为欣赏。

俄国形式主义专家：厄利希和他的诗学研究

在美国的学术界里，人人都知道耶鲁的维克多·厄利希是第一个把俄国形式主义介绍给英文读者的人。他那本《俄国形式主义》的书初版于一九五五年，多年来屡次再版，至今仍以十分入时的姿态站在许多书店的书架上。这本书不仅在美国成了文学批评的经典之作，而且早已闻名于世界各国。到目前为止，此书已有德文、意大利文、西班牙文、中文、韩文、俄文等译本，而它在各国的学术信誉更是与日俱增，有如校园里的常春藤一般地长久不变。

与他的著作相同，厄利希本人也是经年不衰。他今年（一九九九年）已届八十五岁高龄，但仍十分健康。自从两年前他的爱妻去世后，他开始过着独居的生活，只偶尔喜欢出去旅行散散心。我十七年前与厄利希相识；当时我的办公室紧邻俄文系馆，所以几乎每天都可以看到他在校园里进进出出。但自从一九八五年他退休以后，也就很少看见他了。（厄利希已于二〇〇七年十一月去世，享年九十三岁。）

从前我只知道厄利希是研究俄国形式主义的专家，后来偶然读了他的另一本书《双重意象：斯拉夫文学里的诗人意识》才知道他在诗歌的研究方面也有很深的功力。此书讨论五位俄国诗人——包括普希金和帕斯捷尔纳克——与一位波兰诗人克拉辛斯基。书中所贯穿的一个主题很有趣，那是有关诗人如何塑造自我、阐释自我的问题。这个问题运用到普希金的身上尤其发人深省，因为在普氏的作品中，我们可以不断发现诗人各种不同的声音。我特别喜欢厄利希的书名“双重意象”，那是取自古代希腊人对诗人所持的二元论：人们一方面崇拜诗人，相信诗人的创作灵感得自神助；但另一方面却对诗人充满了怀疑和不信任，甚至存有敌意。如何在这样矛盾的文化情境中保持自我意识，确是每个现代诗人不断面对的问题。

厄利希的《双重意象》早在三十多年前就出版问世了，我却到如今才发现此书，自己不觉遗憾万千。于是看完了这本《双重意象》又继续参考厄利希的其他著作。尤其在读完他不久前由哈佛大学出版社出版的《现代主义与革命》一书后，深为拜服。在该书的首章，厄利希把俄国的现代主义追溯到普希金；他引用了一九二一年亚历山大·勃洛克在普氏逝世八十四周年纪念会上所发表的演说，并强调普希金对自由与和平的信念。在这本书中，厄利希以一种充满诗意的笔法来写文学批评，熔美学与人生的感受于一炉，这种写法特别令我感动。我一边读这本独具风格的书，一边反复思考厄利希所引的普希金的话："人生在世并没有什么真正的快乐，但有可能得到和平与自由。"对于普希金来说，真正的和平与自由总是来自艺术的创作。

这些阅读的心得激发了我的想象，我因此很想去拜访多年不见的厄利希，想趁机和他谈谈文学。正巧今年是普希金二百周年诞辰，厄利希正准备到莫斯科去开为期一周的普希金纪念会和学术研讨会。于是我们两人在电话中约好，他一从俄国回来，我们就找时间见面。

七月十二日那天，我终于有机会到厄利希的家中去探望他。一早我就开车沿着美丽的维特尼湖往耶鲁附近的哈姆登城开去。那是一条早已熟悉了的大路，但奇怪的是，路旁的建筑物与花草树木却突然出现了几分陌生。按指示，我知道厄利希的房子就坐落在格伦大道上，就在我时常开车经过的犹太教堂的后头。但从前我只注意到那个教堂，今天有了充分的时间和兴致，终于可以集中精神用一种全新的眼光来细看周围的环境了。于是不到一分钟的时间，我就在教堂的停车场后头发现了一所颇为别致的房子，那房子的四周围着木篱笆，篱笆衬着旁边许多大树的阴影，令人如置身古代隐者的住宅区。我仰头望望四周，对一对门牌号码，心想这就是厄利希的住处了。

"啊，十四年不见，你还是没变，你完全看不出有八十五岁！"这是我进了门所说的第一句话。他看起来确实年轻，好像时光拒绝在他的脸上留下任何痕迹。那是一张亲切的面孔，两粒黑色的眼珠仍然闪烁着生命之光。

我迫不及待，想知道他此次参加普希金纪念会的观感，所以请他就此题目讲讲他的经验。

“没想到过了四十多年后，俄国学者们还是对我的第一本书《俄国形式主义》最感兴趣。”他开始慢慢地说，“这次会议中，大家都在谈论我的这本书。我想这是完全可以理解的，因为以一九一五年莫斯科语言学小组和一九一六年彼得格勒诗歌语言研究会为首的俄国形式主义确是本世纪第一次重要的文学研究思潮。那是有史以来，人们第一次如此有系统地把文学当成一种具有特殊性的文字艺术来研究的运动。在罗曼·雅各布森和维克多·什克洛夫斯基的领导下，俄国形式主义确实在二十年代的俄国起了举足轻重的作用。于是，所谓的文学性和陌生化一时成了文学批评里的新概念。因为我的那本书是第一次全面地介绍这个文学潮流的著作，所以现在俄国学者们自然对我特别感到兴趣。”他微笑地望着我，接着又用他那颇为响亮的声音继续说下去：“但更重要的原因是，三十年代以后，形式主义渐渐从俄国境内销声匿迹。所以当世界各国正在研究俄国形式主义的这些年代里，唯独俄国本土被排除在外了。一直到最近才有人把我的那本《俄国形式主义》译成俄文，终于在三年前顺利出版了。这一次我在莫斯科，就有不少年轻的俄国学者告诉我，他们刚读完我的书，正在努力研究俄国形式主义。突然间，我觉得自己好像回到了五十年代的年轻的我，一时对我那本旧书又有了一种新颖的认识。我很喜欢这些年轻人，觉得自己和这些俄国的学者有一种感情上的联系，我很自然地把他们当成我自己的同胞。虽然我三岁半就离开俄国到波兰去，但我的母亲终其一生都用俄语和我们交谈，而且经常教给我们有关俄国文化的知识，因此在感情上，我总觉得自己是半个俄国人。”

“可不可以谈谈你在大会上发表的有关普希金的论文？”我很怕话题扯得太远，故趁机转向与普希金有关的问题。

“关于我宣读的那篇短文，我只是通过普希金的作品来讨论一个文学里的普遍问题：那就是涉及诗歌与现实的问题。普希金是俄国人公认最有天才的诗人，而他的诗人形象也最富争议性，因而拿他来作例子，也最为适合。我认为普希金基本上是个性格复杂、风格多样的作家，他那种变化多端的声音正代表着诗的自由精神，所以他曾说过：‘诗的目的就是诗。’这样的态度令人联想到赫伊津哈在其名著《游戏的人》中所标榜的‘游戏’之精神，那是一种纯粹美感的愉悦，一种忘我的浑然境界。十九世纪小说家陀思妥耶夫斯基曾大力为普希金辩护，把普氏说成是捍卫基督教伦理的诗人，但在我看来，这种说法都是不必要的。其实普希金的创作精神有点像音乐家莫扎特的浪漫之风，有时这种纯感性的灵感不可用理性的逻辑来解说。诗就是诗，它有超越现实的一面，也有与现实相通的一面，我们必须以变通的态度来进行阐释，不可完全对号入座，也不可完全忽视诗歌与现实的密切关系。”

“那么，你的意思是，你并不完全赞同俄国形式主义的批评法。据我所知，早期的俄国形式主义者强调文学与现实的本质差异。”我很客气地打断了他的话。

“啊，是的，我对纯粹的形式主义一直是抱着怀疑的态度的。众所周知，西方传统的批评观念最初是建立在艺术与现实等同的基础上的；而俄国形式主义者则与之相反，强调艺术与日常生活的格格不入。我认为这两种批评方法都太走极端了。我自己的文学研究方法较倾向于结构主义，在某一程度上认同布拉格学派的早期结构主义。但我不喜欢后来在巴黎发展出来的结构主义学派，因为罗兰·巴特等人的阐释有时太过琐碎乃至离题太远。至于后结构主义者的解构式批评，我也不敢苟同，我无法接受他们所谓的‘无终极意义’的论点。在这一点上，我和韦勒克的阐释方法比较相似，我们都想研究一个作家在文学里是怎样用各种方式来塑造现实的。此外，我们都相信，文学的各种风格既不同于现实，但也并非与现实无关。例如，在我那篇有关普希金的会议论文中，我强调普氏的爱情诗与书信体在体裁上的重大分野：同样在描写某一位女子，普氏的诗歌表现得典雅而崇高，但在他写给朋友的书信中，普氏却用极其不敬乃至淫秽的语调来描写该女子。由此可见，问题的关键不在于文学是否等同于现实，而在于文学里各种不同文类的表现艺术。在普希金的作品中，我们可以找到许多这样的例子。”

“在你的《现代主义与革命》的新书里，你好像也用同样的方法来分析女诗人阿赫玛托娃的作品，可否谈谈你对她的看法？”我忽然有了灵感，趁机问起这位我最喜欢的俄国女作家。

“你这个问题问得很好，阿赫玛托娃是我最佩服的女诗人。她是一个很有勇气的人，在困难的人生境遇中，她一直努力坚持写作的自由，她既拥有美学的修养，也忠于个人的道德意识。另外在某些方面，她也很像普希金，她经历过了许多种生命的体验，也能用精练的文字编织各种不同的情感画面。我尤其欣赏她的短诗，有时她在一首短短的八行诗里就能说出一个极其动人的故事来。”说到这里，厄利希站了起来，从书架上拿出他那本《现代主义与革命》的书，让我看书中的第五十七页，其中引了一首阿赫玛托娃的诗（英译），结尾一句写道：

My heart felt empty and clear.

（我心里觉得既空洞又清畅。）

“你看，”他继续说道，“‘空洞’和‘清畅’几乎是两种不同的情感，阿赫玛托娃却把这两个词并放在一起，这是多么神秘又巧妙的诗法呀！我喜欢这样的诗，抒情诗能写到这样，也算是极其完美了。每次我在夜晚睡不着觉，总是轻轻朗诵阿赫玛托娃的短诗，所以她的诗已经成了我的一种安慰了。”

厄利希的这段话令我深深地感动。我告诉他，我也特别喜欢阿赫玛托娃的诗，她的短诗常常含有一些对仗的句子，很像中国传统的律诗，既精练小巧，又丰富含蓄，令人回味无穷。我自己就很喜欢背诵阿氏的一首题为《梦中》的诗，其中有两句是：“我和你像两座高山，永远不能走近对方。”

那天我们一共聊了两个钟头。临走前，我请他用俄语朗诵了几首普希金和阿赫玛托娃的诗给我听。我感觉到一阵微风缓缓地吹进了窗口，吹到了我的脸上。我想，美丽的艺术通常大概都在这种忘我的境界里产生的。

纳博科夫专家

——亚历山大洛夫和他的新发现

弗拉基米尔·亚历山大洛夫是耶鲁俄文系的教授兼系主任，他主教现代俄国小说。从前我们同是普林斯顿大学的博士班学生，虽然当时我们互相并不认识。来到耶鲁以后，大家混熟了，我总是直呼其名，喊他作“弗拉基米尔”，但别人背后都称他为“纳博科夫专家”。他编订的那部《纳博科夫大全》（由来自九个国家的四十二位知名学者合作撰成）出版后，他的学术地位更如旭日东升，不可一世。今年又碰上纳博科夫的百年诞辰，他无形中成了校园里的名人。

在西方，纳博科夫研究早已成了一门特殊的学问。许多人认为纳博科夫是现代俄国文学史中最有成就的小说家，虽然他有一半以上的作品是用英文写的。关于纳博科夫研究，早期的学者们大多侧重纳氏的纯文学技巧，大半喜欢探讨纳氏如何设计和掌握叙事结构的艺术。但近年来，以亚历山大洛夫为首的纳博科夫研究开始转入了形而上学的课题。在他的《纳博科夫的彼岸世界》一书的序言中，亚历山大洛夫开宗明义地声明道："这本书的宗旨就是要推翻前人对纳博科夫的定论……尤其要证明纳博科夫的艺术乃是建立在一种形而上的美学观上。"亚历山大洛夫以为，纳博科夫的"形而上"观主要出于一种"时空交错"的直觉体验。从纳氏的自传《说吧，记忆》以及无数的演讲稿中，亚历山大洛夫发现纳氏基本上相信：除了这个世界以外，还有另一个同时存在的"彼岸世界"。与这个世界不同，那个彼岸世界是永远超越时间的。因此，所谓人性枷锁，其实只是今世人类无法逃出时间掌握的一种困境。但从他的写作灵感中，纳氏曾多次体验到彼岸世界的那种摆脱时间的幸福感，一种十分清醒的超越经验。他相信，这种瞬间的时空交错感乃是导向彼岸世界的必经桥梁。在某种意义上，纳氏的彼岸世界有些像柏拉图的形而上世界；一个作家之所以被灵感抓住，主要是因为他受了另一世界里的理想模式的启发。所不同者，纳氏的彼岸世界观还带有很深的宿命色彩；他把生命中的许多"巧合"都看成是冥冥中的造物主的精心计划。例如，纳氏自己说，早在他与初恋情人塔玛拉（Tamara）相遇以前，"Tamara"那个字已经在他的生活经验中出现了许多回，好像超越一切的造物主特地要给他一个预告。此外，纳氏发现，他的父亲早就在他的日记里提到了一个少女受害于贪婪男子的刑事案，此事等于是他后来撰写《洛丽塔》一书的预言。这些巧合，对纳博科夫来说，都是命运的启示。至于命运，那个来自彼岸世界的神秘动力，也正是他所谓的“缪斯”。尤其对于人世间日期的巧合，他总存有一种神秘的向往与好奇。所以纳博科夫说，他与普希金一样，总是“对富有预言性的日期的巧合，充满了极大的兴趣”。

亚历山大洛夫这本有关纳博科夫的“彼岸世界”的书早已于一九九一年出版，并已得到了学术界的一致好评。但直到最近我才有机会好好地把它从头到尾细读了一遍。尤其对书中所述纳博科夫的宿命观，我感到格外有趣，因为以前很少读过这类有关纳氏的观点。我急于和亚历山大洛夫谈谈这方面的题目，也顺便要向这位号称“纳博科夫专家”的朋友请教一些相关的问题。

终于最近有一天，我和我系的同事康正果一起约好到俄文系馆去拜访亚历山大洛夫。我告诉康正果，亚历山大洛夫的办公室就是著名俄国形式主义专家厄利希退休以前的办公室。它离我在研究所大楼的办公室不远。我们下了楼，走进一个小小的庭院，不到五分钟就到了。

亚历山大洛夫笑眯眯地迎接我们，招呼我们在一个长桌旁边坐了下来。

“嘿，弗拉基米尔，听说你那本有关纳博科夫的彼岸世界的书已经译成了俄文，是吗?”我一边拿出笔记，一边问着。

没等我说完，亚历山大洛夫就站起身来，从书架上拿出那本俄文译本，接着慢慢地说:“事情可真巧，就在四月二十三日，纳博科夫百年诞辰那天，我收到了这本从俄国寄来的新书。”

“啊！”我忍不住打断了他的话，“那不就是纳博科夫所说的日期的巧合吗？你想这种巧合，意味着什么？”

“我也不知道这意味着什么，但它一定有某种意义。”亚历山大洛夫突然用一种严肃的声调说着，“在纳博科夫的世界里，这一类的巧合确实具有非常的重要性。这就是为什么我要在书中屡次强调彼岸世界的原因。我认为纳博科夫一向对形而上和精神界的事情特别感到兴趣，每当他处于时空交错的情况下，他总会把现世和彼岸世界连在一起。不论是写作，还是采集他所热爱的蝴蝶，不论是面对自然，还是沉入爱情，他都仿佛瞥见了另一个世界的美景。如果我们不能了解纳博科夫的这个精神层面，就很难全面地进入他的小说世界。可惜从前的学者都有意无意地忽略了这个课题。其实我也是受了纳博科夫的遗孀薇拉的启发才开始探索这一方面的问题的。早在一九七九年，即纳氏死后两年，薇拉就已在一本纳博科夫的诗集的序里说，她丈夫的许多作品都是受到了彼岸世界的感召而写出的，但读者一直忽略了这个事实。”

听到这里，静静坐在一旁的康正果开始提出问题。他想知道，现在美国学者是怎样看待这个形而上的问题的。

据亚历山大洛夫的观察，一般的美国读者很难接受所谓的“彼岸世界”，这主要和美国文化的特色有关。尤其是学院派的学者们，他们通常对形而上或精神界的客观存在持一种怀疑的态度。所以亚历山大洛夫说，他的那本《纳博科夫的彼岸世界》出版后，虽然在学术研究上得到了普遍的认可，但一般学者仍无法相信纳博科夫真的会把他的美学艺术如此根植于那个形而上的世界里。例如，美国著名哲学家理查德·罗蒂曾在一篇评论里大大地赞赏了亚历山大洛夫的阐释功力，而且还承认自己差一点就被书中的论点说服了。但他说，最终他仍必须退回到哲学家的立场上，必须以一种客观的态度来看这个问题。所以罗蒂建议，大家还是不要去深究神秘主义方面的事情，因为这种考虑是不重要的。此外，另一位以研究《圣经》的文学性著名的美国学者罗伯特·阿尔特也曾花了不少时间研究纳博科夫的小说，但他始终无法对纳氏的形而上思想感到兴趣。对于这些学者的保守态度，亚历山大洛夫感到有些失望。其实他自己也不太相信彼岸世界的存在，更不是一个沉迷于宿命论的人。但他发现“彼岸世界”确实是纳博科夫的美学重点；作为一个严谨的学者，他自然就对纳氏这种观念充满了好奇心。他喜欢研究的是一种观念上的“不同”，就像人类学家喜欢探索不同文化的特色一样。

但亚历山大洛夫说，比起美国人来，俄国人一般较倾向于神秘主义与宗教的信仰，所以他们也比较容易接受纳博科夫的形而上的想法。这的确和俄国的文化特征有关。他说他曾经研究过另一位俄国象征主义小说家布加耶夫（在西方以其笔名安德烈·别雷著称），布氏不但提倡轮回说，而且还发展出了一套很精密的神秘主义命运观，其思想比纳博科夫的观念还要明显地形而上，但却备受俄国读者们的推崇。亚历山大洛夫以为，在这种文化的条件下，俄国读者的阅读习惯自然与美国人有所不同。所以他几次到俄国去开会演讲，每提到纳氏的“彼岸世界”，听众总是频频地点头表示同意，可谓心有戚戚焉。现在他那本有关纳博科夫的书既已译成俄文，他很想赶快知道俄国读者对该书的反应。

“这么说，你在文化上是否更倾向于与俄国认同？可否给我们讲讲你的家庭背景？”我迫不及待地问道。

“奇怪的是，我并不生在俄国，但比起美国的威廉斯堡，俄国的列宁格勒更让我感到有吸引力。我想这是因为我的父母及祖父母都生在俄国的缘故。”接着亚历山大洛夫开始讲述他的家庭辛酸史。原来他的祖父母和外祖父母都是苏联政府的异议分子，为了与政府对抗，他们不惜赔上自己的生命。（他的外祖母是四人中的唯一幸存者；她被流放到西伯利亚二十年，一九六三年才终于到美国来与他们团聚，于一九八〇年以九十三岁高龄逝世。）至于他的父母，他们早就移居乌克兰，二战期间，他们趁着德国打进乌克兰的机会逃往德国。一九四七年亚历山大洛夫生于德国，不久就与父母移民美国。按理说，亚历山大洛夫本人并非来自俄国，但他的家庭背景一直与俄国文化息息相关。他虽然长在美国，但自小在家中讲的却是俄语。

亚历山大洛夫承认，他至少在两个方面与纳博科夫有共通之处：流亡者的心态；对自然界的向往。由于他特殊的家庭背景，亚历山大洛夫很能了解纳氏大半生的流亡生涯。对于纳博科夫从俄国流亡到欧洲，由欧洲到美国，再由美国移居瑞士的坎坷过程，颇有一种感情上的认同。尤其是纳氏描写二战的流亡小说最能在他的心中产生共鸣。另外，纳博科夫对自然界的热爱也深深感动了他。亚历山大洛夫自幼喜欢大自然，父母又都是地质学家，所以在大学里他原是攻读地质学的，但后来因为觉悟到自己虽懂得自然却不了解人，才毅然决定进研究所改读比较文学的。也许是缘分，从一开始，他就喜欢上了纳博科夫的自然观。纳氏酷爱蝴蝶，从蝴蝶的美丽错综之外形，他看见了彼岸世界的存在，因为纳氏直觉地相信，如此多彩多姿的自然艺术，只有一个超越现实的造物主才能创造出来。亚历山大洛夫自己相信达尔文的进化论，基本上并不相信那个超越者的存在，但对于纳氏那种全然投入蝴蝶的想象，总是抱着十分欣赏的态度。我告诉他，纳氏对蝴蝶的兴趣使我想起了庄周梦蝶之事，只是庄子的齐物论自然不同于纳博科夫的彼岸世界观：庄子梦见自己变成了蝴蝶，但他不知是庄周梦作蝴蝶呢，还是蝴蝶梦作庄周？庄子更喜欢忘掉生死，忘掉是非，宁愿遨游于自然，寄寓于无物的境界之中。

“能不能让我们换个话题，谈一谈纳博科夫最有名的那本小说《洛丽塔》？”坐在一旁的康正果显然对这种抽象的讨论感到有些不耐烦了。他说：“有人以为在这部小说里，纳博科夫下意识里在呈现他自己的情欲，你同意吗？”

亚历山大洛夫听了摇摇头，微笑道：“不，我不同意。我的意思是，他的确是在呈现他自己的情欲，但绝不是下意识的，因为一切都表现在文字的表层了。”他一面说，一面重复那个词

“surface”（表层），接着又继续说下去，“迷恋少女本来就是纳博科夫书中的主题，除了《洛丽塔》以外，纳博科夫还写了不少有关这一方面的小说，例如《天赋》《魔法师》《斩首之邀》等。我想，这个主题一旦重复多了，纳博科夫也意识到自己是有这样的特殊情欲，这已是他本身存在的一部分了，虽然他并不以此为傲。在他的书中，文字的表层和深层之间时常存在着一个很强的张力，读者要很努力，才能完全了解他那充满谜样的小说世界。但我认为，借着他的想象与回忆，纳博科夫已经很有效地通过小说的方式把他个人的情欲表现出来了。”

“但每回别人问他，《洛丽塔》是否含有自传的成分时，纳博科夫总是否认。”我忍不住插嘴了。

“啊，是的，但那是小说家惯常给自己安排的一个公开的说法，读者不必信以为真。当然，我们也可以把《洛丽塔》看成是一本具有象征意义的书；透过情欲的种种诱惑和苦恼、种种迷狂和罪恶，作者苦心建构了一个人与命运不断挣扎的故事。记得吗，小说开始时，我们就看到了一种很强烈的宿命论色彩；男主角亨伯特从头就感觉到有一股难以阻挡的命运动力在指使着他，使他陷入了无以自拔的沉溺。各种不同的巧合使他相信他的命运一直在被一个超越一切的力量掌握着。他回忆过去，想到死去的初恋情人安娜贝尔，早在他们相遇之前，他们就已分别做过了许多相同的梦，后来两人互相对照笔记后，才发现了不少奇异的共鸣——例如在同一年（一九一九年）的同一个六月，两人各自的房间里都飞进了一只迷途的金丝雀。其实这就是纳博科夫所谓的‘时空交错’之感。在小说里，亨伯特也同样在洛丽塔的身上看到了许多致命性的巧合，使他不得不相信洛丽塔和从前的安娜贝尔是他生命中某种梦幻般的命定的劫数。但这样的宿命观最终并没有使亨伯特摆脱强烈的罪恶感。在情感与道德之间，究竟存在着怎样的关系？这两者又与命运有何关联？我看，这种个人与命运搏斗的悲剧经验，大概就是这本小说的象征意义了。”

我尤其喜欢亚历山大洛夫的这一段话。之后我们三人又继续就俄国文学的象征问题闲谈了一会儿。临走前，我跟他说，我愿意把他对《洛丽塔》的说法介绍给中国的读者。

那天走出俄文系馆时，已快到了黄昏的时刻。一道斜阳透过榆树的枝叶，映着研究所庭院里的石凳，那景色很幽静，很迷人。我心里在想，这真是一个极为丰收的下午。

没想到回到家里，就收到朋友陈宁宁自上海寄来的《书城》“纪念纳博科夫百年诞辰”专刊。对于这个再一次的巧合，我感到十分惊奇，久久说不出话来……

耶鲁诗人贺兰德

读贺兰德的诗，给我一种“玉阶生白露”的美感……尤其是诗集中屡次出现的海浪意象，使人觉得生命虽有尽，宇宙却无止境。

回忆一九八二年那个暑假，我初到耶鲁大学任教那一天，就得到一本“荒漠甘泉”似的礼物——那就是同事傅汉思教授所赠的一本小书，书名为《诗律的概念》。那本书的作者是约翰·贺兰德，是耶鲁大学英文系的教授，也是有名的“嘉马地”讲座教授（此名誉教职是嘉马地校长逝世后，校友捐款为纪念嘉马地而设——此为后话）。

贺兰德的小书突然又唤起我想写英文诗的夙愿——原来，自从一九七三年在诗人内梅罗夫写作班上学写英文诗以后，便因攻读博士学位的关系，渐渐地远离了诗作的旨趣。但到了耶鲁之后，诗的创作欲顿时复萌，实与熟读贺兰德的《诗律的概念》一书息息相关。在诗歌的创作领域中，自己早已觉得像个干枯的果核，多年来处于一种“沙漠”的状态——没想到就因为一本小书，又流出了甘泉。故一时技痒，便又开始了写英文诗的习惯，无形中这些年在耶鲁的岁月，就成了我个人心路历程中的“诗的年代”。

其实许多耶鲁同事及学生都把贺兰德的《诗律的概念》当作写作和读诗的活水泉源。多年来——自从一九八一年该书由耶鲁大学出版社发行以来——该书一直是本校英文系学生的必读教科书。主要因为该书是诗人本身经过长久写诗之锻炼，所写成的一本“写诗入门”的结晶著作。就因为它是一本“小”书，而且是五脏齐全，才更能给人一种写诗的盼望。它是一粒诗的种子，时时能带给人无限启示。

我常常对学生说，贺兰德的书（以及他的教学方式）代表一种诗歌创作的ABC——A代表“appetite”（写作读诗的“欲望”），B代表“belief”（对诗作的“信仰”），C代表“craft”（写诗必备之“技巧”）。而他自己的诗歌创作也能做到合乎ABC的标准，这点我早在二十世纪七十年代就有同样的看法。从前熟读《诺顿当代诗选》时，就发现在所有当代的美国诗人中，贺兰德（一九二九年出生）算是最看重诗的格式与心灵合一的诗人了。他对美丽字句的向往使他成为一个名副其实的“形式主义诗人”，但他对心灵的探索又使他超越了形式主义的桎梏。我常举那首有名的《七月九日》诗来说明贺兰德的诗歌境界——因为那首诗展现了人类心灵与外在世界的混合交融，并阐明二者之所以能交融合一，乃是因为人的作为即是言辞，言辞即是作为。

这种对“人的言辞”之信仰其实就是诗的精神，也就是耶鲁的精神。在文学理论界中，人人都知道理论风潮经常从耶鲁大学开始——例如二十世纪四十年代布鲁克斯所倡导的“新批评主义”，以及七十年代以后德曼与德里达所主持的“解构学派”都以耶鲁英文系及比较文学系为发源地。这种理论风潮自然有助于（或有害于）耶鲁的名声，但也因此使人忘记耶鲁的精神泉源所在——一种崇拜诗人的传统，一种从有限的生命去探求无限意义的文学传统。例如，有名的布鲁姆教授，在他今年所开的一门“二十世纪诗人”的课程里，他所讨论的重点诗人共有十二位，其中一位就是耶鲁同事贺兰德。

我以为布鲁姆选今年来教贺兰德的诗，是有其深意的。对贺兰德来说，今年（一九九三年）是极不寻常的——因为他的《旧作选集》及《近著总集》恰好都于今年春季出版。不知怎的，今年六十四岁的诗人似乎突然有“概括”自己艺术生命的欲望——这一点，有几篇书评也提到过。有趣的是，《旧作选集》及《近著总集》同时出版，自然会激发读者的“比较癖”（或“考古癖”），会使人想去比较诗人旧作与新作的不同。首先，《旧作选集》包括一九八四年以前的作品，而《近著总集》则收集在那以后的新作品。比较一下，我个人认为诗人的新作*Tesserae*在形式及内容方面均有许多的创新。早期贺兰德以写长诗著称，而且内容涉及欧洲文学典故，给人的印象是一种“史诗”似的抒情。但新诗集

*Tesserae*却以“四行诗”串联而成，整个联章看来使人想起波斯诗人奥玛·海亚姆的体裁，典故不多，而诗中意境有如透明的玻璃杯，另有一种温柔平静之美。我个人很欣赏这本新诗集。

但是后来读了几篇书评才知道美国读者似乎不太喜欢“四行诗”那种短诗串联的方式——觉得诗人是在卖弄新技巧。我看了这些书评以后，对于这种观点颇感惊奇。但我想主要的问题是，美国一般读者比较习惯于“叙述”性的长诗——即有首有尾、有特定方向的延续性长诗。而对于有“东方”味道的“短诗串联”方式却觉得缺乏连续性，总觉得没头没尾、模糊不清。相反地，作为一个中国人来看贺兰德的新诗，我却不受这种文学格式的制约，也因此能够欣赏那种类似“绝句体”的辞章。读贺兰德的*Tesserae*给我一种“玉阶生白露”的美感，也有一种“二十四桥明月夜”的惆怅，更有一种“空山不见人”的超然。

更重要的是，我认为*Tesserae*诗集的主题是诗人接近晚年对生命的领悟，以及一种孤独沉静的体味。“Tesserae”这个词的本义“骰子”，可能象征人生旅程有如玩骰子一般，像在虚空中找寻答案。我最欣赏的是诗集中屡次出现的海浪意象，使人觉得生命虽有尽，宇宙却无止境。以下是*Tesserae*主题诗的第四首及第五首：

第四首

年少　午后时刻　我曾自由徜徉于
秘密的角落　那一向梦想逃脱之处

如今我成了晨曦老人　你看见
我安静坐在浪涛汹涌的海边

第五首

溪流的旋律　可曾
对温柔的河岸咆哮过？——奇怪
的是　大海正无休止地聆听
听那雷声打在静谧的海岸上

这样的诗是极富象征意味的，表面上是描写诗人在烟波浩荡中静静地看海，但另一方面又象征生命的神秘性。这种海浪意象令我想起《圣经》里大卫的《诗篇》，因为大卫的诗歌也充满了对海洋浪涛的描写，只是诗的写法不同。为了作一比较，我从诗篇中举出两个例子（故意抽出“四行”片段，以配合贺兰德的诗体）：

（1）

你的瀑布发声　深渊与深渊响应
你的波浪洪涛漫过我身
白昼耶和华必向我施慈爱
黑夜我要歌颂祷告赐我生命的上帝

（《诗篇》第四十二篇七—八节）

（2）

所以我们不会害怕——即使大地改变
即使山动摇直到海心
即使其中的水匍匐翻腾
即使山因海涨而颤抖

（《诗篇》第四十六篇二—三节）

与贺兰德的诗一样，大卫的诗也是象征性的——因为二者都用波浪洪涛来象征生命里的危机。不同的是，大卫写诗采用的是“直言无隐”的方式，用英文来说是一种explicit meaning的修辞方式。而贺兰德因受近代象征主义的影响，采用的是一种implicit meaning的修辞法。（因此贺兰德喜欢用朦胧的夜景或雾似的冬景来间接阐释人生的玄妙。）再者，大卫处理危机的方式是不断地追求上帝，把上帝视为避难所，因此他说：“上帝是我们的避难所，是我们的力量，是我们患难中随时的帮助。”（《诗篇》第四十六篇一节）相较之下，贺兰德的诗意要来得隐晦多了，因为字面缺乏直接说明的意涵。而这种写法也正是象征主义诗人所采用的“言外意”之修辞策略，为了让读者在阅读经验中得以驰骋想象力。

作为一个新诗的读者，我认为贺兰德所描写的诗人本身正面对年老及死亡的危机——至少有两篇书评特别讨论到这一点。然而，他是如何对付内心的危机呢？我觉得他的安慰也是来自宇宙的主宰——上帝，只是他不明说，要读者自己去领会诗人心境的玄妙之处。因此他镂刻出一幅“客观”的图景，描写他如何“安静坐在浪涛汹涌的海边”，如何像海一般，聆听“那雷声打在静谧的海岸上”。他之所以能面临心灵危机而保持安静，必有其内在的原因——就如林德伯格女士在她的名著《海的礼物》中所说“最终极的解答……总是来自内在”。我以为诗人内在的“安静”就是上帝所赐给他的礼物。

因为耶鲁大学离纽黑文的海边不远，我常喜欢看海。读了贺兰德的新诗集，又重读大卫的《诗篇》，自然又重新联想到海的象征性及包涵性。如果说，孤独的人喜欢看海，那么我们也可以说，没有比诗人更爱看海的人了。

混血华裔的寻根文化

——评介耶鲁女校友刘爱美

近年来由于多元文化的提倡，不少华裔作家渐渐由美国文化的边缘走向中心的位置。在这一方面谭恩美最为出色：自从她的《喜福会》于一九八九年出版以来，她的名字已成为家喻户晓的名词了。无形中美国读者领会了欣赏华裔作品的乐趣，也对这一方面的文学产生了阅读的欲望。于是各种不同的华裔选集陆续出现，书店里也开始把这些作品放在较为显著的地方了。

与过去相比，华裔在美国人心目中的地位显然有了戏剧性的提高（其他亚裔，如日裔、韩裔，也同样地提高了）。然而这种“戏剧性”的改变其实是多年来华裔自己努力奋斗的结果，中国人移民美国已有一百五十年的历史；但这期间华人大半在忍受着遭人歧视的痛苦。例如在二十世纪五十年代，大部分美国人还把华裔当成嘲弄的对象——甚至是“敌人”。而电影中所描绘的中国人形象更加促成了这种歧视华人的趋势：在银幕上，观众所看到的中国人不是斜睨阴险的小人，就是蓄有鹰爪般指甲的坏女人，还有那个可笑的胖子侦探陈查理。可以说，一直到六十年代，由于土生土长的华裔的普遍自我觉醒，美国人才开始听到华人的“真正”声音。于是，美国为一大熔炉的概念渐渐形成，而“东方人”终于被改为“亚裔美国人”。华裔作家王肖恩于七十年代所发起的亚裔文学选集*Aiiieeeee*（《啊咿》，与陈耀光等人编）就是为了发抒这种处于边缘地位的哀叹之声。真是皇天不负有心人，二十多年后（一九九六年）王肖恩所编的《亚裔文学选》终于登上“经典”的宝座，与谭恩美及其他无数亚裔作者成为美国读者欢迎的对象。

美国读者对多元化抱持强烈兴趣

值得注意的是，华裔文学的兴旺直接导致了另一个重要的文化现象：那就是混血华裔的寻根文学。在这方面，以拥有四分之一中国血统的耶鲁校友刘爱美的成就最为显著：她于一九九四年出版了一部小说《脸》，书中以纽约中国城为背景，追溯至战前上海的故事，深刻地表达了女主人公生活在两种文化夹缝中所经验的“认同”问题。《脸》一书得到批评界的广泛赞许，被誉为是横跨洲陆、纵跨世代的惊人作品，最近刘爱美的新书《云山》（一九九七年）以一种跨文化、跨国界、跨种族的主题，把复杂的认同问题赤裸裸地展现在读者面前。此书尚未正式出版就早已被陈列在各大书店的橱窗中了。

刘爱美的成就反映了美国多元文化的新趋势；所谓“多元”不仅是文化的，也是血统的。就如混血韩裔卡罗尔·卢-史波丁所说，我觉得描写混血及多种文化交融的主题将在美国文学中扮演极重要的角色，这是因为下一世纪的人口组合会自然产生一种跨种族文化的需要。”其实这种“需要”早已在大众媒体和报章杂志中明显地反映出来。例如，《纽约时报》（一九九七年五月五日）花了不少篇幅介绍三位混血亚裔女作家，其中包括《猴王》（一九九七年）的作者赵惠纯——赵小姐是中日混血，她的父亲就是许多中国读者熟知的赵浩生。当然，如果不是美国读者对多元文化已有非常强烈的兴趣，这些年轻的作家（他们大多刚出版第一本小说）绝不可能如此快速地成名。然而，正因为他们一鸣惊人的卓越成就，才能鼓励其他华裔作者勇敢地追随其后。

年轻一代的混血华裔多倾向公开自己的华人血统

与普通华裔不同，混血华裔在文化认同上有较大的选择余地；他们本来就有自由选择和“非中国”的另一半血统认同，尤其美国学校的教育至今仍以白人文化为主。然而我发现，年轻一代的混血华裔常常与他们的上一代采取完全不同的态度；如果说，过去那些人常有企图掩盖自己身上拥有华人血统的事实，则今日的混血华裔却大多采取一种公开与揭露的态度。在“隐蔽”和“揭露”之间，我们看见了两种不同的抉择和认同。以女作家刘爱美为例，她的祖父是中国人，祖母是美国白人，当两人在二十世纪初结婚时，祖母坚持把祖父的姓Liu改成西方文化的Luis，以免遭受其他美国白人的歧视。后来祖父母由于外在的种种压力而分居中美两地。从此以后，祖母就严厉阻止自己的子女公开谈论他们带有中国血统的事实。结果是，刘爱美的许多表兄妹（姑表）多年来一直不知道他们原来是华人的后代。幸而刘爱美的父亲莫里斯后来毅然决然把自己的姓还原到本来的Liu，才终于保住了这个与中国传统的唯一联系。刘爱美的长相没有任何华人的痕迹，自幼又在白人郊区格林威治（在康州）生活，所以从一开始就认同母亲的英美文化。而且她那生性安静的父亲从不主动向子女谈论过去。如果不是后来有机会到中国游览，因而突然萌发寻根的念头，刘爱美绝不可能写出最近这两部以种族文化认同为主题的小说。

其实这位才四十岁出头的女作家，早在二十五岁时就以一本有关厌食症的《孤独》（一九七九年）轰动美国文坛，当时《纽约时报书评》称赞她“写作感人而深刻”。这本自传小说是以耶鲁大学的校园生活为背景的。后来她一连串出版了七本有关心理、婚姻及爱情的论著，但皆与中国题材无关。对刘爱美来说，寻根是一种渐进的“自我发现”的过程，它需要时间的酝酿，也需要心理空间的重新调整。

寻根的欲望使刘爱美努力探求家族历史

一九七九年是重要的一年：那年刚出版了第一本著作的她终于有机会与父母到中国去旅行。奇妙的是，这个原以观光为目的的中国之旅最终成了名副其实的寻根之旅——刘爱美不但找到了她父亲当年在上海的老家，而且开始从心中产生了与中国文化认同的冲动。她问自己："假如我这个混血华裔不生在白人郊区而在纽约的中国城长大，我将会是怎样一个人？"这个徘徊不去的问题最后成了撰写小说《脸》的催化剂。

寻根的欲望使刘爱美更进一步探求家族的历史：她想知道她的祖父母如何由相遇、相爱、结婚而终于分居的过程，她想知道他父亲幼时在中国的经验，她想知道当时变动中的中国究竟是什么情况，她想知道，她想知道……这一连串不断涌现的问题终于打破了她父亲多年来的沉默。从父亲那儿，刘爱美了解到祖父母一段动人的爱情故事：原来祖父年轻时是一位富有理想的革命党人，深受孙中山的赏识。他于一九〇六年抵达加州伯克利大学进修时，正巧刘爱美的祖母（当时还是一位年轻的未婚女子）被指定为他的英语教师。不久加州发生了地震，他冒了生命危险把她从倒塌的家中抢救出来，两人从此坠入爱河，无以自拔。当时白人仍然极度排华，加州法律规定美国人不准与华人结婚。在此情况下，两人只好偷偷前往怀俄明州完成合法的结婚手续——该州是少数准许白人与异族通婚的一州。一九一一年清政府被推翻后，刘爱美的祖父回国任职于国民政府，之后她的祖母（在放弃美国国籍后）亦携女同往。从此他们在中国度过了二十多年的漫长光阴。

那是一个充满动乱的中国：先是袁世凯称帝、军阀叛乱，后是日本侵略中国、国内战争爆发。作为一个对中国民主前途充满了梦想的人，刘爱美的祖父把全部时间及精力皆倾注于政治活动中，但他的家人始终住在封闭的白人租界里。可想而知，刘爱美的祖母长期生活在寂寞与不安的阴影中，总括来说，她的“中国”经验是极其不愉快的。因此当她的儿子（即刘爱美的父亲）有机会来美国上大学时，她就带着其他子女回到美国定居，从此与她的丈夫分居两地，至死没再见过面。据刘爱美考证，还有一段重要的插曲：在两人分离十五年后，她的祖父曾来信请求她的祖母准许他来美国与家人团圆（因为年老多病的他已失掉所有的财产，很难继续生活下去）。但由于某种原因，祖母并未回信，祖父不久即去世——小说《云山》中的情节与此略有出入。

新作《云山》是一部寻根的历史史诗

在准备《云山》一书的过程中，刘爱美发现了不少宝贵的原始材料。她发现她的祖父就是以《洪宪纪事诗三百首》闻名海内外的刘禺生（号成禺）；当时孙文先生曾为这部脍炙人口的作品写过序词。此外，刘禺生还著有《世载堂杂忆》，在叙述史实和评论人物方面颇有卓见，其中特别记载了他年轻时在香港初遇容闳时的感人细节，此书一九六〇年由北京中华书局出版，董必武先生作序。面对许多刚被“挖掘”出来的资料，刘爱美衷心为拥有这样一位卓越的中国祖父感到骄傲。她开始想：是什么原因导致祖父母婚姻的悲剧结局？是中西的文化差异吗？是祖母个人成见太深、缺乏容忍精神吗？是外在时局的压力吗？《云山》的写作主要就为了这些问题。

看完这本厚达五百七十五页的《云山》，我觉得仿佛阅读了一部寻根的“历史史诗”，这本书既是文化的，也是历史的；既是关于中国的，也是关于美国的。由一对乱世男女的真实故事，我们可以体验到爱情那种超越种族的原始动力，也可以看到婚姻本身的脆弱——发生爱情那么容易，维持婚姻多么困难。尤其在异族通婚的情况下，男女两人只有在拥有十分成熟的心态下，才能把潜在的文化冲突化解为文化的融合。婚姻的经验有如多元文化的交相碰撞——相互之间，双方必须尽力去了解对方，去灵活地对待危机，共同面对挑战。

我问刘爱美为何把小说取名为《云山》，她说，在中国的国画及古典诗词中，“云山”总是象征离别与思念，而这也正是该书的主题。在这本小说中，庐山代表着作者心目中的“云山”，因为它既给人无穷的美感，也引发惆怅的情绪。我发现刘爱美常常喜欢用云雾的意象来象征自己内心的寻根欲望，例如在上一部小说《脸》中，她就在首页引用了她祖父刘禺生描写云烟美景的两句诗。云烟或云山都代表人心中一种神秘的、遥远的、不可名状的渴望。

虽然远隔千山万水，许多华人的后裔还是渴望与华夏文化认同——不论他们身上掺杂了多少异族的血液。

“文字流”与“时间流”：论后现代美国读者反应

《时时刻刻》是一部和弗吉尼亚·伍尔芙有关的电影，也是一部十分奇特的电影。该电影由三位著名的女演员妮可·基德曼、朱丽安·摩尔、梅丽尔·斯特里普合作演出一个有关作者的心声如何影响后代读者，甚至神秘地左右其命运的故事。这部影片原是根据美国当代作家迈克尔·坎宁安那本曾经荣获普利策奖的同名小说《时时刻刻》而拍成的。在电影中，妮可·基德曼扮演一九二三年因患忧郁症而暂时住在英国乡下的女作家弗吉尼亚·伍尔芙；朱丽安·摩尔扮演一九四九年洛杉矶市郊的一个家庭主妇劳拉·布朗；梅丽尔·斯特里普则扮演二十世纪九十年代后期一个住在纽约城的女编辑克拉丽莎·沃恩。前后三位女士的生存年代和地点完全不同，但在电影中却不断交错地出现。电影开始时，先有一段序幕，首先再现了弗吉尼亚·伍尔芙一九四一年怀石自沉河中的情景。银幕上出现的是一个表情忧郁、身心疲劳的女作家，她一步步走进河里，一直到消失在水中……

不过《时时刻刻》这部电影所注重的却是书本的感染力，而非仅是作者生平对后人的影响而已。首先，一九二三年那年的夏季，弗吉尼亚·伍尔芙和她的夫婿伦纳德·伍尔芙搬到英国的里士满乡下居住，因为女作家当时已濒临精神崩溃，医生认为乡下的生活有助于心理的治疗。就在那段期间，弗吉尼亚·伍尔芙开始撰写她那本《达洛维夫人》的小说。可想而知，在该书中忧郁症和厌世的阴影时常出现在字里行间。小说写的是有关女主人克拉丽莎·达洛维于一九一九年夏季在伦敦的一天之间的活动——那就是，从清早出去买花，到准备宴会，一直到子夜宴会散席为止，前后总共只有二十四小时的时间。从表面上看来，现实中所发生的事情并不多，但书中个个角色的内心活动却是极其复杂而此起彼伏的，而且时光也一直在飘忽、变幻、错综之中，仿佛十分不合逻辑地流动着。例如，从上街买花开始，达洛维夫人一路上的思绪千变万化，可以说所有与她的过去和现在有关联的印象全都一起出笼，都是一些颇为琐碎、片段而不相连贯的片刻印象。仅仅在过街的那段短短的光阴里，女主人公就经验到了爱与恨、喜与怒、随俗与孤傲、嫉妒与自我怜悯等种种内心思虑。难怪有人说，弗吉尼亚·伍尔芙的《达洛维夫人》是典型“意识流”小说的代表作，因为它反映了第一次世界大战以来那个日渐复杂的时代思潮。那种跳跃式的、神经质式的“意识流”手法正好捕捉到了现代人在日常生活中变化多端的精神节奏。

然而，影片《时时刻刻》中，那个“意识流”的概念却转成了“文字流”。整个电影的主题其实就是有关文字如何感染人的问题，而且那种强大的感染力也是超越时光的流动的。例如，在银幕上，我们突然到了一九四九年美国的加州。我们看到，有个洛杉矶的主妇劳拉整天沉迷于弗吉尼亚·伍尔芙那本《达洛维夫人》的小说世界中；有时她读到着迷处，自己简直变成了达洛维夫人了。与小说里的女主人公一样，劳拉清晨起来就开始为晚间的“宴会”做准备。唯一不同的是，劳拉的“宴会”只为她自己丈夫的生日而预备，而且参加此会的人也只是他们夫妇两人和一个三岁的儿子。劳拉是个怀有五个月身孕的家庭妇女，对她来说，每天的家事都是极其烦琐而重复的。特别是，她一向就有忧郁症的倾向，以她看来，日常生活经常是极其无聊的，连做个蛋糕都会成为难以负荷的重担。于是，那天从早上开始，劳拉一面在厨房里试做蛋糕，一面想的却全是《达洛维夫人》小说中的情景。那个坐在旁边刚满三岁的儿子，眼见母亲整天如此心不在焉地活着，心里不知不觉地笼罩了一片阴影。虽然只是小小年纪，但他脸上已经浮现了一副忧郁的表情，似乎早已看出母亲内心深层的精神危机来了。

随着电影的进展，我们发现，与弗吉尼亚·伍尔芙笔下的达洛维夫人一样，劳拉突然起了自杀的念头。于是，她把那个做坏了的蛋糕很快地丢入了垃圾桶，又暗暗地把几瓶安眠药放入皮包里，接着她强作笑容，把儿子带到了车上。几分钟之后，她开车到了保姆家，说要把儿子暂时寄放在那儿。聪明的儿子一时预感到可怕的事将要发生，于是就极力挣扎，一个人飞奔到街上，在母亲的车后头拼命追赶，一面大声哭喊。

后来，电影的镜头开始对着劳拉，我们看见她走进了一家旅馆，手上一直捧着《达洛维夫人》那本小说。到了房间之后，她开始服药，我们眼看她就要离开这个世界了。但在紧要关头，她突然从床上坐了起来，口里说道："不，我不能死。书里说，达洛维夫人已经改变主意了。"就这样，劳拉改变了自杀的初衷。所谓"文字流"的魄力，没有比这样的读者反应更富戏剧性了。总之，那天下午，劳拉终于如期地做好了生日蛋糕，等丈夫晚间回家后，一切又恢复到了平静与笑容。当他们同声说出"生日快乐"时，丈夫很高兴地开始享用那蛋糕，丝毫看不出自己的妻子内心曾经有过那么大的冲突和震动。

然而，在银幕上，我们不但目睹了一九四九年劳拉在洛杉矶的生活点滴，同时也看到穿插其中的许多有关一九二三年弗吉尼亚·伍尔芙在英国乡下写小说时的构思经过。此外，二十世纪九十年代在纽约发生在女编辑克拉丽莎·沃恩身上的种种经验也同样交错于其中，让人感到了一种跨越时空的"文字流"。这个世界的确非常奇怪，在不同时代、不同地方，居然可能重复同样的事，有时甚至可以预演后来的事。罗兰·巴特曾说，"作者已经死亡"，但其实我们应当说，读者是通过作者的心灵和文字再次创造了新的世界。我们或者也可以说，这就是诗人杜甫所谓"萧条异代不同时”的现象。

在《时时刻刻》的电影中，那个住在纽约的新女性克拉丽莎·沃恩堪称一个与弗吉尼亚·伍尔芙笔下的达洛维夫人同等“萧条”，但却活在“异代不同时”的人物。首先，她的名字“克拉丽莎”正与达洛维夫人的名字不谋而合。因此之故，她那多年来的好友理查德（一位有名的作家）就干脆喊她作“达洛维夫人”。故事开始时，克拉丽莎刚一起床就想起弗吉尼亚·伍尔芙小说中的第一句话:“达洛维夫人说她自己去买花。”很巧，克拉丽莎那天晚上正准备要为理查德开一个派对，所以一大早就出去买花。那个花店简直是个充满鲜花的世界，触目所及全是色彩缤纷的花朵，诸如玫瑰、紫丁香、香石竹、香豌豆、翠雀等。可以说，白色、红色、黄色、紫色的花应有尽有。当克拉丽莎抱着一大束花走过纽约街头时，她的心理和小说里的达洛维夫人一样复杂，可以说整个头脑都充满了层出不穷的联想和回忆。原来，理查德曾经是她年轻时代的情人，后来他成了同性恋，染上了艾滋病，现在已病得很严重。前几天，他刚获得了一个文学奖，所以克拉丽莎希望开一个派对为他庆祝一番。克拉丽莎一直在想，自己不年轻了；她今年已经五十二岁，她和女伴在纽约的公寓里同居已长达十八年之久。想到这里，她不觉思绪万千。

与小说里的达洛维夫人一样，克拉丽莎也是正在厨房里忙得不可开交的时候，突然有人来访。那个来访的人就是理查德过去的同性恋人；没想到两人的谈话使得克拉丽莎再度陷入了感伤、矛盾和孤独的情绪，简直弄得一发而不可收拾。后来幸而晚餐终于准备就绪，克拉丽莎得以及时出发到理查德的公寓去接他。然而，一进公寓，她就被眼前的情景给吓住了。只见理查德正坐在高高的窗沿上，好像马上就要往楼下跳，口中还滔滔不绝地说道："这些年来，我之所以勉强活下去，完全是为了讨好你。这真没意思啊！但我已看透了生命的琐碎，现在必须寻求解脱……"

面对这个危险的片刻，克拉丽莎虽然强作镇定，但精神上已几近崩溃。几秒钟之后，她亲眼看见理查德往下跳了。

这个跳楼自杀的结局正好呼应了《达洛维夫人》小说里的一段重要的情节。书中的女主人达洛维夫人在当天晚宴将要散席时，突然听到一个年轻人自杀的噩耗，因而感到震惊不已。那青年人是跳楼自杀的；达洛维夫人认为迫使那年轻人自寻短见的原因，乃是一些社会上的恶势力在作怪。很显然地，那年轻人的死反映了作者弗吉尼亚·伍尔芙当年在写《达洛维夫人》那本小说时的心情。据说，本来按这本小说的最初大纲，最后自杀的乃是女主人达洛维夫人。但后来作者却改变了计划，因而创造了一个年轻人的角色。其实，今日看来，那个最初的"版本"更能代表弗吉尼亚·伍尔芙当时的心理境况。

一直到《时时刻刻》电影的结尾，我们才惊奇地发现，原来那个跳楼自杀的艾滋病患者理查德就是从前一九四九年在洛杉矶郊外亲自看见母亲饱受忧郁症侵袭的那个聪明灵敏的小男孩。他从小受母亲的影响，耳濡目染，因而对《达洛维夫人》那本小说的情节了如指掌。没想到后来他终于作出了最直接的读者反应——当他从楼上跳下去时，等于是实现了作者早已在书中所作的预言。他的命运虽然和自己母亲的命运不同，其选择生死的原因也不同，但其完全被文字感染的“读者”现象却是一样的。

综观《时时刻刻》里的几个故事，我认为整部电影（包括迈克尔·坎宁安的原著《时时刻刻》）所要阐释的乃是一种后现代的文化现象——那就是“文字流”与“时间流”互相配合、互相衬托的现象。时间的流动本来就是没有起点、没有终点的，它就像那无始无终的河流。唯一能把那继续流动的时光“固定”下来的，也只有文字了。例如，女作家弗吉尼亚·伍尔芙本人虽然早已被河水冲走，但她所创造出来的文字艺术却在“时间流”中屡次再现，不断影响着后来的读者。所以，她的小说不但表现了人的“意识流”，而且进一步捕捉了永恒时间的流动——尽管那些只是时光的片段。有趣的是，当初一九二三年弗吉尼亚·伍尔芙刚开始写那本小说时，那书的题目原来就叫作《时时刻刻》，但她后来将之改为《达洛维夫人》。总之，我一直认为“时间流”的概念原来就是那本小说的真正主题。

若用现代的电脑语言来说，所谓“文字流”和“时间流”的关系就正如上网的经验。每次上网时，我们总是感觉到，所有信息都在网中继续流动着。每个用户都可自由地进入网络，都可以随时拿到资料。如此一来，网络有如不断在流动着的时间，它是无始无终的。只有当我们把文字和意象下载下来之时，才能把流动之中的片段“固定”下来。而那种片刻的“固定”也就是“文字流”发生作用的管道。

从某一方面看来，我们的后现代文化就是各种读者都能感受到“文字流”的大众文化。换言之，这是一个读者至上的时代。唯其如此，作者迈克尔·坎宁安（他是弗吉尼亚·伍尔芙的忠实读者）才能在一九九八年写出那本充满读者心灵想象的小说《时时刻刻》，而他的书也因此得到了今日广大读者的认可。其实，他的书不止涉及读者反应；它主要在写现代的美国文化。值得注意的是，迈克尔·坎宁安是个十足的美国人，他生于洛杉矶，长于纽约市，而他书中的两位女性读者（即劳拉和克拉丽莎）也正好分别住在这两个城市里，这个地理上的“巧合”是特别发人深省的。本来《时时刻刻》就是一部需要读者用心思考的小说，它的重点乃是有关读者的连锁反应及其不同观点的阐释。

这种以读者为中心的文化，可以说就是目前美国正在风行的出版文化。例如，二〇〇〇年才由耶鲁法学院毕业的马修·珀尔，一向是个沉溺于书中的读者，他尤其堪称一个但丁迷。他出版了一本题为《但丁俱乐部》的小说，表现杰出，一时走红。但他的小说主要是受了但丁《神曲》的“地狱”那一部分的启发才写成的。另一方面，也只有读过但丁《神曲》的人，才能完全体会马修·珀尔那本小说的深度。不过，一般美国读者们显然都愿意接受这种文字的挑战。

当这种挑战一旦被搬上了银幕，读者对其“文字流”的感受力也就随着增强了。就如《时时刻刻》这部电影，它已陆续获得各种奖——包括二〇〇三年金球奖，以及柏林国际电影节大奖中的最佳影片奖。尤其是演弗吉尼亚·伍尔芙的妮可·基德曼还得了奥斯卡最佳女主角。当然，这部电影的成功和三位“女主角”都是十分出名的影星有关；基本上，这三个女主角都是影片中的主人公。重要的是，观众们看完该影片之后，常常就会情不自禁地去买一本迈克尔·坎宁安的书来读，同时还会探本穷源地重新读起《达洛维夫人》那本小说来。

当代美国文化与《纯真年代》

提起当代美国文化，通常总想到许多“后现代”的象征以及艾滋病的危机、妇女集体减肥等。事实上，最近两三年来美国文化发展更倾向于对“古典主义”的追求。这种“古典主义”不同于希腊罗马的传统，又有别于十七、十八世纪的“新古典主义”。目前美国风行的“古典主义”是一种对十九世纪的古老纽约文化的怀旧心态——而最能代表那种古老纽约的典雅文化则莫过于伊迪丝·华顿的名著《纯真年代》了。

《纯真年代》最近刚拍成电影（由马丁·斯科塞斯导演），一时轰动了美国文化界。于是这个改编自文学经典的影片又唤起了美国人对那种“古典”价值观的思慕。所谓“纯真”并非真的“天真无邪”——相反地，指的是一种“成熟”之文明所酝酿出来的“无邪”表象。用艾略特的话来说，所谓“古典”就是一种“行为上的成熟”。在《纯真年代》影片里头（小说亦然），我们看到的是一个与目前电影“全裸”风潮背道而驰的保守风尚。有趣的是，为了拉生意，电影广告不得不用各种“迷人”的话语来解释这部电影的“性感”所在。例如最近有一个广告写道：“银幕上的情人从未如此性感过——虽然其中并无脱衣的镜头。”足见在这个后现代、多元化的社会里，人们需要一套新的诠释法则来解读这种“纯真”时代的美感兴趣。

事实上，最近的美国女性时髦风尚已经反映了古老纽约的典雅风格——突然间，我们发现女人开始流行戴上各种颜色的紧项链，并在苗条的身材上穿上有古典趣味的衣裳。而《纯真年代》片中所描写的各色女子也正穿着这样的服饰——虽然各方面都有更夸张的铺陈，更能表现贵族式的古典美。而整部影片始终贯穿着传统的“约束”美感与爱情的“自由”追求之冲突——这种“约束”与“自由”的冲突，导致人们在无奈之中不得不做各种道德性的选择，使人把美感与爱情道德化，从而体现一种看来似乎“纯真”的时代风气。

《纯真年代》的主人翁阿切尔代表这样的时代道德观——他一面想拥有“美丽天真”的妻子梅，又不能摆脱自己对“优雅成熟”的埃伦·奥兰斯卡之深恋痴情，最后终于不得不屈服于社会的压力，在“纯真”的范畴内找到了避风港。然而这种道德性的妥协也正是阿切尔悲剧生命的症结，因为他既无法忘记那代表女性完美精神的埃伦，又不容许自己全心去爱妻子梅（使梅多少成为那种社会的牺牲品）。在小说中，作者伊迪丝·华顿就借用了这个感情与道德的冲突，非常巧妙地体现这种人生的基本悲剧——人生的悲剧就是，既有自由发挥感情的需要，又无法超越自己的特定局限。

另一方面，影片中却具体发挥了一种“纯真”时代的审美观，充分利用声光影像的媒体来体现文字无法表达的意象。于是我们发现，在男主角阿切尔的心目中，埃伦早已成为一幅永恒的美丽画像——她那含情的注视，秀颈上的紧项链，优雅的背影都永远含有无限的神秘意味。就因为阿切尔与埃伦的关系没有彻底得到“满足”，而且曾经制约于“发乎情止乎礼”的局限中，他们才更加神魂颠倒，无形中加深了彼此的魅力。而这种若即若离的美感（或幻影）也正是十九世纪末期古老纽约的审美心态。

也许现代的人们已经厌倦了自由（尤其是性革命所带来的自由），所以就对《纯真年代》所体现的价值观格外憧憬。说得更确切一些，这也正是近年来美国出版界突然产生“伊迪丝·华顿热”的主要原因。伊迪丝·华顿首先出版《欢乐之家》（一九〇五年）及《伊坦·弗洛美》（一九一一年）而声名鹊起，后来她的小说《纯真年代》（一九二〇年）获得普利策奖，更加奠定其文学地位。半个世纪以来，虽然美国各大学的英文系不断采用她的作品来做教科书，但广大读者却已渐渐淡忘了她所描写的“古老纽约”世界，因此每当提起伊迪丝·华顿，人们不免会摇摇头，认为那是一个过了时的名字。

然而这几年来，伊迪丝·华顿却摇身一变，成为最畅销的作家之一。首先，她的小说分别于一九八六年、一九九〇年及一九九二年再版，而且有些版本已成为快速消费品。伴随再版小说而来的批评著作也跟着占据了很大的市场。最脍炙人口的《伊迪丝·华顿之性教育》特别用弗洛伊德的心理学来重新阐释这位十九世纪末二十世纪初的女作家。而杜克大学的英文系教授戴维森在其《爱情书简》中也特别声明，那本书的写作，得自伊迪丝·华顿的情书之启发。此外，鲍尔斯所编的《亨利·詹姆斯与伊迪丝·华顿信件》也轰动一时，传为佳话。最近又有作者纷纷为伊迪丝·华顿写续书。例如，梅因沃林的《海盗》及温纳的《朝三暮四与海盗》算是最有名的例子（参见《纽约时报书评》，一九九三年十月十七日）。

由此看来，伊迪丝·华顿显然成为今日经典文学的伟大作者之一。但我们不禁要问：是什么具体因素（除了上述所论有关道德观及审美观外）使这位女作家得到“平反”，而且激发读者的想象力，使之成为与“后现代”交相匹敌的热门主题呢?

事实上，所谓“伊迪丝·华顿热”，在很大程度上乃是由于耶鲁大学的善本图书馆的收藏与宣扬之功，耶大的善本图书馆乃世上存藏善本书籍及书信原稿规模最大的中心之一，现在共存五十万册善本书及好几百万种原稿作品和作家书信。其中尤以美国文学的藏书最为杰出，而伊迪丝·华顿的藏书就是其中的精华之一。如果没有这部分宝贵的材料，许多批评家一定无法写出有关这位“神秘”女作家的生平故事。例如，格洛丽亚·厄利希就完全根据伊迪丝·华顿寄给莫顿·富勒敦的数千封情书写成了那本有关“性教育”的畅销书。那些连续三十年的情书，从前完全落于私人收藏家的手中，后来耶鲁大学分别向温思罗普·钱勒、马克斯·法仑德、罗伯特·格兰特、弗雷德里克·金等人以高价买来，直到前不久才公之于世。这些书信一旦公开，学者专家便一窝蜂地重新诠释伊迪丝·华顿的一生及小说世界，并点出了这种“新解构”所带来的新意义。原来过去人们一贯把这位“古典”的女作家视为彻底的禁欲主义者，现在才知道她与莫顿·富勒敦的一段不寻常的关系乃是促使她情感成熟的重大关键。而她写《纯真年代》之时正是这段爱情结束后不久，所以在某一程度上，小说的主人翁阿切尔代表女作家的自身写照。基本上，在伊迪丝·华顿深信人类无法超越社会的道德得到自由的时候，也同时会意识到社会的牵制。但也只有极富想象力的第一等人才会在自己陷入感情自由的危险时，能终究领悟到人生道德精神之不可抗拒。在《纯真年代》一书（及其电影）中，我们看到女作家那种“以色悟空”的智慧，也从埃伦一角看到一种成熟女子的自我肯定。即使在梅身上，我们也发现她有自己定位的勇气，其实既不“天真”，也非“无邪”，只是在无奈的人生之中选择了最合乎理性的处世方式。

其实《纯真年代》也多少代表妇女解放的契机，因为它暗示妇女如何在追求爱情的自由与传统约束之间找到一个适当的权衡。这种权衡也就是自我成长、自我奠定审美标准的展现。或许因为如此，《纯真年代》搬上银幕后尤受女性观众的欢迎。我以为通过电影来呈现美国当今文化的新发展，更能有效地展现一种解构的新意义。

布鲁姆的文学信念

一九八二年秋，我应聘到耶鲁大学教书。此后不久，即在一次偶然的场合中认识了布鲁姆教授。布鲁姆的著作，我那时已读过许多，他在批评领域上的视野广博，以及在文学研究上倾注的热情，我自然深为敬佩。在我的心目中，他所代表的，可以说正是美国早期诗人惠特曼那种既沉着又奔放的精神。

布鲁姆于一九五五年开始在耶鲁执教，那一年他才二十五岁。我来耶鲁的时候，他已是有名的教授，学术界的泰斗，但他对人向来没有架子，对年轻人尤其和蔼可亲。因此，自从那次偶然认识后，我们见面的机会虽然并不是很多，但多年以来，我们在教学或学术上还是有过不少的接触和交流，于是在同事的关系中遂积累出几分同行的友谊。每年开学的时候，我总不会忘记督促我的读中国古典诗词的学生们去选听他的美国诗歌课。

有一年，布鲁姆突然生了一场重病，病情严重到不得不停课病休的程度；消息传来，令人担心。后来他的身体已逐渐恢复，又开始在学校里开课了。因此，我一直在想，何时要抽空到他家里去探望他一下，但又怕会打扰到他病后的休闲时间，故迟迟不敢打电话给他。正在犹豫之间，我收到了中国的一位编辑凌越先生的来信，说要请我对布鲁姆教授做个访谈。凌越还特别准备了几个题目，希望我能代表他，直接向布鲁姆请教。

所以有一天我和布鲁姆约好了在他的家中会面。按了门铃，只见布鲁姆的妻子珍妮微笑地为我开门。一分钟之后，布鲁姆慢慢地从房里走了出来。我发现他不但穿了西装，还戴上了领带。这次见面，他显得格外消瘦，但眼睛依然放出了两道智慧的光芒。

“啊，你真准时，和我意料中完全一样！来，来，来，请坐在那边。”布鲁姆绅士派地为我脱下大衣，慢慢就走向客厅，右手指向窗前的沙发。他一面还在我的额头上轻轻地投下了一个友好的亲吻。

“布鲁姆教授，很久不见，您身体看来还好。”我很高兴地坐了下来，开始拿出录音机和照相机。“很抱歉，我今天看起来有点儿像新闻记者。”我眯着眼，开口说道。

“不要再喊我作布鲁姆教授了，否则我还要喊你作孙康宜教授，多么麻烦呀。咱们一言为定，从此你喊我哈罗德，我喊你康宜，好吗？对了，首先让我们先试试看录音机管不管用。”

这时，他开始情不自禁地朗诵起美国诗人哈特·克兰的诗句来。他的视线朝着窗外，声音铿锵，节奏稳重。从他的眼里，我看到了一种温润的光影。我注视着他，自己好像也进入了另一个世界。

几秒钟之后，我打断了他。“好，哈罗德，我想录音机没问题了。我们现在就开始正式访谈吧。今天我想把题目分成两组；一组是编辑凌越先生所提出的三个问题，一组是我自己想向您请教的问题。第一组的问题是非得要问的，但我的问题则是次要的，要看时间和情况而定。”

“当然，当然。”他点头同意。

“凌越想问您的第一个问题是：由于翻译滞后的原因，一般中国读者熟悉的美国诗人最新的也是金斯伯格、阿什贝利这一代了。可否请您向中国读者推荐几位值得关注的中青年一代的美国诗人?”

“首先，我想说的是，阿什贝利确实是一流的伟大诗人，但金斯伯格，虽然他是我的老朋友，我必须坦诚地说，他其实说不上是个诗人。至于年轻一代用英语写作的诗人们，我最推崇的有两位。第一位是加拿大的女诗人安妮·卡森，她今年（二〇〇三年）大约五十二岁；她是一个十分杰出的诗人，诗风强而有力，很奔放，很有独创性。她的作品有几分近似于十九世纪的诗人艾米莉·勃朗特和狄金森。另外一位美国诗人亨利·科尔也十分杰出，我以为他是当前最优秀的美国年轻诗人。他的诗风具强烈的感染力和极端的形式美，有些古典的味道。他已出版了五本诗集，包括最近的《中地》。过去他两本最为有名的诗集是：《事物的外观》和《可见的人》，都是十分感人的作品；前者的书名取自美国前辈诗人华莱士·史蒂文斯的诗，后者则取自哈特·克兰的诗。亨利·科尔今年大约四十六岁。我看年轻一代中，大概就是以上两位诗人最为出色了。至于更年轻的作家群中，因为实在太多了，一时很难作判断。”

“谢谢你的回答。相信中国读者们一定会开始读安妮·卡森和亨利·科尔的作品的。”我停了一下，接着说，“编辑凌越想问的第二个问题是：您好像在观念上和新批评派有比较多的分歧，可否请您谈谈对新批评甚或对整个现代派文学的看法吗？凌越主要是想知道您对这个问题有什么较细致的见解。”

“啊，这个问题恐怕要从我的教学生涯开始说起了。明年就是我在耶鲁执教五十周年了。在这漫长的五十年间，我曾经为了我的文学信念，持续地打了四次大战。我的第一次大战其实就是反新批评派的一场战争。当时我只是一个年轻的教授，但我却很大胆地批判了当时正在风行的新批评派的几个大将，其中包括一些我在耶鲁的师长们，例如克林斯·布鲁克斯、W. K.维姆萨特、罗伯特·佩恩·沃伦等人。当然，沃伦教授后来终于成了我的好友，但那是很久以后的事。我之所以反对他们，主要是因为他们破坏了英文诗歌里的伟大传统——那就是从乔叟、莎士比亚、斯宾塞、弥尔顿、布莱克、华兹华斯、雪莱、济慈、勃朗宁、丁尼生一直传承下来的固有传统。此外，我发现那些新批评家们也企图打倒早期美国的经典作家们——如惠特曼、狄金森、爱默生等。所以我这些年来完全致力于提升传统经典的工作，我想我的工作还是很有效果的；至少大部分的文学经典都已经重新得到它们应得的地位了。当然这些经典也包括二十世纪的一些杰出作家——如史蒂文斯、克兰、叶芝、劳伦斯等。你知道，我基本上反对艾略特、庞德、威廉斯等人的诗歌理论，虽然他们都是十分杰出的诗人。后来，在打完‘反新批评’之战后，我又转移了一个战场；那就是所谓的‘反解构’之战。其实那是一场‘反法国侵略’之战。在那场战争之中，我的许多攻击目标都是朋友兼师长——如保罗·德曼、雅克·德里达、J.希利斯·米勒。其中主要的争论重点是有关‘意义’的阐释问题——‘诗歌怎么会存在意义’。解构主义者以为诗歌的意义都是不可决定的，因为语言本来就是不可捉摸的。但我不同意，我以为语言本身不能为我们负起思考的作用。我认为，哲学家海德格尔不能为我们阐释诗歌的意义，但莎士比亚却能，因为他早已透过他的剧本点出了诗歌的真义。总之，后来打完了这场规模宏大的‘反解构主义’之战后，我发现自己又进入了第三场战争，那是一场似乎永远打不完的战争——其实一直到目前，美国的校园里还普遍存在着这场战争的余波。原来，那是一九六七年从加州伯克利大学开始的一种‘对抗文化’的潮流，从此美国的大众文化和学术界丧失了美学的原则，逐渐被种族、性别、性倾向等考虑所支配。我曾经把这一股‘对抗文化’的潮流称之为‘愤怒派’，因为属于这个派别的人的内心都充满了愤怒，完全失去了对美学的尊重。真的，打了这么多次战争，我已经感到十分疲劳。但没料到，不久前我又不知不觉地卷入了第四场战争。我看，最近在整个英语界和西方文化界里所发生的最为可怕的一件事，就是大家普遍地提倡那令人啼笑皆非的哈利·波特文学；人们甚至盲目地让它取代了传统的儿童文学。在我看来，这是一件最令人感到可耻、最愚昧的文化潮流。我因而也加入了这场文化争论——例如，在《纽约时报》《洛杉矶时报》中，我都强烈地攻击这种哈利·波特文学，而且也会继续反对下去。此外，最近美国国家图书奖居然颁给了畅销书作者斯蒂芬·金。斯蒂芬·金是一个三流的作家，他完全不懂得何谓美学，也不懂得什么是人生的认识论终极价值。他完全投合大众之所好，这是我感到最不可救药的。从前曾经有人称我是一个'抬杠批评家'，我想，或许还有些道理。我就是这样的一个批评家，所以没有人会请我参加他们的社团或俱乐部。"

"那么，哈罗德，您理想中的前辈批评家是谁呢？"我趁机打断了他的话。

"哦，在西方批评史中，我所尊敬的英雄人物就是约翰逊、拉斯金、佩特、王尔德、伯克、弗莱、燕卜荪，还有我的好友奈特（已于一九八五年去世）。总之，我的立场一直是，诗歌绝不可被政治化。"他说这话时，面部的表情显出了几分沉重。我看得出，他正在为英美大众文化的价值观感到忧虑。

接着，我问他："没想到您会崇拜文学批评家燕卜荪。燕卜荪不就是您所讨厌的新批评派的其中一员吗？”

“哦，燕卜荪虽然被归纳为新批评派的一员，但他的文学观点比维姆萨特等人高明太多了。我很尊敬燕卜荪，因为他基本上是尊重传统文化的。他后来成了‘拥毛派’，而且还十分欣赏毛主席的诗词。”

“我知道中国人一直很欣赏燕卜荪，主要是因为他从前住在中国，也曾在中国教过很多年的书，他因此也对中国人有着深厚的感情吧。”

就这样，我们的访谈无形中转到了中国文化。布鲁姆告诉我，他一向很崇拜中国文化，在康奈尔大学读书的时候，他曾经学过两年的中国语文。他说，他读过《诗经》《楚辞》，以及李白、杜甫等经典作品的英译，知道古代中国曾经出过和但丁一样伟大的诗人。他也读过不少有关儒家、道家、佛教的书籍，所以一直很羡慕中国那种悠久而成熟的文化传统。他以为，在西方，除了苏格拉底以外，真的没有第二个人能比得上孔子的文化修养。他还告诉我，他多年来在耶鲁最好的朋友就是著名的中国历史学家史景迁。他说，史景迁的妻子金安平博士（也在耶鲁执教）正开始撰写一部有关孔子的书（即《孔子：喧嚣时代的孤独哲人》），他为此事感到高兴，因为中国古老的文化传统是有必要持续下去的。

“啊，如果您真的那么崇拜中国传统文化，为什么在最近所出版的《天才》一书中，并没介绍任何一位中国作家呢？”我忍不住问道，“您既然收入了日本《源氏物语》的作者紫式部，为何偏偏漏掉了《红楼梦》的作者曹雪芹呢?”

一听到这样一个问题，布鲁姆很快地反应道:“啊，那怎么说呢?那实在是因为我对中国文学知道得不够多、不够透彻，才不敢随便谈论的缘故啊。中国传统如此久远，如此复杂，我觉得自己真的没有足够能力来研究它。除非我能到中国去住个一年半载的，否则绝不可能完全了解中国文化。但我今年已经七十多岁了，加上身体又如此衰弱，恐怕这一辈子是去不了中国了。反之，日本《源氏物语》的英译本早已经进入了英语的世界中，我很年轻时就开始阅读亚瑟·威利的节译本，后来又读了赛登施蒂克的全译本，加上该书对于西方读者来说，较为容易掌握，所以我很自然地就把它包括在我的那本书中了。”

这时，我看了看表，发现时间已经不多了，距离访谈结束的时间只有半个小时而已。我想，我们的访谈似乎不能再离题太远了。

于是我说:“我还没问完凌越所要问的所有问题呢。他的第三个问题是:有一种观点认为，现在的西方诗歌由于陷于形式化的旋涡中，已经越来越背离诗歌核心的力量了。《书城》第十期发表的杨炼和阿拉伯诗人阿多尼斯的对话就是持此观点的，很想知道您对此是怎么看的。”

“我当然不知道那位中国诗人和阿拉伯诗人谈话的上下文。但我个人的看法是，虽然西方的大众文化很有问题，也有许多女性主义者写了不少坏诗——因为它们都太过于政治化——但整个说来，那个承续下来的美国诗歌传统还是十分稳固而强大的。例如，杰弗里·希尔、谢默斯·希尼、阿什贝利，还有我们的耶鲁同事约翰·贺兰德等人都出版了许多一流的作品。最近刚去世的诗人A. R.阿蒙斯也十分优秀。此外，上一辈的女诗人伊丽莎白·毕肖普也是美国文学史上属一属二的杰出诗人。所以我认为美国的诗歌传统还是很有生命力的。"

"好，"我微笑地说道，"现在既然已问完了凌越先生所要问的问题，我想开始问我自己想问的问题了。我想知道的是：您目前对'浪漫主义'的看法如何？记得从前加州大学尔湾校区刚设立尔湾—威勒克演讲系列时，他们请您做第一个演讲者，当时该系列的主编弗兰克·伦特利恰就用'浪漫'一词来形容您；他说，'浪漫'不仅指一种诗学的方向，一种形上学，一种历史的理论，也指向一种特殊的生活方式。我第一次读到那段文字时，深受感动。您现在还同意伦特利恰的说法吗？"

"同意，完全同意。"他用一种回忆式的、冷静的表情说道。"然而，我从前的耶鲁学生杰罗姆·麦克甘恩（一个新历史主义者）却在一本题为《浪漫主义的意识形态》的书中，狠狠地批评了我。他认为我和耶鲁同事杰弗里·哈特曼等人完全把'浪漫主义'的定义搞错了。但我至今仍然深信，浪漫主义的灵魂就是我所谓的'浪漫主体性'；换言之，是那个主体性涉及了人的自觉精神。那种浪漫的主体性有别于欧洲的理想主义，它其实和世界上所有的'智慧文学'有些相通之处。它使人想到了中国古代儒家、道家的生命态度，也令人想到希伯来人的圣经传统。总之，后来的主编把我在尔湾的那一系列演讲编成了集子，终于出版了《破器》那本小书。”

“啊，我还记得一九八二年，我刚到耶鲁，正巧到亨利·施瓦布先生的书店去买您的《破器》那本小书。”

“我想，那就是我第一次遇见你，是吗？啊，我想起来了……”他睁大了眼睛，很兴奋地说道。

“对了。能在书店遇见您，实在很巧。因为我一直有一个问题想问您——那就是，作为一个文学作品的长期读者，您个人是怎样来阅读诗歌的？”

“我很喜欢这个问题，因为我从小就喜欢阅读。我阅读的速度向来很快，记得我大约三十五岁时，阅读之快，有如闪电。而且我记忆力从小就很强，可以说是过目不忘。因此，许多英语诗歌我都能背诵；就连有些散文篇章，我也能背得出。在这一方面，我基本上是圣奥古斯丁的忠实信徒；圣奥古斯丁以为天下万事均得靠记忆，我也相信，一个人是靠记忆来拥有一切的。我那非凡的记忆力使得我的教书工作显得十分容易；我几乎可以不带书本去上课，但为了防备万一，我还是带着书去学校。我认为今日美国教育最大的缺失就是，美国儿童从来没好好学过如何阅读，因此他们长大之后，所读的书就越来越少了。”说完这话，布鲁姆不知不觉地叹了一口气。

我接着说道：“刚才我们谈到‘浪漫’的意义，但我忘了问一个最后的问题：您觉得自己是个浪漫的人吗？”

“不，我一点儿也不浪漫！我基本上是个教书的人，也是文学批评家兼学者。我的工作主要是教人如何欣赏诗歌；可以说，和你的工作差不多。可惜现在从事这种工作的人太少了。所谓‘阅读诗歌的艺术’早已在美国大众文化中失踪了，这个现象很让我失望。因此，多年来，我一直在准备一系列有关‘最佳英语诗歌’的书。我的妻子珍妮已把我的那些稿件整理好收在箱子里了，但还没出版呢。对了，说到教书，我特别喜欢你的几个中国学生——例如已经在莱斯大学教书的钱南秀，还有你最近送来我班上学美国诗歌的王敖和黄红宇。他们都是很聪明的学生，也真正地热爱诗歌。我觉得，中国人好像特别能欣赏诗歌，这可能和中国古老的传统有关。因为我知道，孔子从头就很尊重诗歌，从来不会贬低诗歌。然而，西方的传统就不同了。例如，苏格拉底一直设法把哲学与诗歌分开来，甚至对立起来……”

突然间，电话铃响了。原来是有人打电话来问布鲁姆，问他什么时候要到墨西哥去领奖。这时，布鲁姆忙着站起来接电话，珍妮趁机走过来，悄悄地在我的耳边说道：“告诉你一个好消息，哈罗刚得到了有名的阿方索·雷耶斯奖，他下个星期要去墨西哥的蒙特雷城领奖，我要陪他去呢。”据说，那个文学奖是为了纪念墨西哥的伟大作家阿方索·雷耶斯而设的。（蒙特雷为阿方索·雷耶斯的出生地，故领奖处设于该地。）著名小说家博尔赫斯就曾经得过那个奖。

于是，我走过去，伸出双手向布鲁姆说声恭喜。这时突然想起了李白在《赠孟浩然》一诗中的结尾两句：

高山安可仰，徒此挹清芬。

确实，眼前的布鲁姆拥有那“高山”似的文学修养，岂是平常人所能仰及？我只是徒然效法他那“清芬”的学养罢了。

那天，在开车返回的途中，我再一次鼓励自己必须更加勤奋地阅读文学经典。那条求知的路确实很长，很长……

掩盖与揭示

——克里斯蒂娃论普鲁斯特的心理问题

文学批评的风潮也像服装的流行一样，通常一种新的发明由巴黎开始，就随着一阵风吹向美国，转而传向世界其他各地。当年德里达诸人所发起的解构主义就是一个典型的例子。现在时过境迁，人们已经熟悉（甚至厌倦）了各种“新”的批评风尚，自然就有渴望“更新”的希求。目前法国学院派最盛行的文学研究正是一种“焕然一新”的阐释方法，即所谓“演进批评”。

“演进批评”主旨在研究个别作家的文本的演进：通过对作者手稿以及各个版本的比较，并从其删改、更正、迟疑的迹象中来探讨作者复杂的心路历程。从某一意义来讲，“演进批评”是对多年来盛行于美国的“新批评”的挑战：“新批评”家以为文本是固定不变的艺术成品，“演进批评”家却强调文本的流动性，因为所谓“定本”其实是个十分靠不住的观念。有趣的是，这种“演进批评”对研究中国文学的学者来说，不仅是似曾相识，简直是司空见惯。两百年来的“红学”基本上建立在诸版本的发现与研究上：从《脂砚斋重评石头记》一直到胡适所著的《红楼梦考证》，红学家几乎千篇一律地把精力花在鉴定版本形成经过、续书问题以及比较诸版本的出入问题上。所谓甲戌本、庚辰本、乙卯本、甲辰本、全抄本、靖藏本、程乙本等，其版本之繁之多，足令读者眼花缭乱。究竟何者为“定本”？至今仍无人敢断定。关键问题是，《红楼梦》作者曹雪芹屡次删改文本，他自己说“于悼红轩中，披阅十载，增删五次”，一直到他去世时，仍然没有完成改订的过程，真是：“都云作者痴，谁解其中味？”

巧合的是，法国也出了一个犯上“增删瘾”的痴情作家普鲁斯特。他也花了十多年的工夫不断撰写删改他的传世巨作《追忆似水年华》，也在未完成定本校删时离开了人世。对目前热衷于“演进批评”的法国学者们，普鲁斯特所留下的无数手稿、各种各样的版本以及散布于各处的笔记，都成为批评家施展想象力的主要素材。于是，一时洛阳纸贵，出版社争先恐后地发行许多新的“普鲁斯特作品校辑”一类的书籍。这股法国的“普学热”自然使人想起中国的“红学热”；但不同的是，“红学热”较注重小说与曹家关系的考证（即所谓的“曹学”），“普学热”则专注于小说作者字里行间撰写与增删的心理分析。如果说，传统的红学是一种考据学，那么我们也可以说，目前法国流行的“普学”就是一种文学的心理分析学。

一向以符号学理论及语言分析著称的法国心理学家克里斯蒂

娃很自然地成为“演进批评”影响下的“普学”的主导人物。她于一九九四年在法国出版了有关普鲁斯特的专书，此书英译本 *Time And Sense : Proust and the Experience of Literature*（《时间与感觉：普鲁斯特与文学经验》）又随即在美国出版，立刻被誉为是有史以来研究普鲁斯特小说“最伟大”“最富探索性”的著作。克里斯蒂娃采取的阐释方式其实就是她一贯使用的“互文性”语言分析：她一向以为语言不能被孤立地分析，它必须被放在上下文中，被当成“复杂的意指过程”来分析。用这种方式来分析普鲁斯特的小说是最理想不过了，因为普氏的作品中充满了复杂的词语、句型与含义，再加上各个不同的版本所提供的诸种线索也无形中丰富了“互文性”的效果。克里斯蒂娃以一个精神分析家的身份，居然能在文学批评界占据如此重要的地位，乃是因为她善用这种“互文性”的语言分析。

在这本研究普鲁斯特的专著中，克里斯蒂娃特别注重文本中“性”的主题与作者心理的分析，她说：“一个人的性是与他的精神整体息息相关的。”事实上，普氏的同性恋问题早已成为法国学者的研究主题：从二十世纪六十年代的科尔布到七十年代的博内和巴代什，几乎所有研究普鲁斯特的法国人都专注于普氏与同性恋的探讨。而近年来由于普氏书信的陆续出版和流传，广大读者也已熟知此事。但值得注意的是，在他生前，普鲁斯特通常是以一种掩盖的方式来处理自己的性问题的。与纪德和王尔德诸位同性恋朋友不同，普氏通常不会公开承认自己的同性恋倾向，甚至在小说中故意嘲弄男同性恋者，以求达到“隐蔽”的效果。至于一个人对自己的性偏好究竟应当隐蔽还是公开，这绝不是一个道德的问题，而是一种表达方式的问题。尤其在艺术的表达上，某种程度的“掩盖”常常成为打开心扉的理想管道——正如王尔德所说：“给我一个面具，我就向你说真话。”无论如何，如果说普鲁斯特采取的是一种“掩盖”的策略，那么研究普氏的学者们使用的正是一种相反的策略：因为他们以“揭示”为目的，不但要设法把作者的生平经验和小说情节联系起来，而且还要凡事对号入座。作为一个心理学家兼文学评论家，克里斯蒂娃自然是个揭示者。但她的揭示方式与一般传记作者有所不同：她不喜欢用传统考证的阐释方法来分析普氏及其小说。在她的书中，她扮演着一个心理医师的角色，她在设法帮助一个名叫“普鲁斯特”的内向型人物，使他慢慢地揭露出久藏于内心的秘密。

克里斯蒂娃单刀直入地指出，普鲁斯特的同性恋根源于“恋母情结”所造成的“性行为倒错”：他对母亲既感到迷恋又存罪恶感，而他的同性恋关系也倾向于一种爱恨交加的复杂关系。因此克氏发现，在《追忆似水年华》（尤其在《索多姆和戈摩尔》一卷中），不少有关同性恋的描写都断断续续地引入了“母亲”的形象。值得注意的是，在后来改写的稿本中，普鲁斯特居然还增补了一段有关“亵渎母亲”的文字。但在更多的情况下，普鲁斯特还是以移花接木的方式把他对母亲的特殊感情分化到不同的角色身上。例如，克氏以为书中有关外祖母生病与去世的一段，实际上写的是作者对自己母亲的怀念。原来，在实际生活中，普鲁斯特在他母亲死后痛不欲生，是一段刻骨铭心的经历：

> 在我母亲死后，我曾想过设法毁灭我自己。我不想自杀，因为我不愿意让自己成为报纸中的新闻人物。于是，我就不吃不睡，听任自己慢慢走向死亡。但后来我意识到，如果我就这样死去，我会永远失去对母亲的记忆——对她那独一无二的热情的记忆。失去对她的记忆等于把她推向第二次死亡，一个彻底与世决裂的死亡。果真如此，我就犯了可怕的弑母罪。

母亲的死使普鲁斯特几乎活不下去，他后来不得不找心理医生帮忙。但在医院住了六星期后，他发现医学无法治疗他的心病，只好另寻出路。

最后是写作救了他。他母亲死于一九〇五年，三年后他终于开始《追忆似水年华》的构思，于一九〇九年正式动笔。没想到一开始动笔就停不住了，小说一册一册地出版，一册一册地修改、补充、重写。一直到他离世的前夕（一九二二年），他仍然没有把这部巨型小说的最后几卷改写完毕。在世界文学史上，像这样一部规模宏大（全书七卷二百万字左右）、有血有肉的小说，恐怕除了中国的《红楼梦》之外，很难找到它的对手。在普鲁斯特的身上，我们真正看到了艺术的力量：一个人即使在生死关头，也可以通过艺术来自我治疗。在作者的创作过程中，他可以把现实中感受到的痛苦转变为丰富的艺术形象，从而体验到一种心灵的净化和解脱。

然而，虽然母亲的死触发了普鲁斯特撰写《追忆》的最初灵感，但真正使这部小说最终达到如此深度的原动力，却可能来自作者本身所经历的一段爱情悲剧。

一九一三年正当普鲁斯特写完《追忆》的首卷初稿《在斯万家那边》时，他的私生活突然来了一个急转弯。几年来由于决心闭门著述，多病的他已开始过着与世隔绝的清淡生活；他以为自己从此不再有激情的荡漾，因为欲望与诱惑好像已渐渐离他远去，唯一的诱惑是回忆的诱惑——那就是，希望通过各种感官的联想来重新经验“过去”。然而，命运好像给他另一种安排：就在他以为此生不会再被爱激动时，他竟出其不意地跌入情网，而且跌得很重，全身心投入而无以自拔。对方是个名叫阿尔弗雷德·阿戈斯蒂内利的男子，从前做过普鲁斯特的司机，但一九一三年一月份起开始做他的私人秘书。尽管阿戈斯蒂内利已有妻子（或许只是情妇），普鲁斯特还是不由自主地与他谈恋爱。这是普鲁斯特有生以来第一次（也是最后一次）如此深情地谈恋爱，如此炽热地追求一个人。他觉得人生走到这个阶段，幸而遇到自己的至爱，决定不顾一切后果，要克服各种外在的障碍去努力活出一段多彩多姿的爱情。谁能预料到，命运又一次很残酷地捉弄了人：几个月之后，一九一四年五月间，阿戈斯蒂内利因学习驾驶飞机，不幸遇空难而身亡，死时才二十六岁。

据考证，后来普鲁斯特把他对阿戈斯蒂内利的思念以及两人所踏过的每一痕迹都写进了《追忆》中，而他之所以不断改写小说细节，最后即使病入膏肓奄奄一息仍然继续整理手稿，则大部分是出于对阿戈斯蒂内利的痴心怀念。

许多研究普鲁斯特的学者都认为《追忆》中的主人公——即自称“我”的马塞尔——的情人阿尔贝蒂娜小姐就是现实中的阿戈斯蒂内利。这个说法颇令人信服，因为在一九一三年以前，无论在首章的稿本中或是全书的纲要中都不见有阿尔贝蒂娜的影子，所以阿尔贝蒂娜是普鲁斯特于一九一三年与阿戈斯蒂内利正在热恋时才创造的新角色。尤其重要的是，这个新角色在小说中所占的地位与实际生活中阿戈斯蒂内利在普氏心中所占的地位相同：我们发现，在小说的后半部，阿尔贝蒂娜一跃而成为女主角，与书中的“我”平分秋色。尤其在《女囚》《女逃亡者》诸卷中，不少情节和主题颇与阿戈斯蒂内利的实际经验相符。例如，阿尔贝蒂娜的出走与阿戈斯蒂内利死前不久的出走如出一辙；而且前者骑马摔伤而死，其情况与后者突遇空难极为相似。从现存的书信中，我们还知道普鲁斯特在阿戈斯蒂内利逝世的当天，曾以预言方式的笔调在信中把心上人的飞机取名为“天鹅”，乃取马拉美诗中“被流放的天鹅”之意：

……他是个幻象，
他的亮光引他到达此地。

他完全静止不动，

在这个冰冷的梦中，

天鹅发出轻蔑的神情。

在这个无用的流放中。

在小说中，主人公也在给阿尔贝蒂娜的一封信中提到马拉美诗中的“天鹅”，只是“天鹅”已变成了阿尔贝蒂娜游艇的名称。

真实生活与小说之间的联系终于揭示了许多普鲁斯特的心底秘密。有趣的是，为了掩盖他的同性恋的真相，作者很巧妙地运用一种“变性”方法，把男性的阿戈斯蒂内利变成女性的阿尔贝蒂娜。这样在小说中作者就可以安心地去除戒心，去做他真正的“自白”了。这种“掩盖”的美学本是小说家惯用的手法，它使真实的人生片段被改头换面，转而变成客观化的艺术产品。它也使作者在创造与改造的过程中，重新去活一次“过去”的经验，重新整理一次记忆中的甜酸苦辣。

但与一般学者不同，克里斯蒂娃不喜欢用对号入座的方法把《追忆》中的阿尔贝蒂娜角色还原为实际生活中的阿戈斯蒂内利。克氏以为阿尔贝蒂娜更多地代表著作者本人的“真正自我”，也可说是普鲁斯特的面具或代言人。在小说中，阿尔贝蒂娜被描写成一个多情而又复杂莫测的年轻女子：她既爱男人也爱女人，是个名副其实的双性恋者。而在许多情况下，她与其他女人之间的恋情显得特别投入而全面，因而引起书中主人公的多次嫉妒与反感。具讽刺意味的是，通过一个像阿尔贝蒂娜那样的特殊角色，作者正可以尽情地吐露他自己身为同性恋者的真正心情。与阿尔贝蒂娜相同，普鲁斯特一向视自己为社会中的边缘人物，常与世俗的成规格格不入。因此，在某一程度上，阿尔贝蒂娜的性欲“倒错”正好反映了作者内心的“女性化”边缘人的复杂心态。克里斯蒂娃解释道：

> 把阿尔贝蒂娜仅看成是……阿戈斯蒂内利的替身是不完全正确的。因为阿尔贝蒂娜这角色代表着更多的意义……从她的身上，我们可以看见小说中的“我”的同性恋之阴性面。由于身为阿尔贝蒂娜的知己、一个洞悉她的喜怒善恶的人，书中主人公暗地里得到一种扮演女性的快感……

然而，不管是把阿尔贝蒂娜看成是阿戈斯蒂内利或是作者的代言人，我们都不会忘记一个重要的事实：那就是，普鲁斯特有意用女性角色来代替男性。但我认为，这还不只是艺术上的“掩盖”手法，它更多地显示出作者本人对性的特殊看法。根据《追忆》中的许多情节片段，我们不难发现普鲁斯特基本上是“跨越性别”的信奉者，以为世上每个人都是“双性同体”的。根据这种性观，男人身上既有阳又有阴的因素，女人也同样阴阳并具，所以任何两个人的爱恋关系完全要看互相之间的阴阳组合与排列，其中之复杂矛盾与流动多变是不能用“异性恋”或“同性恋”等既定类别来界定的。因此，普鲁斯特以为一个人的性倾向无所谓“正常”或“不正常”。从异性恋者的观点看来，同性恋“不正常”；但在同性恋者的心目中，异性恋反而成了“不正常”。他说：

> 今天那些人（同性恋者）举目皆是，我们几乎可以说，他们才是正常的……比如说，某某人，他不是很正常吗？……再说，那个喜欢女人的男士……看起来反而十分不正常。

普鲁斯特的“跨越性别”观使他能客观而深刻地捕捉人类爱恋心理的复杂性。在《追忆》中，我们发现恋爱（不论是同性恋还是异性恋）常会使人难逃如火煎熬的痛苦。而最大的痛苦莫过于情人之间所产生的嫉妒心理：那是一种爱恨交加、生不如死的感情折磨。从斯万、夏尔吕斯和主人公的个别情爱故事看来，一个陷入情网中的人之所以经验到无法自拔的嫉妒，乃是因为他会无可避免地对被爱的对方产生一种强烈的占有之欲望。其实，所谓“爱者”就是想要“占有”对方之人。在一个爱恋关系中，“爱者”为了拥有对方，不断虚构出一个“被爱者”的形象。当占有的欲望变成一种沉溺与全神贯注的焦虑时，爱就转为一种嫉妒的“倒错”心理——那是不断怀疑、不断阐释、不断无中生有的恐惧病态。小说中的“我”曾如此回忆道：

> 这种恐惧会不断地以各种姿态出现，就像它的邪恶根源

一样。当我的嫉妒还没有在新人身上找到发泄的管道时，我还能在痛苦已成过去之际，得到暂时的片刻安宁。但是，只要遇到些许细微的诱因，我的慢性病就会复发……

是这种嫉妒的“恐惧症”使斯万和书中主人公不断侦探他们的情人的行踪。只要情人不在眼前，他们立刻疑心顿起，制造百种理由来折磨自己。所以每当主人公听说他的心上人阿尔贝蒂娜与这个女人或那个女人相识，他立刻想象出各种女同性恋的可能性，因而又开始感受到嫉妒的痛苦；斯万在偷读情人奥黛特给友人的书信时，也因激起疑心而醋意大发。对这些神经质的求爱者来说，被爱者永远在渐渐地离他们远去，但他们却无法摆脱这种因占有欲所引发的患得患失的病症。

如何从嫉妒的痛苦中解脱出来？克里斯蒂娃认为这正是《追忆》中的一大主题。整部小说的后半部都可说是针对此问题的响应与叙述。

书中主人公再三提醒自己，要从这种要命的心理困境中超脱出来，就应当把嫉妒的迷惑改变为自我的心理分析。随着时光的流转，他渐渐能清醒地领悟到：原来嫉妒的产生与被爱者的真正存在没有太大的关系。嫉妒出于爱者本人想象中的幻觉，而这幻觉也就是祸首：

我的嫉妒由心中的意象而生，是一种精神上的自我折磨，与可能性完全不相干……每次我和阿尔贝蒂娜出去，只要她稍稍离开我一会儿，我就会惴惴不安：我揣想她也许是在和什么人说话，或者是在拿眼风瞧什么人……遗憾的是，即使与外界生活隔绝，内心世界也会滋生种种事端；即使我不陪阿尔贝蒂娜出去，独自在家遐想，纷沓的思绪中时而也会冒出一鳞半爪真实得不能再真实的东西，它们像一块磁铁那样，把未知世界的某些蛛丝马迹牢牢地吸住，从此成了痛苦的渊薮。哪怕我们生活在密封舱里，意念的联想和回忆，仍然起作用……

就这样经过多次的自省与分析，主人公终于想出一个解救自我的秘方，那就是：与其活在“无用的、令人疲乏不堪的”嫉妒的想象中，还不如把这种想象化为创作小说素材的想象，从而建立一个新的“广大而奥秘无边的世界”。

所以最终的解答是：写作才是自我治疗的不二法门。而在这一点上，《追忆》中的主人公俨然成为普鲁斯特的化身；他已从一个普通的角色变成一个创造小说情节的“叙述者”。（值得注意的是，主人公马塞尔与普鲁斯特的名字相同。）与早死的斯万不同，主人公有幸借着长时间的思考和追忆，把自己从痛苦的旋涡中解脱出来。从前他是自己欲望的“奴隶”，现在他却成为策划故事情节的“主人”。从前他是耽欲的、无知的，现在却是理智的、充满智慧的。由此他深深理解到艺术的净化人心的功能：是艺术把吞噬人心的情欲转变为鼓舞人心的动力，把稍纵即逝的幻觉化为永恒的文学。

所以伟大的作家普鲁斯特心甘情愿地把他的后半生花在小说的撰写上。他深居简出，闭门写作，终于写出一部极其庞大的多卷本小说。与《红楼梦》的作者曹雪芹相同，普鲁斯特认为写作永远是一种未完成的艺术创作。他不断改写，不断重整，一直到死亡来临的前夕。

诗人希尼的“挖掘”美学

诺贝尔奖评选委员会公布哈佛大学教授谢默斯·希尼为文学奖得主的时候，他本人正在希腊旅行，未能及时听到好消息。（诗人希尼已于二〇一三年八月去世，享年七十四岁。）这位早已闻名西方文坛的爱尔兰诗人一定没有预料到一个有趣的巧合：当他好运到来之际，也正是他在古典诗人荷马出生地“寻根”之时。原来希尼的希腊之行是考古之游，专门为寻找发掘古希腊的文化遗迹而去的。这次没想到他挖掘到一个“桂冠诗人”的头衔，正式成为荷马传统的文化继承人。

寻找自我的深井：诗

对希尼来说，诗人本来就是挖掘者，一个不断去发现个人与“文化记忆”的诗人。在《我个人的赫利孔》一诗中，希尼特别强调他从小就对地下的黑暗感到无限的好奇——赫利孔原指古希腊的圣山，是阿波罗太阳神与九女神所居之山，也是诗思之源泉。但现在希尼创造了自己的“赫利孔”，因为他的灵感不从山上来，而从地下来。自打孩童时代起，他就对井的深处有所迷恋：他常趴在地上，顺着井上的打水机往下望，希望能看到地下的最深处，也就是他所说的“深到看不见光线之处”。但现在诗人已发现一个属于自我的深井，那就是诗：

如今若再去窥探那根源
若再去玩弄地下黏土
将有损成人的尊严
于是我写诗按律
为了看见我自己
与黑暗共鸣

在农村长大的希尼常把诗人比成农夫，因为二者都爱惜土地，都对发掘感到兴趣。在《挖掘》一诗中，他把自己写作用的“大肚子笔”比成父亲种田所用的锄头。父亲用锄头翻土，使他联想到祖父也曾如此亲近土地，也曾洞悉泥土的风味。不论是农夫或是诗人，他们都在挖掘久被遗忘的历史与人间秘密，他们都在经验的过程中企图改善自己的工作技巧。于是诗人的结论是：

在手指与拇指间

我握着这支大肚子笔杆

我要用它来挖掘

但要挖掘什么呢？如果说，可以挖掘的工具（打水机，锄头，笔杆）代表男性的精力，其挖掘的对象则代表女性的秘密。于是在一连串的诗中，希尼把富有女性特质的潮湿阴暗地比成人类历史的储藏室。所谓历史就是过去的痕迹与死亡的永恒纪念，而对希尼来说，最富有个人意义的隐喻则莫过于北爱尔兰的“沼泽地”——那里长年累月深埋着战场上丧生者的尸体，一层层的黑泥包裹着人间悲剧的灵魂，而沼泽的中心有个无底洞。身为爱尔兰人，希尼对自己同胞之间的长年战争与厮杀感到痛心，他不但要为死者哀悼，也要将那血的痕迹显露给世人看。在《暴露》一诗中，他以同情的口吻述说着那个民族悲剧。最感到无可奈何的是，当他听到爱尔兰妇女的哭泣声时，他只能哑口无言地做个历史见证人，但无法也不便以实际行动来参与。其伤心处令人想起《楚辞》中的《招魂》:“目极千里兮，伤春心，魂兮归来哀江南。”可以说，希尼那本轰动一时的诗集《苦路岛》就是给爱尔兰人招魂的民族史诗。诗人以但丁《神曲》的格式来招回许多死人的幽灵，其中一位就是充当“精神向导”的作家乔伊斯。在这个“超现实”的旅游终点，乔伊斯给人的劝告是：把写诗作为导航的罗盘针，让它从黑暗的大海中带来光明。事实上，人生在世就是不断由黑暗的世界进到光明境界的经验。

挖掘者的矛盾

黑暗代表未知与神秘，它基本上是女性的。光明则象征着肯定与澄清，它是男性的。这两种相对的因素正是希尼诗中的两大特质。在他的文学评论集《全神贯注》中，他就曾经说过："对我来说，爱尔兰的题材代表女性的成分，英国文学给我的滋养则代表男性的元素。"这种基本矛盾的结合不断给他探索人生的勇气。关于这一点，他承认有很大程度受到《日瓦戈医生》作者帕斯捷尔纳克（另一位诺贝尔文学奖得主）的影响，因为那位伟大的俄国作家自始至终保有一种"矛盾"的特质，既创造抒情的神秘意味，也写出震撼人心的政治小说。

希尼认为书的终极目标就是和平，而和平就是爱的表现，也是人类的真正救赎。在他的诗集《观物》中，和平与爱成了一体的两面，其中一首短诗把爱与和平比成一种解冻的经验：

在睡梦的沙堆中我遇见了你
看见你被雪埋到了腰间
你伸出两臂，当我到来时
像水一般，在解冻的梦中

在此，代表女性的水成了人间之爱的媒介。水是神秘的、富有冲击性的，是从地下深处涌出的生命火花。在《爱伦岛上的情人》一诗中，我们看见永恒而多情的海浪日日向海岛示爱，而终于获得被爱的喜悦。爱既是复杂的也是简单的，它像流水一般暧昧、一般清澈。诗人好像在说，要学习流水的爱与宽容，不要学习具有破坏性的激流瀑布。

有人因此以为，就因为希尼主张和平，他才获得诺贝尔文学奖，主要为了呼应爱尔兰内战结束的“政治”意义。

写诗就如钓鱼

但我认为，希尼得奖确是实至名归。多年来他一直都是英诗读者最喜欢的诗人，他的诗既受普通读者的欢迎，也得到学界同行的肯定。重要的是，他是真正的诗杰，他的语言运用圆美，流转自如。他曾把写诗比作钓鱼，他说：“诗人把经验之饵投入语言的大海中，他必须耐心等待，静候时机来临才能把诗语钓上来。”这正与庄子的“得鱼忘筌”理论相反：庄子把鱼竿（筌）比成语言，把鱼看成语言背后的含义，因为他基本上是个哲学家，重意不重言，一旦得其意义，就可放弃语言。但希尼是个诗人，其目标是以美好的诗语表现人生经验，所以他所要钓的鱼是语言，而经验的意义只是鱼竿。

在学诗的过程中，希尼一直奉叶芝为模范大师。叶芝是第一位获诺贝尔文学奖的爱尔兰诗人（一九二三年），希尼正是第二位。所以希尼已名正言顺地做了叶芝的接班人。最有趣的巧合是，叶慈曾于一九三八年劝勉国人道："爱尔兰诗人啊，你们应当好好学习你们的作诗技巧。"而次年一九三九年正是诗人希尼出生之年。希尼之所以年纪轻轻就已达到炉火纯青的诗境，乃是因为他不断地向"诗的海底"深处挖掘。他总是努力挖掘下去，一直挖到原始的生命之根。

细读人生

重构萨福的形象

> 我想将来总有一天
>
> 会有人记起我们……
>
> ——萨福

萨福是公元前七世纪的希腊女诗人，她的诗今日已留下不多，大多是一些残缺不全的诗章。但在西方文学史中，她是个让人难忘的人物。古希腊人称她为“第十位文艺女神”，俨然把她与神话中的九位女神同等看待。著名文学批评家朗吉努斯在他的名著《论崇高》中把萨福与荷马相提并论。前六世纪的希腊诗人梭伦曾有“朝读萨福，夕可死矣”的感慨。另一方面，由于萨福既擅于写情诗又迷恋少女，她的作品曾遭一些早期的基督徒领袖的严厉批判。尤其自十九世纪起，学者又开始对萨福的“同性恋”问题展开各种具有争议性的讨论，而“蕾丝边”（lesbian）一词也随之被解为“女同性恋”，盖取自女诗人曾住莱斯博斯（Lesbos）岛上之意——在此以前，“Lesbian”仅指莱斯博斯地区的女人对性方面的开放态度。以后一个世纪以来，“萨福学”就成了“女同性恋批评”的同义词：与女同性恋认同的人就把萨福当成她们的开山祖师，而反对这种论调的人又编造各种故事来企图证明萨福的“异性恋”倾向。于是，萨福逐渐被从诗歌的文本中孤立出来，以至成为性问题的个案。

在后现代的二十世纪九十年代间，随着女性主义的高涨，学术界终于兴起了一股研究萨福文本的热潮。通过这股热潮，萨福的作品才真正进入了一个重新被发现、被评价的阶段。可以说，有史以来萨福第一次成为重新阐释西方文明的美学焦点：过去被认为残缺的文本，现在却成了十分富启发性的“他者”。有人以为这股“萨福热”是起于人们对同性恋的逐渐接受，但我认为它与同性恋的命题关系不大，因为在多数女性主义者的心目中，萨福是否为同性恋者已不再是主要的关切点了。重要的是，萨福的诗充分代表了女性欲望的“主体性”，而这个“主体性”也正是现代女性主义者借以解构男权中心的出发点。从萨福的作品中，我们看见现代女性的影子，那是一种肯定自我欲望的声音。

首先，对女性主义者来说，萨福的诗乃是对上古希腊文学里的男性中心观的挑战。从荷马（公元前八世纪）的史诗中可以看出，古希腊的文学精神基本上是歌颂男人的战争的；所谓“英雄”就是英武好战、临阵不惧，必欲置敌人于死地的好汉。然而萨福却一反“荷马传统”的精神，标榜爱情，贬低战争。她的《残篇》第十六首诗说道：

世上到底什么最美？
有人说是步兵，有人说是马队，
也有人说是舰队，
我却说只有你所爱的东西最美。

天下谁不知道海伦？
谁不知道这位绝代佳人？
当年她奔向特洛伊，
既不顾念父母孩子，
也不眷恋她勇武的夫君。

这使我想起远方的安娜多丽雅，
想起了她可爱的步态
和焕发的面庞。
想起了她，利底亚的千乘大军，
全都显得黯然无光。

值得注意的是，萨福用绝代佳人海伦作为甘心为爱情奉献一切的范例。在荷马的《伊利亚特》中，海伦只是男人渴望得到的战利品，有名的特洛伊之战就起于男人对她的争夺。海伦不但被视为一种交易品，而且是个尤物型的祸水女人。但萨福在她的诗中却改写了海伦的形象：海伦之所以甘心作出孤注一掷的选择，完全不是因为她无情，而是因为她太多情。为了爱情，她愿意克服一切障碍，即使牺牲自己亦在所不惜。比起男人的穷兵黩武，海伦那种死而无憾的爱情显得格外伟大；因为战争总是意味着屠杀与掠夺，爱情却能激发人间美丽的东西。所以萨福说："只有你所爱的东西最美。"用现代人的话语来说，海伦已从"欲望的客体"转为"欲望的主体"。所谓主体性含有很大程度的主动性。对萨福来说，痴情者总是站在主动的位置：当她痴心地爱一个人时，她会付出极大的代价，希望最终能以爱来征服对方，所以她必然穷追不舍。在一首目前公认为萨福唯一存留下来的完整的诗中，我们看到这种情爱观的基本精神：

英明的、永恒的女神阿芙洛狄忒，
你是编织巧计之神，也是天神宙斯之女，
我祈求你，不要伤害我，
女神，请不要给我痛苦和伤悲。

求你此刻降临，
像过去你曾聆听我的祈求一般，
过去你曾远离天庭，

乘着金黄色的战车驰骋而来。

光彩灿烂的神雀做你的向导，
她展翅飞翔，一瞬间从天而降，
把你带到雾气弥漫的战场上。
啊，神圣的女神，
你满脸笑容，
问我又为何受苦，
又为何向你求助，
你问我心中想要什么。

“你要什么人来爱你？
啊萨福，是谁得罪了你？
逃脱者终会变成追逐者，
拒收礼品者也会转为奉献者，
不爱你的人终会爱你，
即使他心中不愿意。”

求你此刻就来到我的身边，
解除我的焦虑，
成全我的全部愿望，
永远做我的同盟。

表面上萨福把主动的求爱者比成战场上的追逐者，但情场终究不同于战场。在战场上，胜利者一般通过残酷的杀害来征服对方；但女人在情场上却借着殉道式的真诚来设法拥有对方。即如以上一诗所示，痴心女子常用祷告的方式来表明内心的忠诚，她希望自己始终不渝的决心与热情能产生一种“感天地动鬼神”的作用。她不只表明她的信心，她也强调她的焦虑，因为她知道若要真正赢得对方，她必须经过许多的艰辛与痛苦。她也知道，仅凭一厢情愿，真正的爱情是无法实现的，所以在患得患失的情绪中，她只有求之于“恋爱巫术”的特殊帮助，希望她的心愿能在现实中发生作用。

但最严重的失望莫过于失恋的经验：在为对方献上虔诚的忠心之后，自己却发现一切全属徒劳，到头来事实与原来期待的完全相反。这时候如果对方无情地投入了第三者的怀抱，痴情者就会感受到极度的烦恼。这种烦恼还不只是痛苦的烦恼，它更多地表现为嫉妒的怨恨。萨福的诗歌最突出的特点就是经常描写情人之间的醋意。在她的笔下，情爱关系所造成的醋意可以令人焦虑致死。希腊学者朗吉努斯就曾引用萨福一首有关嫉妒的诗，并称萨福为捕捉普天下“恋人疯狂情绪的能手”。在那首诗中，一个女人眼看她的女情人在一个公共场合与一位男士打情骂俏，她在愤怒烦躁悲伤之余，几乎全身崩溃：

……我望着你，

一句话也说不出，
因为我的舌头断了，
火燃烧着我的皮肤。
我完全丧失了视觉，
耳朵里轰轰作响，
身上频频出汗，
我痉挛，我抽搐，
面色发青如草色，
我失去了控制，
走向死亡……

这首诗成为西方文学中的经典之作，后来英国女诗人伊丽莎白·勃朗宁所谓“萨福的灵魂片段”，盖皆指此类诗歌那种深入人心的刻画。

萨福诗中所描述的女性之间的爱，对今日读者而言，或许显得十分不寻常。但其实这种女性之爱在古代希腊（尤其是斯巴达及莱斯博斯岛上）即甚为风行——这点可由早期诗人琉善及阿那克里翁的诗歌主题证明。所有这些信息都让我们知道，在萨福的时代，希腊妇女（除去雅典地区的妇女以外）享有较大的性自由。这是因为那儿的女子常常受到高等教育，而且广泛地参与文艺活动，所以相对拥有较高的社会地位。据说，萨福就以一位女贵族的身份设立了一个名扬希腊的女学府，专供少女学习吟诗、唱歌、跳舞以及其他的文化仪式——虽然这个传说尚难证实。但我们至少可以猜测：萨福或许是一个性观念较为开放的女人。据西方学者的考据，在古希腊的社会中，性别意识并不强烈，人们注重的是两人之间的角色问题——那就是，主动的角色或是被动的角色，控制者的角色或是被控制者的角色，而他们要求爱的对象可以是异性也可以是同性。由此可见，在古代希腊，同性恋与异性恋从来不是两个对立和排斥的关系。以萨福为例，她很可能是个“双性恋者”。在情爱的关系方面，她似乎有过极其复杂的经验：她既是女同性恋者，又传说死于对某一男子的痴恋。她在诗中抒写对女人的情爱，却也歌颂男女婚姻的乐趣。她结过婚，并育有一女。总之，作为一个情感与性的个体，她颇能象征一种综合性的女性主体。

无论如何，萨福是有史以来第一个用诗歌来歌颂女性情爱的知名女作家。她所描绘的爱是全面性的：既是感情的，也是情欲的；既是精神的，也是肉体的。对她来说，爱是一种像暴风雨的动力，一旦被它召唤，当事人就会顿生痴情，一发而不可收拾。所以当爱欲来临时，谁也挡不住它的震撼：

爱神厄洛斯自天而降，
穿着他紫色的斗篷。

爱情震动我的心，
就像大风摇撼山上的树。

爱情是极其艰辛的旅程，全靠痛苦的思念来成就。因此萨福的恋歌大多以企慕不在场的情人为主题。在她的笔下，思慕者常因整日思念对方而陷入一种“沉溺”的心理状况：无奈的沉溺使恋情之火焚及生活的各个领域。在一首诗中，一个痴情的女子面对着被耽搁的日常家务，心生怅惘：

啊，母亲，
我织不成布了，
都是神秘女神阿芙洛狄忒的错，
她使我想死了那个人。

爱是一种欲望、一种占有。最令人感到焦虑的莫过于“咫尺天涯”的距离感：情人似在眼前，却远在天边。在萨福的诗中，这种可望而不可即的企慕之情往往通过“采苹果”的意象来表达：一个人站在树下，眼望树顶上有个美丽的苹果，心中渴求却无能为力，只有望树叹息：

一个甜蜜的苹果熟透了，
在高高的树上，
在最顶端的枝头……
采果子的人总采不着。

这种果树之高所造成的距离感使人想起中国古代《诗经》中情人常被河水阻隔的意象："汉之广矣，不可泳思。江之永矣，不可方思。"这一类的诗歌主题似乎都在暗示：当一个人把另一个人当作追求目标时，对方就会无可避免地显得遥远而难以把握。即使距离逐渐拉近，但那个若即若离的对象却不断引起追求者更多的渴望。就如心理学家罗洛·梅在他的《爱与意志》一书中所说："在爱欲状态中，我们往往渴望得到更多的刺激。性是一种需要，爱却是一种欲望，正是这种欲望的掺杂，才使爱变得更为复杂。"与通常人所了解的浪漫情调有所不同，这种不断渴求对方的欲望与其说是欢乐，还不如说是受难。在萨福的诗中，最常见的"受难"就是在盼望情人出现的过程中所感到的患得患失的焦虑：

你终于来了，
我一直渴望你来冲淡
我那颗燃烧着欲望的心。

萨福那颗"燃烧着欲望的心"成为她写作的泉源。通过一层一层的记忆，写作于是成了再次经历恋情的过程。通过写作，女诗人使自己不断重温旧梦：

老实说，我真想死，
她哭着向我道别，

一次又一次地说，
这是多么残忍的痛苦。
啊，萨福，离开你，
实在出于不得已……
请记得……
在那温馨的软床上
你曾满足了爱的欲望……

十九世纪英国作家霍普金斯曾说过：“男性的性欲就是他的文学创作的原动力。”事实上，从萨福的例子可知，女人的情欲又何尝不是她写作的原动力？然而，在西方文学批评的传统中，女性欲望一般被排斥在外，被视为应当压抑的东西。即使在赞赏和肯定萨福的文论中，萨福也一直被视为一个超越欲望和性别的“男性化”作者。本来欲望是纯人性的，并无贵贱之分，历来文学史之所以扬此（男）而抑彼（女），主要由于写作角度上的长期偏见。在西洋文学里，观看世界的角度一般是由男性欲望发出的：男性是观看的主体（所谓“男视角”），女性是被观看的对象。长期以来，这种男性中心的立场促使现代女性主义者对西方文化传统展开一系列的反思及挑战。在这个重新检讨和确认的过程中，她们发现了一个比男性传统更加古老的萨福女性观，一个极适合后现代意义的“女视角”。在多元文化的今日，萨福的特殊视角与声音代表了一个新的选择，可与男性中心的主流文化相抗衡。

女性主义者认为萨福所代表的“女性主体性”之所以被近代人忽视，乃是由于后来柏拉图主义在西方文化中的垄断。在柏拉图的哲学世界中，女性基本上是被排斥在外的，只有男性才有资格共同谈论知识和人的终极关怀问题。与萨福不同，柏拉图对人的肉体欲望是一直持否定态度的。在他的作品中，柏拉图虽曾论及人的爱欲问题，但他的重点却完全放在“超越”的意义上：他以为只有把肉身情欲提升到精神的真与美的高层次上，人类才可能实现“理想国”的境界。相较之下，比他早两百年的女诗人萨福却持有相反的世界观：她强调情欲本身的价值，以为肉体及感官的欲望有其绝对的意义，完全不必依靠超越来肯定其功能。（唯一的“超越”只有艺术上的超越，那就是把感情及生活经验通过写作化为文学的过程。）对萨福来说，所谓美只是人的心中“所爱的东西”，是一种“情人眼里出西施”的主观认定，而不是什么客观的超越。

女性主义者对萨福所做的考古工作给我们带来了许多具有启发性的认识，因而促使我们对一些现代的文化理论产生疑问。首先，我们应对福柯在《性史》中所描绘的古代希腊文化提出质疑。福柯告诉我们，西方古代的性观基本上是柏拉图式的、反性爱的，并以男性为主体的厌女观。这就完全抹杀了上古希腊女性所扮演的重要性角色，以及像萨福那种女性贵族所代表的宽泛的性爱观。我认为福柯的问题乃是出于对许多文学经典作品的忽视：在古代希腊的戏剧及抒情诗中，处处都显示出女人曾经一度占有文化中心地位的事实。福柯的偏见证实了一个现代人的特殊问题，那就是：现代不少文化论者（如阿兰·布鲁姆、威廉·贝内特等），凡是涉及古代文化现象时，大多以柏拉图的世界观为归依，常常忽视了比柏拉图更早以前的文学数据。

因此今日我们重看萨福，对文化研究本身具有重大的意义：它既有纠正既定理论的作用，也有开拓后现代视野的好处。从留下来的文字断片中，萨福一直向我们显示：诗歌的写作并不是一个如何在词汇上下功夫的问题，只要一个人有表达自己内心感情的欲望，不论是男是女都能写出简朴而动人的诗歌。今日我们作为“披文以入情”的读者，自然更能体会萨福那种“情动而辞发”的写作过程。唯其有这种体会，我们才更渴望在断简残篇的文本中继续寻求古希腊女诗人的用心所在。

好花原有四时香：读叶嘉莹诗词有感

去年暑假，台湾大学的齐益寿教授来耶鲁校园参观，他赠给我一本叶嘉莹教授诗词的英译本，题为*Ode To the Lotus : Selected Poems of Florence Chia-ying Yeh*（《独陪明月看荷花：叶嘉莹诗词选译》）。这本书印得十分雅致，封面上有周半娟女士所绘荷花，书中收有叶教授的中文诗词原文，配上陶永强先生的英文译文，其中每首诗词都附有谢琰先生的书法。多年来我一直想在我那门“中国女诗人”的英文课中介绍叶教授的诗词，但苦于找不到合适的英译本，得赠此书，我如获至宝。现在持有此诗词原文及其英译相对照的新书作为课本，让我满怀如愿以偿的欣喜。心想，明年春天若能及时采用此书作为课程教科书，也算是对叶嘉莹教授九十华诞的课堂祝贺。

去年五月间齐教授先到加拿大的温哥华旅游，期间他曾拜访书法家谢琰先生。当时叶嘉莹教授正好在场，于是就亲自赠送了一本《诗词选译》给齐先生，并在书上加上题签："迦陵，二〇一二年五月二十四日，于温哥华谢先生府上。"但到了耶鲁之后，齐先生得知我急于拥有一本叶教授的诗词译本，便慷慨割爱，先将那本英译诗词转赠给我，说他回头再请叶教授补寄一本到台湾给他。几天后齐先生就收到叶教授的电子回函，说一切照办没问题。而我也同时接到叶教授来自温哥华的长途电话，我们在电话中叙旧长谈。不用说，我迫不及待地细读这个英译本。首先，我觉得书中有关叶教授诗词的选录，做得相当好。虽然只选了五十一首——等于只收入叶教授十分之一的诗作（二〇〇〇年台北桂冠出版社出版的《迦陵诗词稿》共收有五百四十首之多）——但因为所选的叶氏诗词篇篇俱佳，每首都具代表性，而陶永强先生的译笔又属上乘，阅读中极富乐趣。此外，集中还收有一些过去《迦陵诗词稿》所未收的新作，也大大拓宽了我的视野。套用叶教授评赏诗歌的用语，我之所以特别对这些诗作有一种"兴发感动"的感触，乃是因为多年以前叶教授曾给我看过她一些诗词的手稿。现在时过境迁，我再重读她这些旧作，同时眼见诗人又累积了最近几十年来的生命经验，而且都已写出新的诗词——所有这一切都足以让我这次的阅读成为更深层的"知音"阅读，并能更贴切地进入叶教授的诗境中。记得从前叶教授曾对王国维、王维和李商隐的"寂寞心"作出比较："静安先生所有的是哲人的悲悯，摩诘居士所有的是修道者的自得，而义山所有的则是纯诗人的哀感。"通过这次阅读，我发现叶教授晚年的诗词已经不止拥有李商隐那种“纯诗人的哀感”，也同样具有王国维的“哲人的悲悯”和王维的“修道者的自得”。我想这是因为诗人在饱经人生的坎坷之后，对生命有了更深的体会，有所寄托的缘故吧。

我是一九七六年三月间才开始认识叶教授的。当时我还是普林斯顿大学的研究生，正在写有关唐宋词的博士论文。作为叶教授的普通读者，我读过她有关“人间词话三种境界”、李商隐的“嫦娥诗”、温庭筠词、大晏词、杜甫七律、“李杜交谊”、陶渊明的“认真”与“固穷”等论著，对她讲评诗歌的方法和角度十分欣赏，但那种“欣赏”仅限于学术层次，对叶教授其人，我并无任何了解。在一九七六年那次相识后不久，由于某种特殊的因缘，我从此很能体会叶教授的“心灵世界”，对于她那种经历“百劫”忧患之后而仍然保有坚毅不拔的精神，打自心底佩服。她最终给我的是一种难得的“生命”教育。

我永远忘不了一九七六年三月二十日那天，我生平第一次见到叶教授。那天正是普大东亚系所举办的“中国文学叙事研究”会议的前夕，我的指导教授高友工先生嘱我负责招待叶教授和她的学生施淑女（即作家李昂和施叔青的大姐），所以在会议的期间，她们两人就住在我的公寓中。记得那次会议中叶教授所讲的题目乃是有关王国维对诗词意境的拓展，同时也涉及一般诗词赏析的标准问题。那是我首次听叶教授演讲，对于她优雅的态度以及充满智慧的分析和讲解，印象颇为深刻。两天后，三月二十二日那天，大会就结束了。

但她们才离开两天，我就听到了一个晴天霹雳的消息——叶教授的大女儿与其夫婿死于车祸。这个消息令我感到震惊而焦虑——我想，叶教授如何能经受得了这场突然丧女的打击？我们要用怎样的话语才能安慰她？我知道，遇到这样的情况，任何安慰都可能流于形式。然而，我还是寄了一封短信给她。

直到三年后，一九七九年一月间，我有一个偶然的机会到温哥华的不列颠哥伦比亚大学演讲，才再次见到叶教授。记得那天晚餐结束后，叶教授就把我送回旅馆。刚一打开旅馆的房门，叶教授就立刻说道："咱们见面不容易，应当好好聊一聊，我干脆帮你把行李整好，今晚你就睡在我家，明天早上我负责把你送到机场。"就这样我在她的温哥华家中过了一个难忘的夜晚；我们俩打开话匣子促膝恳谈，直至深夜。就在那天，她第一次让我看她的诗词手稿。印象最深刻的就是她为大女儿所写的十首诗，题为：《一九七六年三月廿四日长女言言与婿永廷以车祸同时罹难日日哭之陆续成诗十首》。读到"谁知百劫余生日，更哭明珠掌上珍"等诗句时，我不禁泪水夺眶而出。

也就在那天晚上，我了解到她从前在台湾的种种遭遇。她告诉我：一九四九年年底，她丈夫赵先生被捕下狱，半年之后她自己也受牵连，与彰化女中的校长及其他几位教师同时被捕拘讯。当时她的长女言言才几个月大，她只好带着吃奶的言言一起住进拘留所。后来被释放之后，她竟然成了无家可归之人（当时赵先生还在左营狱中)。她不得已只好投奔亲戚，夜间在亲戚家的走廊上铺一条毯子，母女勉强过夜。叶教授当时才刚满二十六岁，曾写《转蓬》诗记载此事，有“剩抚怀中女，深宵忍泪吞”等句。那个“怀中女”也就是后来丧生于车祸的言言。生命中的种种阴晴变化和反复无常，确实令人难解。她内心之悲苦自不待言。

我以为一九七六年叶教授的丧女经验乃是她生命中的转捩点。在那以后她的诗词逐渐体现出她内心的一种新境界——逐渐由悲苦走向超越的境界。换言之，从前对人生的“感发”已转为“感悟”。她于一九八三年所写的《浣溪沙》尤能表达这种“感悟”之情：

> 已是苍松惯雪霜，任教风雨葬韶光，卅年回首几沧桑。
> 自诩碧云归碧落，未随红粉斗红妆，余年老去付疏狂。

末尾那句“余年老去付疏狂”最能道出诗人在经过无限“沧桑”之后所悟得的“自由”感。(译者陶永强先生将此句译为“The remaining years — as I grow old — / Let me spend them with abandon”，用“abandon”来描写一个“狂”字，特佳。)其大意是：既然“已是苍松惯雪霜”，那么就干脆趁着“余年”来好好地“疏狂”一番。“疏狂”指的是一种类似“随心所欲不逾矩”的境况，那是一个人的心境完全处于淡泊之后的自然表现。“疏狂”也令人想起苏轼在《定风波》一词中所描写的那种“莫听穿林打叶声，何妨吟啸且徐行。竹杖芒鞋轻胜马，谁怕？一蓑烟雨任平生”的潇洒意境。在此苏轼有一种“也无风雨也无晴”的感悟。在她的《浣溪沙》词中，叶教授也有“任教风雨葬韶光”的通脱解悟，是大智慧的表现。

同样，在她的许多“荷花诗”中，叶教授也随着后来生命经验的改变而写出她对人生的不同感悟。有关荷花这一意象，叶教授显然有意将之作为她自己理想中的象征，但一直要到一九八三年（即撰写以上《浣溪沙》的同一年），她才在《木兰花慢·咏荷》的词作中明白地告诉读者有关她那“花前思乳字”的故事。她甚至在该词的前头，冠以一篇特长的“自序”（是《叶嘉莹诗词选译》中最长的一段序），详细解释她与荷花的因缘：

> ……盖荷之为物，其花既可赏，根实茎叶皆有可用，百花中殊罕其匹。余生于荷月，双亲每呼之为“荷”，遂为乳字焉。稍长，读义山诗，每颂其“荷叶生时春恨生，荷叶枯时秋恨成”，及“何当百亿莲花上，一一莲花见佛身”之句，辄为之低回不已。曾赋五言绝咏荷小诗一首云：“植本出蓬瀛，淤泥不染清。如来原是幻，何以渡苍生。”其后几经忧患，辗转飘零，遂羁居加拿大之温哥华城。此城地近太平洋之暖流，气候宜人，百花繁茂，而独鲜植荷者，盖彼邦人士既未解其花之可赏，亦未识其根实之可食也。年来屡以暑假归国讲学，每睹新荷，辄思往事……

从这篇“自序”可知，由于她出生于“荷月”间（即阴历六月），她的乳名就是“荷”。所以每回诗人写荷，其实就是写她自己。我想这就是为什么叶教授把这本“诗词选译”题为《独陪明月看荷花》的原因。可以说，这本《诗词选译》就是由诗词组成的自传。

必须指出，“独陪明月看荷花”这句诗乃是多年前诗人由梦中偶然得之。那时，女儿车祸的悲剧尚未发生。那还是一九七一年，即她刚迁往加拿大温哥华城之后两年。有一天夜里，叶教授在梦中得句，醒来之后无法全部记得清楚，因此就杂用李商隐诗句，临时写成绝句三首。《诗词选译》只选第三首，题为《梦中得句杂用义山诗足成绝句》。诗曰：

一春梦雨常飘瓦，万古贞魂倚暮霞。
昨夜西池凉露满，独陪明月看荷花。

在此，诗人如实地表达了自己的“寂寞心”：除了独自陪着天上的明月“看荷花”之外，她又能做什么呢？整首诗有一种寄身异域的飘零之感。

但多年之后，在二〇〇二年所写的《浣溪沙·为南开马蹄湖荷花作》那首词中，她的写作风格显然有了很大的改变。同样写的是荷花，已没有从前那种带有“寂寞心”的意味。该词的第二阕写道：

莲实有心应不死，人生易老梦偏痴，千春犹待发华滋。

大意是说：荷花因有“实心”而不死。虽然“人生易老”，但诗人依然梦多，仍旧继续等待着无数个春天的开花结果。陶永强先生将末尾一句译为“Still I dream of the blossoming /after a thousand springs”，可谓知音也。

其实早在一九九一年，在一首题为《金晖》的绝句中，诗人早已表达了晚年那种逐渐平静而淡泊的心态：

晚霞秋水碧天长，满眼金晖爱夕阳。

不向西风怨摇落，好花原有四时香。

我想就是这种“好花原有四时香”的高贵品质使得一个饱经坎坷悲苦的女性诗人和学者，自始至终能在百般困难中勇敢地挺立过来，而且“挺立”得如此之漂亮！以一个年近九十岁的人，叶教授至今仍不断为她所喜爱的教书工作和写作投入她大部分的生命精力，其精神足以令人肃然起敬。

最后，我要引用书法家谢琰先生在《独陪明月看荷花：叶嘉莹诗词选译》一书中所写的“书者序”，以聊表我对叶教授的无限感佩：

……书写之前，我细读叶教授的诗词，借以进入她诗词中的内心世界，体会她坚毅不拔的精神，超越人生种种的困苦，终能升华自我，予人的启迪无穷。叶教授的诗词给我内心的震撼与共鸣实非拙笔所能形容……

美国学生眼中的张充和

每到春天，我常会想起住在耶鲁附近的张充和。这位以书法、昆曲和诗词著称的才女今年（二〇〇六年）已经九十二岁了。之所以会把她与春天的意象联系在一起，是因为每年春季我都教一门有关中国传统女性文学的课程，都会在课堂上和学生们讨论充和的诗词。不久前耶鲁同事金安平又出版了《合肥四姐妹》一书，所以学生们都对张充和及其家族的文化背景产生了莫大的兴趣。这些年来，我经常在课堂上引用的作品包括一九八一年充和为我抄录的一组词——那是由两首《菩萨蛮》及一首《玉楼春》组成的词作——其开头的第一句就是:“嘉陵景色春来好。”那是描写半个世纪以前重庆地区的春景和一段文人逸事的作品。后来为了简便起见，我干脆就把充和的这组词称为“春来好”，因为可以省去向学生们解释《菩萨蛮》《玉楼春》等词牌的麻烦。

后来，学生们就很自然地把充和的诗歌和春天的景物联系在一起了。他们都说，每次讨论充和的诗歌，就等于是在迎接春天的到来。果然，借着细读文本的技巧（一般通过英译），他们渐渐发现充和的诗中充满了春天的气息，代表着一种生命的热情和希望。尤其在充和出版的《桃花鱼》诗词集里——由其夫婿傅汉思和兰·博伊登、爱德华·莫里斯等人英译——我们可以读到许多有关春天意象的描写。例如，“三月嘉陵春似酒”“干戈未损好春光”等。特别在《桃花鱼》(《临江仙》) 那首词里，我的学生们感受到了“春风”的意境。他们想象，当春天桃花盛开时，武陵溪会是怎样的景色；同时他们也注意到，充和似乎在暗用明代画家仇英的画作《桃花源图》之典故，有意指向桃花源的理想世界。总之，学生们特别欣赏《桃花鱼》里所描写的春天美景以及那充满流水的意象，因为对他们来说，那种意境也最能代表中国传统文学的特色。（值得一提的是，班上的邵逸青和梅利塞·莫里斯两位学生特别在他们的期末作业中讨论充和诗中的流水意境与梦的关系。）再者，我一直认为傅汉思教授的那本《中国诗选译随谈》专著也暗藏了“春天”的情缘隐喻。在他那本书的开头，傅汉思曾引用梁代诗人萧纲的《梅花赋》来赞美梅花的特殊灵性和气质。据萧纲的原意，梅花之所以美好，主要因为它能较其他花木早一步报道春天的来临（“梅花特早，偏能识春”）。但我却一直以为傅汉思是用梅花来形容他的夫人充和的。傅汉思教授已于二〇〇三年去世，每次我想起这个梅花的隐喻，就自然感触万端。不久前咪咪·加德纳·盖茨女士（即目前西雅图艺术博物馆馆长，也是微软总裁比尔·盖茨的继母）也把充和形容为一株永远美丽而幽婉的梅花，真令我心有戚戚焉。

此外，在课堂上，我的学生们最喜欢听我讲述充和那组“嘉陵景色春来好”的词作之本事，因为那是有关一幅画的传奇故事，而那故事最能具体说明充和与中国传统文人的密切关系。（有关这个故事及其文化意义，波士顿大学的白谦慎教授已有详细的专文介绍。）原来这幅画的故事发生于烽火连绵的二战期间。当时许多文人和艺术家们都纷纷逃往重庆等后方避难。一九四四年充和正在重庆居住，她于六月四日那天登门拜访她的书法老师沈尹默先生。那天谈话间，沈先生作了一首七言绝句赠给充和。诗曰：

> 四弦拨尽情难尽，意足无声胜有声。
> 今古悲欢终了了，为谁合眼想平生。

充和很喜欢这首诗，于是立刻就把诗中的字句牢记在心了。几天之后，在一个偶然的机会里，她造访了朋友郑肇经（权伯）先生。一见权伯先生的办公室里文房四宝样样齐全，充和感到兴奋异常，于是就提笔画出了一幅《仕女图》，以反映老师沈尹默前些日子所写的那首短诗，并将之赠给权伯先生。充和之所以作《仕女图》本来只是一种即兴的创作，是传统文人惯常的习惯。（顺便一提，当时充和画那幅图时，外面空袭警报的声音正在不断地响。）没想到，后来她再次拜访权伯先生时，《仕女图》不但已经裱好，而且该画的上下左右均已填满了当时许多位名家的题词了（包括沈尹默先生的题词）。

权伯先生一直将充和的《仕女图》视为家中至宝，但二十多年后此画却不幸遗失了。但一九九一年——权伯先生去世之后两年——此画突然在苏州出现，正在城里拍卖。当时充和在美国得知此消息，立刻就请她在苏州的弟弟以高价买回。这样，历尽了多年沧桑之后，此画终于失而复得，又回到了充和的手中，目前就挂在她北港家中的墙壁上。如果说，充和是“民国最后一个才女”（在此借用朋友苏炜的话），那么没有什么比这幅《仕女图》的故事更能具体说明充和在中国才女文化的悠久传统中所扮演的重要角色了。

我自己感到荣幸的是，一九八一年初识充和时，充和为我写的那幅书法居然和《仕女图》的故事息息相关——当然，那时《仕女图》尚未找到。原来那年，由于中美建交之后不久，权伯先生刚与充和取得书信的联络。在一封来信中，权伯先生曾惋叹《仕女图》的失去，尤其对当年题咏的诸位文人都早已逝去一事感到悲哀，故他请充和将其所存该画的图影放大，并加上新的词作，一并寄给他，以为纪念。因此，以“嘉陵景色春来好”开头的那组词也就是一九八一年充和特别为权伯先生所作的。而那年充和赠我的书法，所抄录的也正是这组重要的词作。

不用说，我的耶鲁学生们非常欣赏“嘉陵景色春来好”那组词。他们特别感动的是，一个在美国定居了半个世纪的人（充和于一九四八年与傅汉思教授结婚，一九四九年移民美国），还能保留对过去经验的新鲜记忆，还能借着中国传统艺术的媒介，有效地再现那个经验。

然而，我的学生们最欣赏的，还不是充和诗中对中国传统的“怀旧情绪”。他们更喜欢的乃是充和所写有关移居美国之后的生活经验。这是因为他们在这些作品中，读出了令人向往的淡泊情境。当然，许多移民到美国来的中国知识分子都想达到这样的心灵境界，但能像充和如此不慕虚荣、不断追求艺术而安于淡泊的人并不多。

首先，充和最喜欢用一个“淡”字来形容她的生活态度。她曾于自己七十寿辰的隶书对联中自勉道：“十分冷淡存知己，一曲微茫度此生。”她那种“君子之交淡如水”的态度也是多年来朋友们最为欣赏的。一九八七年（即傅汉思教授从耶鲁大学退休的一年）充和在其一首题扇诗《秋思》中也用“客情秋水淡”的意象来形容她作为一个移民者那种“淡如水”的心怀（即所谓“客情”）。移民者之所以较易培养淡泊的情绪，乃因为内心有着“到处为家”的观念。充和曾在早期一首诗中说过：“不知何事到天涯……春为装束梦为家。”她在《桃花鱼》一词中也写道：“愿为波底蝶，随意到天涯。”其实充和从小就习惯了这种“随意到天涯”的人生态度，因为多年来连续不断的迁徙终于使她把梦境看成自己的家了（“梦为家”）。她八岁时母亲就去世，之后不久她就到安徽合肥的祖母家去受传统国学教育，十六岁才回苏州，后来抗战期间又逃难至昆明、重庆等处，因此一九四九年之移民美国只是这一连串经验的延续。

我的美国学生们在充和的诗中看到了中国移民者特有的一种“随缘”之态度。他们最欣赏充和那组题为“小园”的诗。（“小园”就是傅汉思夫妇多年来在他们北港家中后院所开拓的那个小菜园。）其中《小园》第八写的就是这种“随缘”的情趣：

> 当年选胜到山涯，今日随缘遣岁华。
>
> 雅俗但求生意足，邻翁来赏隔篱瓜。

此诗用“选胜”和“随缘”来凸显“当年”和“今日”的不同，最为有趣。显然，淡泊的移民者已经改变过去那种精心选择游览胜地的热情了，而现在重要的乃是随缘，乃是学习如何顺其自然地过日子（“遣岁华”）。诗的末尾以一个邻居的老翁来作结束，也特别发人深省。

最近有人把充和称为“二十一世纪中国最后一个贵族”，其实我认为充和不一定喜欢让人视为一个“贵族”。我想她会更喜欢被人看作一个脚踏实地、自力更生的淡泊人。她的诗中就经常描写那种极其朴素的日常生活内容：

> 一径坚冰手自除，邮人好送故人书。

刷盘余粒分禽鸟，更写新诗养蠹鱼。（《小园》第九）

游倦仍归天一方，坐枝松鼠点头忙。
松球满地任君取，但借清阴一霎凉。（《小园》第二）

可见，充和平日除了勤练书法以外，总是以种瓜、铲雪、除冰、收信、养鸟、写诗、静观松鼠、乘凉等事感到自足。那是一个具有平常心的人所感到的喜悦。难怪我的美国学生们都说，在充和的诗中可以看见陶渊明的影子。

沈从文的礼物

《明报月刊》曾经刊载瑞典马悦然教授的一篇演讲稿，其中提到了沈从文的小说风格。马悦然的文章深深地触动了我的心，也勾起了我对沈从文先生的无限怀念。许多人都知道，如果一九八八年五月沈老没有突然病逝，他将是该年诺贝尔文学奖的最强有力的候选人。看完马悦然教授的那篇讲辞，我就发出了一个“伊妹儿”给他，告诉他我作为读者的一点感受。他立刻送来回函，告诉我他也很想念沈老，他说他永远忘不了从文先生，沈老实在是个“伟大作家兼伟人”。

非常凑巧的是，我给马悦然教授写“伊妹儿”的当天，也同时在我的办公室信箱里收到了沈从文先生的孙女沈红亲自给我递来的一包东西。沈红来耶鲁做访问学者三个月，现在期满即将回国，所以我想那一定是她留给我的一个小纪念品。但打开那个大信封后才知道那是沈红为怀念她的祖父从文所写的一篇散文。那篇文章题为《湿湿的想念》，全篇用美丽工整的毛笔字抄写而成，又无标点符号，乍看好像取自一套古老的线装书。其中还附上一封短函解释道：

在我即将离开美国之际，寄上我九年前的一篇短文作个小小纪念。那是在地球另一面崇山峻岭中的一次旅行给我的记忆。在不期然的机会里被一位老先生抄录下来，给朋友们看……

一股被温情所唤起的兴奋，使我一口气读完了那篇散文。沈红以一种诗的语言写道：

七十年前，爷爷沿着一条沅水走出山外，走进那所无法毕业的人生学校，读那本未必都能看懂的大书，后来因为肚子的困窘和头脑的困惑，他也写了许多本未必都能看得懂的小书。大书里面有许多很美的文字和用文字作的很美的画卷，这些文字与画托举的永远是一个沅江水边形成的理想和梦想。七十年后我第一次跑到湘西山地，寻回到沅江上游的沱江边……水边一条青石板，街上有一座清幽院落，人们告诉我，这里是爷爷出生的地方，这是我的根……

面对这篇动人的寻根文字，我不得不想起我自己二十二年前在北京初遇沈从文先生的情景。而那回的相遇也与我自己的寻根之旅息息相关。

记得那是一九七九年的春季，中美刚建交不久，我们全家开始用各种各样的方法想与离别了三十多年的亲戚们取得联系。经过百般折腾，后来有一天终于收到了姑姑从上海寄来的一封信。我用颤抖的手慢慢地打开了那信：

> 小红，你们离开中国时，姑姑才十多岁，现在已是四十多岁的人了，我有一个十六岁的男孩……你的姑丈是个老好人，他来自云南，是著名作家沈从文的远门亲戚。所以现在你也算是从文先生的一个远亲了。你快来中国一趟，我们请从文在北京接待你……[1]

这个突来的消息令我难以置信。在美国这些年来，我一直喜欢阅读沈从文的小说，尤其对他所写有关湘西的一些小人物——诸如水手、士兵、农民、巫医、商贩、女人等——的故事格外感兴趣。

---

1 一直到最近，我才从我的表弟志明那儿获得正确的信息，原来姑丈的父亲李沛阶是沈从文的好朋友，所以两家并非真正的“远亲”关系。一九四四年沈从文一家迁居桃园新村，因租用李的草房而相识，并成为朋友。二〇一五年十月初，沈从文先生的两个儿子虎雏先生及龙朱先生到耶鲁大学访问，他们回忆起当年在云南的经验，特别提到我的亲戚李沛阶先生（绰号“地主”）所做的许多有益于公众的事业，尤其是他所设立的桃园新村，以及沈李两家人的特殊友谊。因为沈从文夫妇认李沛阶的女儿为干女儿，所以沈氏兄弟对我说，我现在也算是他们的“远亲”了。——孙康宜补注，二〇一五年十月。

以前读书时，我都没听过沈从文的名字。但上小学时，有一次老师带我们去看一部电影叫《翠翠》，我被电影里的女主角林黛给迷住了，所以不停地就那故事里的情节向老师发问。之后老师只得偷偷地告诉我，据说那故事是从沈从文的名著《边城》改编过来的。但他说，千万不要声张，千万不要告诉别的同学……当时台湾的政治气氛与今日大为不同，我父亲被人连累，被冤枉成政治犯，一判就判了十年，被关在牢里，所以小小年纪的我已学会了如何保护自己。我很早就对自己发誓，这一生无论走到哪里，一定要远离政治。我喜欢读书，就努力读书吧，千万不要招来不必要的麻烦。所以当别的同学还很天真地过着童年生活的时候，我已开始给自己定下了一个“多一事不如少一事”的专一向前的人生目标了。但在我幼小的心灵中，我还是觉得奇怪，为何沈从文笔下的那种既美丽又与政治无关的小说在台湾会是禁书？这问题一直到我念大学主修文学时还在我的脑海里徘徊不去。

一九六八年我终于移民到了美国。抵美后，我第一件事就是从普林斯顿大学的东方图书馆里借来了一大堆五四以后的中国小说。我像一个长久饥饿了的人，贪求无餍地狂嚼起那些书来。我读鲁迅、沈从文、施蛰存、郁达夫、茅盾、巴金、老舍和张天翼，也读丁玲、萧红等女作家。我欣喜若狂，觉得自己发现了一片新大陆。我边读边做笔记，几个月下来已写满了好几本册子。有时一边做笔记，一边还流泪，尤其读到沈从文笔下的“乡下人”之纯洁而悲情的故事，更是感动不已。我感于《边城》里的那个老船夫的一颗伟大的心；书中的每个乡下人都懂得如何“定下决心，捺住自己的痛苦，体贴别人的不安”。在《一个多情水手与一个多情妇人》的短篇里，我看到了底层社会人物的纯真与无奈，也能衷心体会到作者本人所说的那一点“人生的苦味”。在另一个故事里，我读到了一个年轻寡妇，她因拒绝族长的调戏，毅然与自己所爱的人私奔，最后被剥光衣服，背上石磨，沉入河底。如此纯真的爱情居然落得如此悲剧的下场，真令人咏叹那永远缺憾的人生。另一方面，我也特别喜欢像《常德的船》那种短篇，故事中有关“桃花源”的描写使我想起了历史中的陶渊明。还有，沈从文所写有关“沅陵的人”也都是一些勤俭耐劳的人民，只要官吏不随便去压迫他们，那些乡下人也都愿意好好地活下去。令我深深感到佩服的是，作为一个“乡下人”，小说家沈从文自己从头就养成了一种凡事敢于孤注一掷的勇气——他当初离开湘西，一个人跑到北平去奋斗，就是为了“把自己的生命押上去，赌一注看看，看看我自己来支配一下自己，比让命运来处理我更合理一点呢还是更糟一点”。这真是一种特殊的乡下人的人生哲学。这使我想起，其实我自己也是个乡下人。自从一九五〇年初家中遭遇到那晴天霹雳的政治悲剧之后，妈妈就带着不满六岁的我和两个弟弟搬到了乡下。所以，我基本上是在一个极为偏僻的南方小镇林园长大奋斗起来的。当年妈妈整天忙着教人裁缝，整个屋里全堆满了裁缝机，每天我下了课没处去，只得和大弟康成坐在前面的大树下听人讲那永远说不完的故事。听的全是些有关乡村人的故事，听久了我也自然就和这些人认同了。

但妈妈说，不，你的根不在这乡下；你爷爷是天津人，你出生在北京，你的根是在那北京城里，你将来长大了，一定得找回故乡呀……

所以，一九七九年六月，我申请到了签证之后，就动身前往中国去探亲，并顺便访问一些学者作家们。七月十日那天抵达北京，我立刻给从文先生打了个电话，约好次日上午在和平宾馆会面。

第二天一早，从文先生和他的夫人兆和准时来宾馆看我。也许是太兴奋了，我一见面就滔滔不绝地说个不停（我自己后来回忆当天的情景，常为此感到惭愧）。但从文先生却是那般诚恳而谦逊，总是眯着双眼微笑着，还不断鼓励我要把这些经验尽量写出来。兆和也是那么温柔而优雅，在旁边安静地坐着。从文告诉我，他已从历史博物馆转到了中国社会科学院，正准备出版一部《中国古代服饰研究》的书。接着，他们讲给我许多有关云南的亲戚的往事，也说了两个儿子小龙小虎的幼年故事，让人听了十分有趣。我告诉他们，我很喜欢从文写的那篇《虎雏再遇记》，想那个顽皮的小豹子一定是他们家的老二小虎无疑了。（当时我还不知道我后来将要认识的沈红就是沈虎雏的女儿。）听我这么说，他们都点头笑了，笑得很开心。看他们两人都那般轻松而幽默，我想他们夫妻之间的温爱大概是维持他们的活泼生命力的主因吧。总之，我很羡慕他们两人互相的恩爱，一切都显得那么自然而和谐。

兆和还告诉我一个年轻时代的笑话，她说，她曾是从文过去的女学生。当初从文开始教书时很害羞，第一天上课就在讲台前呆坐了半个钟头，面对着无数个女生，却一直说不出话来。最后从文就站起来，在黑板上写了几个大字："你们人多，我就没话了。"这个事件一时成为学校里的趣闻。我听了这个故事，忍不住大笑了。就这样，我们天南地北地聊了两个多钟头，还拍了几张照片。最后，临走前，从文从书包里慢慢拿出了一包东西，一面展开，一面微笑地说着："这是四个正在下棋的人，这是刚出土的古物的仿制品，这个粗糙的仿制品给你带回美国做礼物，希望你喜欢。"

那天夜里，我一个人在旅馆里把那四个小人拿出来，再三地赏玩着。我知道古代下棋的人总是按一定的规则来定输赢，必须从他们各自的手势和表情来确定他们四个人的座位。但我不会下棋，故左摆右摆均不得要领，只觉得那四个人很可爱、很富有表情，很像从文小说里那些精彩的各色各样的人物。心想这些年来从文虽然放弃了小说的写作，但他实际上已在博物馆里找到了他的另一个充满了古人的小说世界。

我特别珍惜从文给我的这个"四人下棋"的礼物，把它当成宝物来收藏着。不久，从文来美国各校讲学，一九八一年元月七日借着来普林斯顿大学演讲服装史的机会，他与兆和就顺便在我们当时的新泽西家中住了两天（由兆和的妹妹充和与她的夫婿傅汉思教授陪同）。那是我最后一次见到从文先生。那次他带给我一本刚出版的《从文散文选》，上头签有他的名字，那是我第一次拥有他的毛笔书法。我告诉他，我喜欢他再给我写一幅字。几天后他在回国的途中，就在马幼垣教授的家中为我写了一幅书法，还用航邮寄来给我。二十年来，这三件礼物一直成为我书房里不可缺少的珍品兼陈列品。我每次望见那几件礼物，就会感到一种发自心里的愉悦。我也会想起《从文自传》里《女难》那篇故事中的一句话："我看一切，却并不把那个社会价值掺加进去，估定我的爱憎。我不愿问价值多少来为百物作一个好坏批评，却愿意考察它在官觉上使我愉快不愉快的分量。"

最近沈红送给我的那篇《湿湿的想念》算是沈家赠给我的另一件超越世俗价值的礼物了。今日，夜深人静的时候，我又取出该文来朗读了一番：

> 爷爷，有一天我要送你回来，轻轻地回到你的土地，回到你的风景来，那风雨里，透明的阳光里，透明的流水里，有我湿湿的想念，永远永远湿湿的想念……

我又一次咀嚼起那寻根的况味来了。诚然，那是一种苦中有甜、哀中有乐、既美又悲的情怀。

施蛰存对付灾难的人生态度

“你怎么到现在才来看我？你再晚来一点，就看不见我了。”这是九十一岁的施蛰存先生在我初访他时不断重复的一句话。我完全能理解他这句话中的期待与责备，因为自从十多年前我们开始通信以来，我一直打算来上海看他，但每次在安排前往上海的计划之后，又临时因为家累或其他缘故而取消行程。我常常为此而感到遗憾。一直到今年春天，我许下心愿，无论如何要克服一切困难来实现多年的愿望。我终于在六月四日由美国飞往上海。次日抵达上海后才听说施先生近日身体大衰，本来要立刻做全身检查，但他坚持要等见了我之后才放心进医院。如此忠诚的“等待”令我感动。

我与施先生的特殊友情始于一个偶然的文字因缘。一九八四年春我突然接到由普林斯顿大学出版社转来施先生短函，信中说他多年来热衷于词学研究，不久前听说我刚出版了一本有关的英文专著，希望我能寄一本给他。

现代文学巨星专攻古典文学

施先生的来信令我感到喜出望外：没想到曾以三个“克”erotic、exotic、grotesque（色情的、异国情调的、怪异的）的文体闻名于上海文坛的二十世纪三十年代先锋作家会对古典文学有兴趣。后来才慢慢发现，这位现代文学巨星早已于一九三七年左右转入古典文学的研究领域，可以说他的后半生（其实是长达约六十年的大半生）一直在与中国古典诗词、历史、金石碑版等题材打交道。他的治学态度之严肃与认真给我提供了一个最佳典范，于是十年来我自然而然把他当成学问上的导师。后来我研究陈子龙和柳如是的诗词，接着又从事于女诗人作品的探讨及编纂，有很大部分是得自施先生的鼓励与帮助。我每有诗词版本方面的问题，都必向施先生请教，而他总是一一作复，其中所获得的切磋之益与相知之乐，可以说是述说不尽的。

尤其让我感激不尽的是，他把多年珍藏的善本书——例如《小檀乐室汇刻百家闺秀词》《众香词》《名媛诗归》——都给了我。多年来他在邮寄与转托的过程中所遭遇的麻烦与困难，更是一言难尽。总之，我很珍惜自己与施先生之间的忘年之交，觉得如此可贵的神交，看来虽似偶然，实非偶然。

此次终于如愿以偿，与施先生初次见面，内心喜悦之情，自难形容。我觉得自己有许多话要说，不知从何说起。最后我鼓起勇气，问了一个较富哲学性的问题："你认为人生的意义何在？"对于这个坦率而不甚实际的问题，九十一岁的长者起初报以无言的微笑，接着就慢慢地答道："说不上什么意义。不过是顺天命、活下去，完成一个角色……"

没想到我提出的问题激起了施先生的回忆，在他愚园路的寓所中，我们展开了长达四小时的对话。老作家由大学生活谈到抗战期间的流离迁徙，由抗战胜利说到自己创作生涯的变化，以及余生的个人经验。一九五七年他成为农民，在嘉定劳作；一九六〇年以后在华东师范大学中文系资料室工作，从此过着与世无争的淡泊生活。可以说，多年来在创作与学术的领域中，他一直扮演着被遗忘的角色。施先生一再强调，人生的苦难只有使他更加了解自己真正要的是什么："不管怎样，我照样做学问。对于名利，我早就看淡了。"

利用机会读书做学问

这种对付灾难的人生态度特别引起我的注意，所以我进一步请他说明。他说："我从不与人争吵，也从不把人与人之间的是非当成一回事。总之，无论遇到什么运动，每天下午四点钟以后就可以回家去读自己的书了。"换言之，无论在任何环境中，施先生的一贯心态是：利用机会，趁机读书做学问。我认为他之所以能持有如此超然的态度，乃是因为他在书中找到了真实的精神世界，所以对任何外界的干扰（包括别人给他的伤害和侮辱）都能置之不理。因此，他虽然饱经磨难，但形势所造成的不利和隔离的环境却反而造就了他在学术上的非凡成就。

这几年来，施先生不断出版了各种各样有关古典文学的作品：从《唐诗百话》到《陈子龙诗集》（与马祖熙合编），从《花间新集》到《词籍序跋萃编》，无论是评论还是版本校析，一切都给人纵览而深入的启发作用。然而多数人并不知道，这些作品的背后意味着长达半世纪的努力与思考。哪怕只是一首诗、一个字，施先生也要找遍资料来论证。他说："过去，包括我自己，只是就诗讲诗，从诗的文学本身去理解和鉴赏，因而往往容易误解。一个词语，每一位诗人有他特定的用法；一个典故，每一位诗人有他自己的取义。每一首诗，宋元以来可能有许多不同的理解。如果不参考这些资料，单凭主观认识去讲诗，很可能自以为是而实在是错的。"

另一方面，他的批评方法又十分"现代"，他主张"无论对古代文学或对现代的创作文学，都不宜再用旧的批评尺度，应当吸取西方文论"。

施先生所经历的漫长的治学过程正是中国比较特殊的时期。他的经验触发了我对生命意义的反思：我觉得灾难确是一个人生命旅途中的试金石。在面对压力与灾难的环境中，许多人不是被逼向自我毁灭的途径，就是被迫改变人格：原本勇敢的人变得胆小怕事，原本待人忠诚的人变得玩世不恭。但另有一些人，他们像施蛰存先生一样，在压力下，努力利用机会发展自己的潜能，所以虽然遭遇大灾大难，却终究能把坏事化为好事，在生命的旅途中，他们永远是胜利者。在这些“胜利者”的身上，我们看见了生命的奥秘：即使在绝望的现实中，我们也可以通过想象与信心，把生命的境界无止无尽地提升和扩大。

发掘者与被发掘者

其实我以为生命的关键完全在于“角色”的认定：一个人应当认清自己该做什么，而一旦选中适当的角色，就必须下决心把它做好。在这一方面，施先生的亲身体验正好成了一个真实的范例：从一九二六年到一九三六年期间，他受到西方文学的影响，成为一个“运用弗洛伊德学理论来创造心理分析小说最早、也最为成功的一位作家”。但后来，创作的外在条件及内在冲动已经过去，施先生便立刻很有觉悟性地转入古典文学的领域。他说：“文学也像女人的时装一样，风行一时，很快就会成为过时货，一个文学作品愈有时代性，也愈容易过时。”最后，外在环境与个人的机遇终于使他在古典文学的领域内找到了历万古而常新的文学永恒性。是一种对生命本身的信心与好奇心使他不断寻找新的体验和角色。

与他的生命态度相同，施先生在文学研究方面始终扮演着一个“发掘者”的角色：他喜欢发掘一些被常人忽视的文学作品及作家。他反复对我说：“Discover、Discover、Discover才是我真正的生活目标。”

有趣的是，在大半生扮演了被遗忘的角色之后，近一二十年来施先生却成了一个“被发掘者”。突然间，他三十年代所写的创作小说“却和秦始皇的兵马俑同时出土”，一夕之间顿成宝物，也使一些年轻作家有意无意地模仿起来。这个突来的荣誉使施先生感到惊奇，也有点儿招架不住。一般人并不理解，对于名利，他早已淡然处之。在上海时，我曾听说，不久前上海市颁给他“文学艺术杰出贡献奖”，但他却当众宣布：“这种奖不要给老年人，应当给年轻人。”还听说，最近海峡两岸有人争着为他拍电视，他都一一谢绝了。

生命境界包罗万象

尤可注意者，这些大众的吹捧都千篇一律把焦点放在施先生六十年前所写的文学创作上。人们在“发掘”施蛰存的同时，却完全忽略了他半个世纪以来在古典文学研究上的胜利果实。事实上，施先生的生命境界与成就是包罗万象的：它既是现代的，也是古典的；既是创作的，也是包含学问的。从多年来的通信经验中，我早已深深体会到施先生那种无所不包，虽能窥见却无法穷尽的生活意境。

在返回美国之前，我又去探望施先生一次。临别时，双方都有一种无言的冲动，因为我们不知道何时能再见面。面对如此学养高深的前辈作家，我只有以安静来表达我出自衷心的惜别之情。最后，施先生慢慢立起身来，交给我一包雨花石："这是我八十年代初从南京带回来的纪念品，现在送你做礼物。"

回到美国的家中，我迫不及待取出那包珍贵的雨花石。发现其中还夹着一张小条子，上面有施先生的亲手笔迹："南京雨花台的雨花石。放在玻璃盆中，加水，做摆设品用。"我立刻按其指示，找了一个圆形的玻璃盆来存放这些雨花石。接着，我加上一点水，把玻璃盆放在灯光下左右展玩。突然间，我看见一个奇迹：那些原先看起来并不怎么起眼的小石头一个个都显出瑰丽的色彩、奇妙的纹理和图形。我仔细地观赏着这些水中的石头，同时也想起了施先生硬朗的身躯、温和的神容，以及他讲给我的每一句话。

废　墟

不久前隐地先生赠给我一本夏坚勇的《湮没的辉煌》。读完此书，颇为书中所表达的执着的历史情怀感到震撼。我特别喜欢作者夏坚勇在序文中说的几句话：

> 当我跋涉在残阳废垒、西风古道之间，与一页页风干的历史对话时，我同时也承载着一个巨大的心灵情节：抚摸着古老民族胴体上的伤痕，我常常战栗不已……

夏坚勇的话正好呼应了我这几个星期以来的旅行经验。一向富有“历史情结”的我，最近突然兴起了一股游遍废墟的欲望，好像企图借着各种历史的遗迹来寻找生命里多样的神秘性。

机会终于来到了。三个星期前，在参加陈平原、王德威、商伟等人在北大召开的“晚明与晚清”国际学术研讨会之后，我就迫不及待地开始了游历废墟的计划了。首先，我邀约张宏生教授与我同游距离北大不远的圆明园。

圆明园乃为清朝帝国所创建的一个豪华而大型的皇家宫苑，总面积约有五千二百亩，不但是一座美丽杰出的园林，有著名的“圆明园四十景”，而且其中收藏的艺术珍品早已闻名世界。据法国作家雨果所述，即使把法国所有圣母院的珍品全部加在一起，也无法和如此“规模宏大而富丽堂皇”的圆明园相比。可惜，圆明园于一八六〇年被英法联军部分焚毁之后，接着又于一九〇〇年因八国联军入侵北京而彻底地遭到破坏。后来圆内的遗物及残存的围墙石柱又陆续遭到军阀与官僚的掠夺，乃至于今日的圆明园遗址已成了名副其实的“废墟”了。

一般人游圆明园的废墟，总是把它看成是蛮横的西方侵略者破坏中国文明的见证。但那天，透过美丽的夕阳，我悠闲地漫步于无数处断壁残垣和远瀛观、大水法等遗址，却从各种残迹之中读出了普遍生命的短暂及其永恒性。诚然，往事已矣，今日我们要如何从短暂的历史经验中学到永恒之教训，这才是游圆明园的意义。（我很自然地想起了王闿运于一八七一年所写的《圆明园词》。）其实，废墟的作用正在于它的超越意义上：它一方面赤裸裸地体现出人类胴体上的伤痕，一方面也借着时间的距离把我们引进了一个新的境界——那是一个从错误、暴力和毁灭中逐渐走向忏悔、自省与和平的境界。这样，对我来说，那天下午的漫游圆明园也就成了一段宝贵的心路历程了。在离开废墟之前，我选择了一块较高的石块，我站在台阶上，向远处眺望，无形中又增加了一些高度。

几天后，我回到了美国西海岸的旧金山地区，依然在找寻那个可以增加个人“高度”的人间废墟。大弟康成建议我们一起到附近的天使岛走走，因为那儿有早期华人的遗迹，或可满足我长期以来的“历史瘾”。

那天我们向着阳光，乘船到了天使岛。到了岛上我才发现，最感人的废墟其实不是具体的断壁残垣，而是残余的文字痕迹。我在岛上一个叫作“移民站”的建筑的四周墙壁上看见了无数中国诗的遗迹。由于年代久远，墙壁早已呈现出或深或浅的陈旧颜色，但许多墙上的诗却仍隐约可见。看见墙面上不规则地显露出一行一行的中文字迹，令人如置身一个刚出土的碑林，只是不见有任何作者的签名。壁上总共有八九十首诗，虽然都是打油诗一类的作品，但它们却代表着早期华人的辛酸史，是一群无名的移民在最痛苦的时刻，用文字来发泄内心苦闷的见证。直至今日，对许多华人来说，天使岛仍是个充满了伤痛的历史印记——即使旧金山海湾的浪涛长久不断地冲洗下去，也冲洗不掉那个历史的印记。比起圆明园的焚毁事件，天使岛所担负的悲剧伤痕可能更来得感人而持久。圆明园的建筑和造园艺术还有可能被重建，但创伤的心灵却久久难以平息。

事情发生在一九一〇年至一九四二年极其漫长的三十多年间，当时由于美国移民政策的改变，华人不能随便移民美国。于是，在那段期间，所有刚入境美国的华人（三十年间总共约有十七万五千位华人入境）全都要先被关在旧金山对岸的天使岛上，一律被当成犯人来看守着。有些人几个月之后即被释放，有些人被遣回中国，但有人却积年累月不得自由。无论如何，这些人所受到的种族歧视及污辱都是苦不堪言的。我们可以理解，当这些被拘留的华人徘徊于孤独无援的境况中时，他们只能借助诗歌文字的媒介来宣泄沉埋心底的心声。那是一些无名的心声，一种发自心灵深处的绝对孤独的声音。

我是来旧金山寻找文化遗址的，却找到了心灵的废墟。天使岛上许多无名氏的“残迹”令人想起了附近有名的“十七英里”海岸上一个名叫“周氏景点”（Point Joe）的地方。据传说，周氏（不知Joe的中文名字为何，现姑且译为“周氏”）乃为一位早期移民至美的华人。一九〇〇年初他曾在太平洋岸边用水上漂来的浮木搭起了一座极其简陋的木屋，以卖纪念品和牧羊为生。他死后，人们为了纪念他，就在他的木屋遗址上立了一个“Point Joe”的牌子。目前那儿已不见有木屋的影子，只有一片空地和那个富有纪念性的牌子。

后来有一天，大弟循着“十七英里”迷人的海岸开去，我们很快就到了Point Joe。那正是清晨的时刻，我扶着面向大海的栏杆，注视着太平洋海浪一波波地忽起忽落，心中颇有一种茫然而又超然的感觉。后来走到附近的海滩上，我们突然看见一块很大的浮木，那浮木正孤寂地躺在沙滩上，其粗糙却整齐的形状使人不得不停下脚步来注视它。我发现那浮木有被打磨过的痕迹，像是被用作建筑材料的。正在细观默察之间，突然听见大弟高声地叫了起来："啊，说不定这块浮木就是一百年前Joe的木屋的一部分啊！"我抬起头来，心中充满了莫名的兴奋，说道："这浮木倒像个碑，让我们把它立起来，就在这里立个碑吧。"

那是八月十九日早上，天刚亮不久，月亮仍高挂云中。我拿出笔来，毫不犹豫地在碑上刻下了"十七英里云和月"几个字。此时，我又想起了作者夏坚勇的话："抚摸着古老民族胴体上的伤痕，我常常战栗不已……"我在那浮木上一笔笔把自己所题的字再次描深，仿佛刻入了早期华人的"胴体上的伤痕"。诚然，那块从海里漂来的浮木正象征着华人长期以来的漫游与漂浮，它代表了一个无名的文化废墟。

谈隐地的“游”

一位正在学中文的美国朋友从加州打电话来，说刚在《世界日报》的副刊上读到隐地的一首题为《圆舞曲》的诗，很欣赏诗中的一种“游”(play)的生命力。这青年很喜欢跳舞，也很会跳舞。他问我，隐地几岁了，怎么那首诗像是一个二十岁的年轻人写的？他又问我，隐地还写过其他什么有关跳舞的诗没有？他说，隐地的诗很容易读，不像其他许多现代诗人的作品那般晦涩而难懂。

我说，隐地从来不隐瞒他的年龄，他今年已经六十多岁了，他是个成功的出版人兼作家。但我又说，隐地的心总是年轻的，他尤其喜欢年轻人——他曾说：“青年是鸟，能飞就要飞；青年是云，能飘就要飘；青年是歌，能唱就要唱；青年是舞，能跳就要跳。”隐地有一回独自在一个饭馆里用餐，看见一对青年男女闻乐而舞，他就说自己特别喜欢这种浪漫的“生命力”。我在电话中特别对那位朋友强调，隐地已写过不少有关跳舞的诗，有些直接描写舞姿及其意境，但有些却是对生命本身的隐喻。前者如《生命旷野》中的《单人舞》和《激情探戈》，后者如《摇篮曲》《生死舞》等。我答应那位朋友，我会立刻把那几首诗影印了给他寄去。

挂了电话，我才想起那位朋友所说的“游”的概念很有见地。其实在课堂中我也一直用“游”的美学来给学生们阐释隐地的作品，只是那位朋友所强调的是“动”（舞）的一面，我却看重“静”（悟）的一面。我在隐地的心灵世界中看到了一种“冷静”的游，就如小说家白先勇在隐地新书《涨潮日》的序文中所说：“作者多半冷眼旁观，隔着一段距离来讲评人世间种种光怪离奇的现象。”这种“冷眼旁观”使我想起庄子的《逍遥游》中把“大”和“小”等同的齐物哲学，以及宋朝诗人苏东坡在其《前赤壁赋》中所谓的“盖将自其变者而观之，则天地曾不能以一瞬；自其不变者而观之，则物与我皆无尽也”。这些都是以冷静客观的态度来看生命里的“常”与“变”的好例子。此外，在一首《题西林壁》的诗中，苏东坡更以一种清醒豁达的眼光去观看人世的错综景象：“横看成岭侧成峰，远近高低各不同。”

有趣的是，去年一位跟我写毕业论文的美国学生唐文俊就把隐地的一首《静物说话》的诗解释成现代人的“题西林壁”。隐地的那首诗如下：

我看着墙上一幅画
画说　　换你挂上来

让我到外面　　四处走走。

唐文俊将这首诗译成底下的英文：

As I look at a painting on the wall
the painting said　　Trade with me and hang up here
so I can go outside　　and walk everywhere

在他的论文里，唐文俊特别讨论了诗人的“内”与“外”的密切关系。他以为隐地诗中的那幅画代表着诗人的内在主体（在另一首诗中隐地也曾说过，“我希望我的肉体是一幅画”），但诗人之所以拥有真正的自由，乃因为他不断地出入于画里和画外之间。唐文俊把那种逍遥式的“出”与“入”比成著名评论家赫伊津哈所谓的“play”——即一个艺术家“从日常生活中暂时走入另一世界”的游的境界。

我想，就是这种“游”的精神使隐地能在日日繁忙的出版事业之中找到诗的空间。他自己说：“当我的忙碌生活穿插了诗，我生活的节拍便缓慢了下来。写诗，可以随时想想人生问题……读诗刚好可以治愈我们的忙碌病。”在《生命旷野》中，他曾写道：

读诗的时候　　我是一棵树
写诗　　我成为一条河

这个写诗的“一条河”正代表着不断流动，不断游走世途，不断以冷眼观察世情的个人主体。同时，隐地常把生命比成一条船。例如，在一篇题为《灰发心情》的散文里，他曾用富有诗意的语言说道：

开始的时候，我们每个人都是一条船。
我们来到这个人世，仿佛人生的初航……
终于，我们发现，自己其实不是船……
而是一座孤岛。

由“一条船”的隐喻，隐地想到了台北西门町的“人潮”：

一排排人走过来，一排排人走过去。
一波波人走过来，一波波人走过去。
四十年前我走在西门町，我是一个黑发少年。
四十年后我走在西门町，我已是灰发初生的中老年人。

很难想象从前那个小小年纪就已经饱尝了人生辛酸痛苦而又漂泊流浪于台北街头的青年，今天居然能以如此冷静的眼光来看人生潮水的进退：

今天和我并走的人潮，

我知道早已不是四十年前的人潮。

一排排的人是可以被人代替的；

一波波的人，也是可以被人代替的！

的确，就如隐地在他的那本《众生》的书中所说，“众生是一条贪欲的河流”，然而贪欲了一生，人人“却又两手空空的回去”。真的，一个人是可以被后来的人代替的。在此，隐地一针见血地说破了人间生死的真相。我看，或许也只有那个早年就已受尽千辛万苦的他才能说出这种话。可以说，那个受苦的少年隐地终于造就了今日那个看透世情、懂得逍遥情趣的隐地。对现在的隐地来说，那一波波的人潮已不是“走”着过去，而是“舞”着过去了。

事实上，也只有像隐地那样曾经真正“活过”的人才可能把生命看成一种让人回味无穷的舞蹈。在他的一首诗里，他曾把生命的过程称为“生死舞”：

前半生加法

后半生减法……

加法的苗

成为减法的灰烬

在这里隐地用的是一种“陌生化”（即西方文学批评里所谓的

“defamiliarization”）的方法，让我们换个角度来看人生：把前半生比成日渐增多的“加法”，把后半生视为逐渐引入消逝的“减法”。苗的成长象征着那个加法，森林遇火而成灰烬象征着那个减法。在这一加一减之间，生与死就变成了一种互相平衡而有节奏的舞蹈。事实上，应当说，前半生是“加中有减”，后半生是“减中有加”。一个人即使是在老年，生活的质量也不一定比年轻时差。王鼎钧就在他的《活到老，真好》一书中说过：“老年是我们的黄金时代。”所以我认为，后半生的“减少”有时也意味着某种程度的“增加”。

尤其是，那些懂得用“舞蹈”的脚步来度过那后半生的人是特别幸福的，而隐地正是这样一个人。诗人保罗·瓦雷里说得好，舞蹈所追求的是一种非功利的艺术，“一种愉悦，一种花的影像”，一种诗的境界。我认为隐地那本《荡着秋千喝咖啡》的书写的就是这种意境和人生观。隐地喜欢忙里偷闲，喜欢一边读诗，一边喝咖啡。咖啡对他来说，与其说是一种饮料，还不如说是一种美的、诗意的象征。所以这些年来，隐地逛遍了台北的咖啡屋。他说：“咖啡馆是俗世里寻求慰藉者的世外桃源。”所以他特别喜欢那种可以把人引向另一个境界的咖啡屋——比如有个咖啡屋“椅子全是秋千架，坐在上面晃啊晃的，咖啡并不讲究，然而摇晃着喝咖啡，另有一番情趣”。我想，这样飘来飘去的感觉有点像舞蹈的意境了。

我很向往隐地这种生活情调，所以上回去台湾开会时，特地去拜访了他和他的妻子林贵真。林贵真也是一个作家，我尤其喜欢她的《生命是个橘子》那本书，很佩服她的散文里所表达的一种颇为客观的态度；她说："自己决定了生命，就像你买了这粒橘子。甜酸就要自己负责了。"据隐地说，林贵真也是懂得如何把"后半生"活得丰富而有趣的人，所以我想，她也是个性情中人。

那天，从走进他们内湖的家里开始，我们三人就一直聊个不停。首先引起我注意的是门前的一盆美丽的花——白色的花朵一个个开在垂下来的绿枝上，好像坐在柳条上静静地摇曳生姿。那时正好有一阵风吹来，那些白花竟舞了起来。其生动的姿态令人联想到诗人"荡着秋千喝咖啡"的神态。后来，风定了，整盆花归于平静，倒像个美丽的淑女站着。我想起了席慕蓉的一首题为《少年》的诗："请在每一朵昙花之前驻足/为那芳香暗涌/依依远去的夜晚留步……"我也想起了我的西安朋友沈奇从前赠给隐地诗中的两句话："种一棵文学树，栽几株诗之花/在倒流的时光里，编织成人童话。"

我问隐地："这是什么花？"一面用手指着开得最大的一朵。

"听说这叫帝王花，是我几天前买到的，"隐地笑着说，"这花和光有很大的关系。在有阳光的日子里，它会在早晨七时左右开花，下午才慢慢合起来，个个像花苞在睡觉一般。"

隐地告诉我，作为出版社的老板，他总把自己想成是一座花园的园丁。与其他的花园不同，他的花园里有书有咖啡有音乐，当然还有供人欣赏的花。他说，他在厦门街的尔雅出版社前院里，就种了许多盆栽，他每天浇水，希望它们不断开花。他答应要带我到尔雅去一趟。

那天上午我在隐地和贵真的内湖家中一边喝茶一边吃他们从明星西点买回来的甜点。我边吃边说那甜点好吃。隐地告诉我，台北的明星西点已有五十多年的历史了，它原名叫明星咖啡厅，是俄国人开的；那时俄国人做面包的手艺非常好，于是他们就把做面包的秘诀教给了台湾的青年人，所以现在的老板就是当时的“青年人”。我们从二十世纪六十年代的台湾谈到今日新新人类的时代，又从尔雅出版社的历史谈到今天的“书”的世界。我告诉隐地，我读到他的第一本书是《我的书名就叫书》，那已经是许多年以前的事了，但还记得当时很为这新奇的书名感到震撼。我也常把这本书介绍给在美国教书的同行。这些年来一直想要认识这位患有“书癖”的人，现在终于见到了，很想听听他作为一个出版人和作者的经验谈。隐地说：“啊，真巧，我的一本新书正要出来，书名叫《涨潮日》，等于是一本回忆录，书一出版，就会立刻寄给你。”（这本书后来上了《联合报》读书人版二〇〇〇年最佳书奖非文学类书榜，此为后话。）

这样说着说着就快到吃中午饭的时刻了。那天中午我们在一家名叫“吊带裤厨房”的餐厅里用餐。所有服务于餐厅的人员——包括那位从美国佛蒙特州毕业的老板——都穿着具有后现代特色的吊带裤，周围的装潢也都给人一种雅静而轻松的气氛。

刚坐下不久，好客的老板就亲自为我端来了一杯别有风味的山草咖啡。我说，啊，这个地方真有情调，我必须好好记下这地址，下次再带朋友来。

饭后，我们就穿过饭厅，走到隔间的咖啡室里，想继续聊天下去。突然，我的眼前一亮，我看见整个墙壁就是一张彩色的现代画，画里有两位女士在谈天喝咖啡。我轻轻推着贵真的肩膀："让咱们两人在这个图画前照张相吧！我想过过那'静物说话'的瘾呢。"我想起了隐地的那首诗：

我看着墙上一幅画
画说　　换你挂上来
让我到外面　　四处走走

一时我忘了自己是在画内还是画外……那真是一种"游"的意境，而这一连串的"奇遇"也特别令人感到意外。从摇曳生姿的"帝王花"到栩栩如生的"壁画"，我似乎看到了一种生命的神秘性。

几天后回到美国，不久我就收到了一封隐地的传真，上头写道：

最遗憾的是，让我们彼此高兴一场的"帝王花"可能并非真的"帝王花"。我托好几位朋友帮我查询，真正的"帝王花"可能是南非的国花，花很大，像牡丹，但至今无人看过……

但我并不感到遗憾。我私下还是称隐地的那盆花为“帝王花”。那是特殊的“帝王花”，一种虽无用却能散发出无限诗意的花，亦即诗人沈奇所谓的“诗之花”。

酒乡月谷忆伦敦

去年某一天，我在耶鲁大学的研究所大楼突然看见一个博士生的T恤上印着杰克·伦敦的名字，一时令我回忆起九十年代曾经写过有关杰克·伦敦的一篇文章。

——孙康宜，二〇一六年八月

住在旧金山附近的大弟康成早就想带我去参观美国名作家杰克·伦敦的故居——那个位于酒乡的“月谷”。这次趁着台湾之行的方便，我特意计划在旧金山逗留几天，希望能好好地漫游月谷，亲眼看看杰克·伦敦从前住过的地方。

星期五，一个阳光普照的大晴天。我与康成一早就出发开往哥伦爱伦小镇的方向。约一个多小时的光景我们就抵达以风景著称的索诺马山谷，杰克·伦敦的故居“月谷”即为该山谷的一部分。这一区之所以称为酒乡，乃是因为附近以出产葡萄和酿造美酒著称。从远处看，那是一片高山、森林、农田与溪流组合而成的风景区，既有田野的风味，也有田园的气息。我们所要参观的“杰克·伦敦州立公园”就坐落在那长满橡树的山坡上。

阳光透过山中的树林，照在我们的脸上，照在飞鸟的翅膀上，照在高低不平的泥土路上。一路上没有别人，只有我们姐弟两人。我边走边回忆，记得三十五年前，我在台湾读英文系，首次阅读杰克·伦敦的《荒野的呼唤》《海狼》等小说，很受震撼。但当时我更感兴趣的是他的海上冒险故事，特别是因为听说伦敦自己造了一条船，想利用七年的时间周游全世界。虽然他因生病而中断了他的环球旅行（他仅航行到了南太平洋及澳大利亚），但他那不顾一切的探险精神大大地激发了我的想象。其实我写那篇有关梅尔维尔的《白鲸》的论文之时，在某些程度上也受了伦敦的生平故事的启发。后来偶然读到一九一三年杰克·伦敦出版的小说《月谷》，最令我感兴趣的也正是书中那种漂流到异地的探险精神。还记得小说中的男主角曾经说道：“你难道没有那种感觉吗？你有时难道不觉得有一种比求生更强烈的欲望，想知道山的那边是什么，还有那山外之山，以及那山外之山的背后的山是什么？啊，还有那个金门大桥。越过那桥你可以看见太平洋、中国、日本、印度以及各种各样的珊瑚岛。一旦穿过金门大桥你就可以到任何一个地方去……”作为一个青年读者，我当时自然激起了穿越太平洋一睹金门大桥的幻想。

现在三十五年后行走在“月谷”的路上，我才发现原来杰克·伦敦除了海上探险以外，也有结庐田园的兴趣。一九〇五年他首次发现酒乡的索诺马山谷，从一开始他就被那一片森林与交相错落的山坡和田野给吸引住了。他说："当时我带着对城市与人群极端厌倦的心情来到了这里，所以我立刻决定在这儿买下一个农场定居了下来……那是一片一百三十英亩大的土地，也是全加州风景最优美、最原始的地区。"那年六月他写信给一位出版商，很兴奋地向他报告这个重要的消息："这绝不是避暑山庄，而是我一年到头都居住的一个名副其实的家。我毅然决定在此抛锚，并准备长久地停泊下去。"果然，不久伦敦就用一笔稿费从那山谷中买下更多的土地，最后增至一千四百英亩之多。可以说，他终于把自己完全投入了务农的生活。他很快就把一个本来破旧不堪的农场改造得焕然一新。他购买了许多农具和牲畜，重建牛棚、马棚、猪圈等，并雇用了许多农工，计划全面地采用先进的农业技术。在这片广大的牧场和田野中，他除了养猪养牛以外，也亲手种植水果和蔬菜，颇有陶渊明那种"平畴交远风，良苗亦怀新"的意境。而且每天他骑马跑上山坡，观赏峡谷和山涧的景色，这些日常经验都成了他的写作素材。因此，从他搬到月谷后，一直到他一九一六年逝世为止，短短的十一年间，他一共出版了四十多本书，足见简朴的乡村生活和大自然的风景确实给了他特殊的灵感。

我从前以为杰克·伦敦是一个独来独往、赤手打天下的英雄，但这次月谷之游改变了我的想法。我发现他的成功有很大部分得力于那个与他志同道合的女人——他的第二任妻子查米安。他们两人于一九〇五年结婚，而伦敦之所以在同一年买下月谷的农场，实受了查米安的影响。查米安生来就喜欢探险，嫁给了伦敦，正好得到了一个理想的旅伴。婚后两人经常一同到世界各处旅游、航行、考察；在月谷定居后，他们也天天一道骑马、养猪、种菜。此外，杰克·伦敦给自己规定每日清晨至少要完成一千个字的写作，而他的稿本一律都由查米安整理打出，日日如此，从不间断。两人所过的恩爱生活确实令人羡慕。可惜十一年后的一个夜晚，伦敦不幸病倒而死在他们的村舍中。伦敦死后，查米安继续住在美丽的月谷中，直到一九五五年以八十四岁高龄逝世。在她临终之前，查米安特别留下遗嘱，希望将自己于一九一九年建造的房子用作杰克·伦敦的博物馆，以便展现伦敦生前的照片、作品以及到世界各处历险所收集的物品等，其中还包括杰克·伦敦一九〇六年在耶鲁大学演讲时校方所张贴的海报。后来加州政府以这个纪念馆为基础，终于开辟了今日大规模的“杰克·伦敦州立历史公园”。

现在走在月谷的每一寸土地上，我都可以感受到查米安的痕迹。她的爱发自生命深处，像风一样吹过谷中的一排排橡树，温暖了田里的一棵棵良苗。在这片土地上，她是起始者、施与者、共享者。没有她，杰克·伦敦就没有那诗情画意的月谷生活；没有她，伦敦绝不可能完成那样惊人的写作量。然而文学史中并没有查米安的名字，在她历经世间风风雨雨之后，她早已被人们遗忘了，因为生命本来就是不完美的。

诚然，生命的本质充满了许多的无奈。在实际生活中，伦敦与查米安即使享有许多乐趣，但也经常遇到挫折，好像上帝故意不让他们拥有太多的完美。最让他们感到遗憾的莫过于生儿育女的一再失败：查米安曾产下一子，但不久婴儿即夭亡。她后来再怀孕，却又不幸流产。此外，他们最感痛心的就是一九一三年新居的一场火灾：那座新居——他们称之为“狼宅”——是按照两人共同的梦想，由旧金山著名建筑师阿尔伯特·法多年设计而成的，谁知在建筑完工的当天夜里就被一场大火给焚毁了。失火的原因至今仍是个谜。“狼宅”共有一万五千平方英尺，内有二十六个房间及九个壁炉。所有建房的材料都精选过，墙的内外都用美丽的熔岩石与各种杉木造成，屋内还有一间很大的图书馆，其上方是为伦敦特别预备的书房，地下室还有一个防火的储藏间，是用来保存伦敦的手稿的。此外，为了防火，整座狼宅的水泥墙双倍加厚；为防地震，房子也特别用数层水泥板为基础。然而人算终不如天算，半夜里一阵大火很快地就把伦敦与查米安精心设计的新居给烧毁了，两人始终无缘住进这座豪宅。

我和大弟顺着蜿蜒的小路，朝着半英里以外的狼宅走去。穿过一片橡树林，我们很快就看见一座形似中古碉堡的庞大遗址。它比我想象中的还要壮观，所以乍一看见这个“建筑”，我禁不住要瞠目结舌，连续发出惊讶的感叹。狼宅遗址的四边墙壁仍然直立而坚固，仍然清楚而生动地勾画出当初伦敦与查米安两人所分享的理想世界。通过几个至今仍完整无缺的门户，我不断探勘屋里所遗下的壁炉和阶梯，从那儿我仿佛目睹了一个破碎了的梦，一个永远未能完成的梦。

然而一转身，我偶然看见墙上刻有伦敦的一句话：

> 倘若上帝允许，我的这座屋宅将会存在一千年之久。
>
> (My house will be standing，act of God permitting，for a thousand years.)

突然间，我似乎又从这片废墟中看见了某种意义：这房子虽短暂却有它的永恒性。它的价值在于美的瞬间之不朽，在于它的不可重复性。我想到了伦敦的那首诗：

> 我宁可化为灰烬
> 也不愿作尘土！
> 我宁可
> 让生命的火花在光亮的火焰中燃尽
> 也不愿让它窒息、枯竭……
> 人生的真实意义是活，
> 而不仅是存在，
> 我不愿浪费时间
> 去随便延长生命……

狼宅烧毁后，伦敦并没有放弃重建的计划。但他的健康状况逐渐恶化（他患有肾病），不到三年就维持不下去了。与那个狼宅一样，伦敦的遗体也在熊熊烈火中化为灰烬。据说葬礼那一天，人们按照他的遗嘱，从狼宅的废墟中搬来一块巨大的石头，让它重重地压在伦敦的骨灰盒上。后来查米安去世后，她的骨灰也葬在那块石头底下。墓地上没有墓碑，没有名字，也没有生死日期。那一切都似乎在纪念那个瞬间的永恒。

我与大弟静静地走到墓地里那个长满苔藓的巨石面前，然后又静静地离去。

蔡文甫现象

不久前，我刚写完一本有关自己幼年时期的回忆录，觉得终于对生命有了交代，可以松一口气了。但另一方面，我也急于跳出自己的内心世界，想回过头来看看别人是如何走过生命的岁月的。于是我通过朋友的帮助，从台湾买来了一本蔡文甫先生的自传：《天生的凡夫俗子》。

从捧起这本书的那一刻，就被书里主人公的独特声音给吸引住了。那是作者真实告白的声音，它从头至尾洋溢着对生命的热情。蔡先生写这书时已经七十五岁，他说自己是个“一生和逆流搏斗的凡夫”，但又说“奋斗的人，没有悲观的权利”。我认为他的人生哲学很接近美国殖民时代的精神，因为他一直以拓荒者的态度来面对生命中的挑战。

收到书的当天，我就开夜车一口气看完了这本书（四百多页）。等放下书本，已是凌晨。我时常在想，这本书为何如此吸引人?

我想起了罗兰·巴特把阅读比作“探险”的那个说法，也想起了著名阐释学家汉斯-格奥尔格·伽达默尔把阅读看成了读者和作者对话的譬喻。诚然，阅读这本蔡文甫自传有如探险。随着作者写实的生平回忆，我想象自己也走在那条探险的路上。同时，在整个阅读的过程中，我感觉到自己似乎一直在和书中的主人公进行着心灵上的对话。

我仿佛看见作者一直在努力爬一座高山，一直在走山路，其经验既辛苦又让人怦然心动。读到有关他幼年丧母、失学，后来历经战乱，高中尚未毕业就从军，接着全靠自己的毅力和决心，一连串地通过了许多艰难的考试，最后终于完成了高考的苦学过程，这一切都像走在崎岖山路一般地冒险。作为读者，我想象自己一边跟着爬山，一边迎着阳光，有时忽然会遇到大风雪。渐渐地，我发现自己和作者有很相近的人生态度，因而感到十分振奋。但每回看见书中的主人公走到了悬崖，几乎要跌落到深谷的时候，我就很自然地为他捏一把汗。例如，看到他将要离开军营，却不知前面的路何去何从之时，我真的开始担心了。他说：“只有五天就要离营了，我到何处去？……我向谁、向什么机关去求职？ ……靠四百六十元能维持多久？晚饭后，走出营区，坐公车到了台北车站，往人多的重庆南路走去……全台北匆忙的行人以及逛街的男女老幼都不认识我……”接着他又说：“人在绝望时，总希望抓住一片叶、一根草……但我现在没有什么好攀爬的。”

一直读到他已经找到了一个可以“攀爬”的目标时，我才终于放了心——虽然当时作者早已对自己的前途做了最坏的打算。后来他居然幸运地进了函授学校，接着到中学教书，当教务主任，又担任副刊主编二十一年，终于在一九七八年五十二岁那年创办了九歌出版社。可以说，他是从“一无所有”的山脚下一步步地走到了“众书成城”的巅峰上。

最让我感到佩服的就是作者本身的择善固执和勇于面对的精神。即使在困境中，如果发现自己的人格受到了污辱，他也绝不“为五斗米折腰”，宁愿像陶渊明一样“即日解印绶去”。一九五七年他在桃园山区的一个学校里任教时，曾被人冤枉而遭到一个莽撞同事的非礼，最后他决定要走出那个是非不明的地方。于是，他很快就呈上辞职报告，匆匆离开了那个“山路陡弯太多”的学校。当天他下山时，只携带了一只“扁平的旅行箱”，箱里装有他的全部家当。如此被迫离山，自然又一次面临了无家可归的困境。多年后他回忆那段往事，仿佛昨日：“我仍然没有家，在外面二三年，兜了一圈，仍没有落脚的地方，也没有一个亲近的人。”而且，“在等待的煎熬中，似有度日如年之感”。

然而君子固穷，在深受苦难之后，终于有了出路。次年他转任台北汐止初级中学教员，被聘为“留级班”的导师。在那儿他更加努力敬业，甘苦备尝，让一群本来对读书毫无兴趣的留级生很快地学会了修改自己的作文。几年后举办全省数学抽考，汐止初中居然荣获第一。这样的成就，简直是个天大的奇迹。

值得庆幸的是，那一段艰辛的教学经验却激发了蔡先生的写作灵感。有一回，他写了一篇题为《受骗记》的文章，该文写的就是作者被一个学生骗过的经验。原来有一位姓倪的学生，平常有些调皮也极富想象力，有一次他在一篇报告里描写他如何被迫参加不良组织、从事非法活动的详细经过。但经过报警查询之后，蔡先生才发现这故事是学生自导自演而捏造成的，于是蔡先生就把这段不寻常的受骗经验写成了以上的一篇文章。后来，他也把另一段在汐中教书时期的插曲写成了《一根绳子》一文。

我发现蔡先生的写作生涯，自从他在汐止中学执教之后，开始突飞猛进。有关这点，可由书中的“大事年表”证明。所谓教学相长，其实是和生命的直接体验息息相关的。首先，他在教学繁忙之余还陆续在《文学杂志》《现代文学》等杂志发表文章，而且仅仅在十年不到的时间里，他一共出版了三本小说集（即《解冻的时候》《女生宿舍》《没有观众的舞台》）和一本长达二十多万字的长篇小说《雨夜的月亮》。这样的写作热情，这样的丰收，也只有在经过长期训练深思之后，才可能酝酿出来这样的灵感火花。难怪蔡先生后来荣获台湾“中国文艺协会”文艺奖章小说创作奖，以及“新闻局”优良图书金鼎奖，足令台湾文坛为之侧目。

就这样，在那条山路上，那个一直向前赶路、饱尝辛酸的青年人，终于成了一位成熟的中年作家了。后来蔡先生每次回忆过去的种种奋斗经验，总是情不自禁地叹道：“读书写作一直是我生活、生命的重心……庆幸自己度过这人生重要的里程，并未迷失，仍回到原定的写作理想。”但除了勤于写作之外，他对书本新知识的饥渴也是极其不寻常的。他几乎所有的时间都想读书，有时因为宿舍里没有书桌，他就独自逃到图书馆去啃一天书。诚然，就如美国畅销书作者史蒂芬·金所说：“如果你找不到足够的时间读书，你就没有时间或适当的工具来从事写作。”同理，蔡文甫先生也一直相信，一个人若不读书是无法从事写作的。总之，他一直是个很有心的读书人兼作家。

这样一个读书人后来居然还有余力开创九歌出版社，实在不得不令人敬佩。近年来蔡先生又加办健行文化公司和天培文化公司两大出版社，而且终于经营出十分辉煌的局面来。我看在台湾，除了尔雅的隐地先生以外，也只有蔡文甫先生一人能如此成功地扮演文人和出版家的双重角色了。然而，这两人的特殊成就绝不是一日造成的，是他们从小经历的无数艰苦和磨炼终于造就了他们。（关于隐地先生的奋斗故事，请见《涨潮日》。）以蔡先生为例，从前他十四五岁时，一心只想读书，然而因为家境的关系，小小年纪的他却不得不挑上了养家的担子，也曾代替自己的大哥天培充当一个磨坊的小经理人，并且勇敢地跻身商场，开始他那克难岁月。所以，长大成人之后，他就很自然地学会了凡事都全力以赴的人生态度，同时他也因此敢于接受各种新工作的挑战。他曾说：“根据以往奋斗的经验，我知道我做的都是超越自己能力所能负荷的工作。但我抱着终生学习的态度，边做边学。”

蔡先生这种努力担负起“超越自己能力”的工作的精神也使

我想到了“美国精神”。因为所谓“美国精神”就是凡事向前看，不断发展个人潜力以求成功的终生奋斗过程。美国本来就是一个移民的社会，而一个移民者，若想在新大陆出人头地，没有不努力不往上爬的。这情况其实和蔡先生等人初到人地生疏的台湾时，一切都要从头开始的情况是一致的。另外，蔡先生本人的成功经验也正好印证了二十世纪以来凡事符合“竞争”规律的全球社会景观。

然而，另一方面，蔡先生的例子也并非百分之百地“美国”。当然，他那种受苦受难又顽强不屈的精神似乎很像我们平常所理解的“美国精神”。但不同的是，他在努力经营事业之外，还坚持全心写作。因此，他既是成功的企业家，也是出色的作家。就这点双重身份来说，蔡先生（还有隐地）似乎和明清时代的标准文人更为相似。有关明清的文人，我们自然会想到晚明的冯梦龙、吕留良以及清初的金圣叹、张潮等出版家兼作家的例子。在当时，写作和出版业的互相联合，本来就是晚明以来中国知识分子和前代迥然不同的新生活方式，它其实是代表了一种新兴的社会时尚。归根结底，那种讲究文学、讲究出版业、追求日常情趣的文人文化本来就是十分传统的。所以，我以为在某种程度上，二十世纪七十年代以来的台湾也继承了这种晚明的精神，因此我们就有了蔡文甫、隐地等较为突出的文化人物。

关于七十年代以来台湾文化的发展，我一向感到陌生。这是因为，这三十年来也正是我个人对“台湾文化”的空白经验。早在六十年代后期，我就已经移民到美国来了。后来又长期在美国的学院里工作，所以在文化上自己早已成了美国人。多年来，在我的印象中，“台湾”已经变得有些遥远了。

但在阅读蔡文甫先生的自传之后，我突然对七十年代以来台湾的文化现象和社会变迁产生了新颖的了解，大大地补充了我知识上的空白。翻开这本《天生的凡夫俗子》，到处可读到那些平凡却不平凡的故事，那个重视报纸副刊、爱惜写作之才、体认社会真相、热心出版高难度作品、普遍看重文学奖的“新台湾”的诸多现象。

这些现象，我统统将之称为“蔡文甫现象”。对我来说，那个现象是值得玩味的，因为它的意味深长，值得继续诠释和思考。

我所认识的Dick

我永远忘不了二〇〇三年十二月十二日那天早晨，北卡州发生了一个少有的地震（地震强度约为四点五级左右）。就在那地震发生的同时，北卡的媒体先后发表了该州的头条新闻：耶鲁大学本科生院（即耶鲁学院）院长理查德·H.布罗德海德将成为杜克大学新校长的消息。几分钟之后，消息传开，很快就成了全国新闻。

对于这个新闻，耶鲁人都有一种复杂的情绪。许多人在心里不约而同地感受到有如地震一般的起伏不定，久久不能平息下来。这主要因为布罗德海德院长（我们都喊他叫Dick）是大家公认有史以来耶鲁学院最成功、最有魄力的少数院长之一。在此之前，三百多年之间，只有另外一位院长有过类似的成绩。现在突然听说Dick要离开耶鲁到他校去当校长，大家自然感到难以接受。

但另一方面，耶鲁校友们却为Dick能被选为杜克大学的新校长一事感到骄傲。因为Dick是耶鲁校友，是标准的耶鲁人

（一九六四年他十七岁时进耶鲁大学，一九六八年得耶鲁学士，一九七〇年得耶鲁硕士，一九七二年得耶鲁英国文学博士，之后即留校服务至今）。据说，此次杜克大学的董事会，为了把杜克大学全面推进，以便在新的二十一世纪里更上一层楼，故苦心积虑，一共精选了两百位候选人。最后他们全体一致推举Dick，以为新校长之职非他莫属。因此，在游说Dick接受校长职位的过程中，他们是花过一番心力的。有关这事，耶鲁的校友们也不得不引以为荣了。

作为Dick多年的好友兼同事，我的心中自然有着一种说不出的滋味。我最感到伤心的是，我将失去一位真正的朋友。所以，一听到他要离开耶鲁的消息，我和丈夫钦次立刻发了一个“伊妹儿”给他。次日Dick送来回音：“请相信我，我会很想念你们的……”

这就是Dick，一个让人舍不得说再见的朋友。他对所有的朋友都一样真挚、热诚。你和他说话时，他会全神贯注，以诚恳的态度和你沟通，好像你顿然成了世上最重要的人。与他交往，你会觉得自己经常瞥见生命的亮光。如果你遇到挫折，你会因为他的鼓励而振作起来。他的态度庄重，但富幽默感，听他说话，实为人生一大享受。而他的“伊妹儿”，哪怕只是三言两语，都说得十分中肯，让你感受到一个真正文化人的修养、气度和才华。

记得有一回，我丈夫钦次刚从圣路易斯出差回来，就忍不住给Dick发了一封“伊妹儿”，其中说道，他在圣路易斯的拱门博物馆墙上看到美国早期作家马克·吐温的一句话："你应当做个好人，但你会因此变得寂寞。"钦次之所以发出那封"伊妹儿"，主要因为他知道Dick是研究马克·吐温的专家。谁知，几分钟之后，Dick立刻回了一个"伊妹儿"："啊，钦次，你的来信令我感到亲切！但马克·吐温也曾说过：'要随时做好事。这样会带给别人快乐，也会让其他的人感到惊讶。'"接到那个有趣而迅速的回音，我们都笑了，也佩服Dick那出口成章的本领。

总之，Dick是个有情趣的人，不像有些领导人物过分严肃而拘谨。他无论走到何处，都随遇而安，给人一种亲切的感觉。记得有一天，我的韩文译者申正秀来耶鲁一游，因为时间匆促，我只能走马看花地带他参观一下耶鲁的校园，连拍照的时间都没有。我对他说，可惜没有机会把他介绍给耶鲁学院的院长，否则他一定会对耶鲁的人文精神有更深刻的印象。没想到，一走出图书馆，就看见Dick出现在面前；原来他刚开完会，正要走回他的办公室。Dick一看见我们就很兴奋，经过一番介绍之后，他自动要为我和申正秀拍照。我说："这不行，耶鲁学院的院长怎么可以被用来做照相师？这哪里敢当？"但Dick很轻松地说道："谁说不能，我不是你的好朋友吗？"于是，他就为我们拍了一张照。事后，那位韩文译者一直反复地说，他真的不敢相信，有生之日居然会遇到如此高贵而富有人情味的领导人物。他决定让出版社把那张宝贵的相片印在我那本新书（韩文版）的封底上，以纪念那个让人回味无穷的美丽瞬间。

其实，耶鲁学生们也最喜欢Dick那种富有人情味的风采。他们尊敬他，崇拜他，更把他当成真正的朋友。他们尤其欣赏Dick经常在校园里给学生们的演说，佩服他那充满智慧的演讲风格与诚挚的态度。

我特别想起了二〇〇〇年九月二日开学典礼那天，Dick给一年级新生的演讲。那天Dick的演讲题目为《朋友们，这究竟是一个什么国家?》。这题目非常吸引人，它引自莎士比亚剧本《第十二夜》首幕第二景的一句话，同时这句话也出现在不久前有关莎翁生平的一部热门电影《莎翁情史》中。原来在莎士比亚剧本《第十二夜》中，有一个名叫薇奥拉的年轻女子，有一天她突然发现自己被带到一个完全陌生的海岸，她因而很惊奇地问道："朋友们，这究竟是一个什么国家?"

那天在开学典礼中，Dick就以莎翁这句话来比喻一年级新生们初抵耶鲁的陌生心情。他说，唯其陌生，所以更能让人勇敢地走进全新的地方，并跨越到一个新的生命境界。他劝所有的新生们把耶鲁比成薇奥拉进入的那个陌生的伊利里亚海岸，要他们开始学习将那种陌生的焦虑感转为大胆学习、大胆扩展个人生命的动力。换言之，他们必须努力吸收新的知识，不要为了拿好分数，而总是选修他们早已熟悉了的学科。他们应当本着冒险的精神，培养真正开放的人生观，这样才不会辜负了教育的本来目的。那天Dick一再向学生们强调，所谓教育就是教人如何培养求知的冒险精神和那种随时随地"探测新领域"的好奇心。

我想，Dick自己也是本着这种“探测”新大陆的精神才接受杜克大学的新校长之职的。对Dick来说，人生就是一连串的学习、探险与挑战。据他十二月十二日在杜克大学的记者招待会中所说，他从来没想过有一天要离开耶鲁；当杜克大学的委员会开始接洽他时，他只是感到好奇。后来杜克的人真的选中他为新校长，他才发现自己必须作出一个明确的决定。他说：

> 后来，我发现自己就如（马克·吐温小说中的主角）哈克·费恩所说的那样，“我永远必须在两者之间选择其一”。我知道，摆在面前的两个选择就是：究竟要选择那个早就熟悉了的好日子呢，还是选择到杜克大学去迎接冒险？你们当然知道，我最后选择的是什么。

我想，他之所以愿意到杜克大学去“迎接冒险”，乃是因为杜克大学是一所正在发展中的好学校。以Dick一向对于大学教育所持有的理想和经验，他正好可以为那所“年轻”的大学效力。而且，杜克大学规模虽小，但各方面的资源都十分丰富，潜力甚大。此外，与耶鲁相同，杜克大学也以跨学科的教育为其目标。这一切的考虑，最后终于使他心甘情愿地接受了这个富有挑战性的工作。

但对Dick来说，最重要的原因可能是，他可以从这个新的工作岗位上学到新的东西。这是因为，他一直相信，人生的目的就是不断学习、不断更新。他曾经对学生们说道：“你们的教育过程是一种进行式，它包罗万象，永无休止。也只有这样，你们才能培养足够的能力，来了解这个繁复世界的众多面貌，并进而培养凡事思虑周到、凡事积极的处世态度。”唯有抱着这种积极的学习态度，一个人才可能成为有思想、拥有心灵“资产”的人。但他并不鼓励盲目地学习；他说：“你们一定要记得，你们所有活动的真正目的是为了求得智慧，不是为了只是忙碌。”此外，他认为一个人的教育过程并非总是直线发展的，因为生命的进展本是曲折而多变的。关于这一点，Dick屡次劝勉学生们要随时随地从生活中学习宝贵的经验，哪怕只是偶然遇见的一件小事，也可能会在日后影响一个人的人生方向。例如，在他一次题为《选择性的学习和偶然的学习》的演讲中，Dick曾用耶鲁校友林璎的故事来鼓励学生们。众所周知，著名华裔林璎以设计越战阵亡将士纪念碑而闻名全球。然而，就如Dick所说，林璎当初开始设计那纪念碑时，还只是耶鲁的一个大学生，而且她完全是在偶然的情况下得到灵感的。当时她选了一门建筑系的课，期末的作业就是要设计一个越战纪念碑的模型。有一天，她在耶鲁学生饭厅里头吃饭，突然心血来潮，用打烂了的马铃薯做成了一个纪念碑的初步模型。没想到，后来她那纪念碑的设计居然得了全国竞赛的头奖。从此之后，她开始立志要做个建筑师。但值得注意的是，林璎本来并没想过要专攻建筑；她原来想念动物系，但因为害怕解剖，终于决定放弃。最后她之所以开始选修建筑，只因为自己一直爱好数学和艺术，心想既然建筑也和数学与艺术有关，大概很有趣吧。

总之，林璎一路走来，曲折莫测，但她却能不断探险，不断学习，永远抱着开放的态度。

我相信Dick就是以这种“开放”的视野来迎接他那未来的新职位的。这也使我想起两年半以前，他曾经对学生们说过的一句话：“我想用《白鲸》里的一句话告诫你们：‘我要尝试所有的事情；我凡事尽力。’”

其实，Dick不止在他的行政岗位上持有开放和凡事尽力的态度，即使作为一个学者，他也是以同样的开拓精神来进行研究的。因此，他的研究经常带来惊人的创见，在今日美国文学研究的领域里，他的贡献也是首屈一指的。当初我开始与Dick做朋友，主要是因为文学思想的交流，因为我特别钦佩Dick研究文学与文化史的功力。每次和他谈学问，总会发现他又有了新的研究题目；例如，目前他正在研究美国文化里的“先知”传统，据他解释，这个“先知”传统（包括我们通常所谓的“真”先知和“假”先知的概念）不断在美国产生了两极化的社会现象：它一方面可以造就像马丁·路德·金那种民权运动的领袖；另一方面也可以产生像查尔斯·吉特奥[1]一样的杀人犯。不论是好是坏，这些人都强调他们自己就是为上帝仗义而为、不惜牺牲生命的“先知”。根据Dick的研究，这个源远流长的“先知”传统已成了美国文学传统中很奇特的一部分，他把这个传统一直追溯到十八世纪末叶查尔

---

1 查尔斯·吉特奥于一八八一年谋杀第二十任美国总统詹姆斯·加菲尔德。吉特奥声称，他是受上帝差遣来杀总统的。

斯·布罗克登·布朗的小说《威兰》。[1]

记得我是八十年代开始注意到Dick在美国文学方面的研究的。因为我从前曾研究过美国文学，还写了一篇有关《白鲸》的作者梅尔维尔的学士论文，所以一到耶鲁执教，就特别关心英文系同事们对这一方面的研究。后来听说，耶鲁有一位天才教授，早在二十五岁时就拿到耶鲁文学博士学位，专攻美国文学，作品屡次获奖，颇得学生们的爱戴——与布鲁姆年轻时的情况酷似——而那人的名字就是理查德·H.布罗德海德。（后来才知道大家一般都喊他的小名Dick。）于是，我开始广泛地阅读Dick的著作。我首先读他那本《霍桑、梅尔维尔和小说》的书，觉得他用文化史的角度来研究十九世纪美国小说，十分富有启发性。在那以后，我又勤读他的《霍桑学派》，更是不忍释手，以至于多年后我开始着手撰写《文学经典的挑战》一书时，大大地受到了该书的启发。记得我在书中还特别引用Dick有关霍桑在美国文学史上的地位忽起忽落的原因。原来二十世纪以来霍桑的文学地位逐渐衰微，正与霍桑往日在世时的旭日东升相反。所以，Dick以为，霍桑在美国现代文学史上的地位变迁正可用来作为我们研究一般文学经典的演变史的参照点。

有趣的是，几年前正当大家逐渐淡忘霍桑之时，我们突然发

1　查尔斯·布罗克登·布朗于一七九八年出版他的小说《威兰》。小说的情节改编于一件真实的案件：一个纽约农夫于一七八一年杀死他的妻子和子女的案件。据说，那农夫曾看到异相，以为上帝是差遣他去杀自己的家人。

现，与霍桑同时代的小说家梅尔维尔的文学地位却逐步升高。作为梅尔维尔的小说迷，我自然认为这是十分可喜的事。但我以为，梅尔维尔死后这么多年，居然还能登上经典地位，实与Dick和他的同事们热心提倡梅尔维尔的小说《白鲸》有关。尤其是，Dick与埃默里·艾略特早已于一九八六年出版了一本《白鲸新解读》，甚得读者的推崇，我想或许那书无形中也启发了读者们重新阅读梅尔维尔小说的兴趣吧。（有趣的是，Dick的家正好是在一个外形有如白鲸莫比·迪克的耶鲁溜冰场对面，每天他从家中的窗户向外眺望，正好可以看见那“白鲸”的雄姿。真可谓生活与学问、Dick与莫比·迪克无形中都融为一体了。在耶鲁校园里，这事一时引为笑谈。）

其实，Dick这种生活与学问合一的态度，正是我最欣赏他的地方。他一边当耶鲁学院的院长，还一边继续出版著作。很显然，他的研究成果直接促进了目前美国文化的发展。例如，不久前，他连续编了两本有关美国南方黑人作家查尔斯·W.切斯纳特的书：一本是切斯纳特的日记全集校勘本，一本是切斯纳特小说集新编。原来，切斯纳特生于十九世纪末期的美国南方，当时黑人还普遍受到白人的欺压。切斯纳特从年轻时代就立志要成为一个作家，因为他认为那是走向光明的第一步。他说："我一生中最大的梦想就是成为一个作家！……这与金钱无关，但与我的许多想法有关……以我目前的情况，即使我拥有世上所有的财富，也懂得慎重和节约，我也永远不可能提升我的生活。如果我学法律或医科，还要等到半辈子之后才可能出头。但文学却能使人出头，只要你是个成功的作家。”（一八八〇年三月二十六日日记）切斯纳特写这段日记时才二十三岁。后来他果然成为十九世纪末一个很受欢迎的作家。然而，从一开始，切斯纳特就发现，如果要让自己的作品顺利地在第一流的杂志中出版（如《大西洋月刊》《大陆月刊》等），他就必须采用北方白人主流文化的观点来写作。但既然身为黑人，他的稿件自然经常被退稿。直到一八九八年，《大西洋月刊》主编沃尔特·海因斯·佩奇才答应帮他编选一个小说集。但有一个条件就是，小说内容的取舍以及选集的安排，全靠主编佩奇先生的构想、剪裁和指挥而定。所以，当初由切斯纳特交上去的稿件并未能全部被采用。但至少切斯纳特的小说集终于顺利在一八九九年出版，题为《女魔术师的故事》。现在，百年之后，Dick终于通过多年的研究，把切斯纳特当时所有关于“魔术师”题材的小说全部汇集在一起出版，旨在重新呈现原作者对该小说系列的最初构想。Dick把这个新选集取名为《女魔术师和其他有关魔术的故事》，因为这个集子不但包括了一八九九年那个旧选集已经有的七篇小说，而且还收集了当时曾被主编排除在外的许多篇小说。换言之，Dick所完成的是一个很重要的“还原”工作，他使今日读者能重新听到黑人作家切斯纳特的真实声音。同时，我们也可以看到，在当时美国十九世纪末的出版界中，黑人的声音还是极其受限制的。只有那些不威胁到白人中心意识的作品才可能被当时的编辑和广大读者所接受。总之，当时黑人的声音必须通过白人“声音”的过滤和阐释，才得以进入文学经典。

Dick对于切斯纳特作品的苦心研究尤其让我感动，我想是Dick那种开放的人生观使他对南方的黑人文化寄予真实的关切。巧合的是，黑人作家切斯纳特原来就生长在北卡，而那也正是Dick即将前往就职的一个州。而且，Dick所编以上两本有关切斯纳特的书也都是杜克大学出版社出版的。难道冥冥之中，Dick和杜克大学早已有了一份奇妙的缘分？

读其诗，想见其为人

——悼念余国藩教授

死亡真是难以预测。五个月前的圣诞前夕（二〇一四年十二月二十四日），好友Tony Yu（余国藩）曾发来一封电子邮件，他在信中向我详述他们夫妇一年来卖掉旧宅的经过和搬入新居的计划。为方便他妻子Priscilla（冰白女士）治疗膝关节病，他说他们就要搬进一处离医院很近的公寓。同时他还特别提到Priscilla的七十三岁生日，并附上生日当天的合影。（照片中除了他们夫妇两人以外，还有儿子克里斯多夫，以及Priscilla的弟弟罗伯特·唐，还有另一位美国朋友阿莱西亚·里恰尔迪。）谁知天有不测风云，五个月后竟收到了Tony病逝的噩耗。真是晴天霹雳，令我惊恸不堪。

余国藩在学术界一向享有盛名，他的《西游记》英译本四大册于多年前由芝加哥大学出版社出版，堪称经典之作，早已奠定了他在英语世界的学术地位。（二〇一二年出版的四卷修订本更是深获好评。）这方面学界已有定论，无须我在此多说。我在以下要讲的是与Tony交往中读到他某些诗作的受益。

Tony的诗作有律诗、绝句、词作等，大多是写给友人、亲人的，也有写给他自己的。作为一个学者型的诗人，Tony对人生具有敏锐和细腻的洞察，尤长于从日常感怀的抒发中流露出朴素的哲理，再加上写作技巧也很娴熟，最容易引发读者的共鸣。

他在二〇一二年十二月二十八日写给我的一封来信中附有几首词作。据他信里所言，他的心脏病当时已开始恶化，经多方诊断，已决定接受医生的建议，准备立即做手术治疗。

做手术当然要冒很大的风险，可想而知，他们夫妇在那期间一定有很大的心理压力。但Tony来信所附的四首新作却仍洋溢着他乐天达观的生活情趣及其特有的抒情美感。其中《好事近》一词写他欣赏中西雅乐和诗歌的读后感："汉英多卷旧诗词，细读非因学。每遇莎翁弃疾，叹天工渊博。"《朝中措》写秋日病中的淡愁："早悉寒潮先兆，可堪故恙缠身……层穹暮霭，半林丹树，一盏朱醇。未得篱花解语，如何奈此黄昏。"《采桑子》则赞美妻子Priscilla的厨艺："红炉助暖先登桌，酒献新香。看倩珍尝，良宵何怕夜延长。" 其中最令人难忘的是那首祝贺Priscilla七十一岁生日的词作《南歌子》，词曰：

高举齐眉案，长吟淑女歌。七旬过一岂言多。况似广寒，仙子步银河。

偕老情先证，同心语不讹。勤贤岁月未消磨。玉白冰清，犹胜绿漪荷。

这首词写得十分感人。“偕老情先证，同心语不讹”，夫妇情实在令人艳羡。这首词可与二〇〇八年Tony为他们结婚四十五周年所写的那首七律的结语互参：“今夕贤卿当尽醉，白头甘苦证前缘。”

如果说Tony的贤妻Priscilla给了他生活上的安定感，那么他的学术成果则是那种“安定生活”的自然成果。即使在二〇〇五年退休之后，Tony仍致力译事，在短短的一年内完成他的英译《西游记》节本，题为*The Monkey and Monk : An Abridgment of* The Journey to the West。他出版此节译本，主要是为让同行的学者们便于教学。其实他早就有出版节译本的想法，只是多年来忙于教学，一直到退休之后才终于如愿。这个节译本做得十分完美，近年来我在“人与自然”的讨论课上即用它为教材，学生们都很喜欢该书。该书出版后，Tony十分开心，他曾写词《忆江南》五首以为纪念：

忆江南

《西游记》新稿将成，自娱自嘲，戏创三教谐比较文论体。

西游奥，无字已成经，生法生魔缘一念，证因证佛本私情，猿马早倾城。

西游妄，玩世赖修心，市语假名虚史实，丹砂银汞化黄金，莞尔尚沉吟。

西游巧，诠释累彷徨，外道标符真妙诀，寓言讹譬好文章，解构演荒唐。

西游幻，低首诘灵山，越蕴寻幽思路险，降妖吊诡译途艰，悟彻实时还。

西游谑，形类意婆娑，子系名归孙大圣，蜜多般若大波罗，闻道笑呵呵。

与此同时，Tony更着手另一个更大的工程——重整他那四大册《西游记》全译本的修订版。他知道这将是一个极大的挑战，需要几年的时间才能完成，但他乐意全力以赴做这件事情。

后来经过几年的努力，他终于在二〇一一年大功告成。这是一个名副其实的“全修订本”，他在信中解释道：“译本中许多部分的文字都改写了，尤其是诗歌翻译的部分，还有注释也彻底修订过。此外，《导论》的部分也加长了许多，希望能涉及有关《西游记》的最新研究，并且加入我对宗教背景的一些崭新的认识。”令我感到喜出望外的是，在这个“马拉松”式的长年努力之后，Tony仍不忘写诗抒怀。他在信中照常附上几首诗，其中一首《鹧鸪天》词就是写有关他完成《西游记》全译修订版之后的感想：

鹧鸪天

《西游记》全修订本初步定稿，以小令自娱。

层楼攀踏拒扶筇，未醉先摇不倒翁。稿竣诗来心耻老，肌酸指硬骨惊风。

观世事，岂全空，甲兵难铸九州同。此身如寄应知足，香透芳丛月透栊。

有趣的是，此词写的不是他的学术成果，却是他的身体逐渐老去的状况，既有“自娱”的成分，也有自嘲的作用：“稿竣诗来心耻老，肌酸指硬骨惊风。”但诗人最终的结论是：“此身如寄应知足。”

有关老年的自然身体变化，Tony一直是懂得欣然承受的，他在信里就很写实地描写道：“许多和筋骨、牙齿、皮肤、眼睛有关的毛病也都准时降临在我们身上了。”

如上所述，在二〇一二年的秋季（即完成《西游记》全译修订本一年后），Tony的心脏毛病突然恶化，以至于次年的一月十四日动了一次心脏大手术。幸而那次的心脏手术很成功，于是他们夫妇两人就有了新的旅行计划。那年九月、十月间他们为了庆祝结婚五十周年，特意作“短期船游”，途经威尼斯、希腊海岸、伊斯坦布尔等处。以下这首七律乃为纪念该旅程而写：

威尼斯之夜

今岁为冰白遇予结缡五十周年之纪，九月中往欧洲作短期船游，启程自意大利东北港口威尼斯岛。十八日巧合农历中秋，晚膳于旅店露天临水餐厅。皓月当空，万里无云，当地著名独木钩形小游艇Gondola不时载客经过，单人橹手更高歌传统民谣，实难忘佳境也。

相依老伴更相亲，游庆金禧旅可珍。
访胜尚贪新酿美，浮槎又课异邦文。
澄空蟾彩明波见，随橹渔歌逐水闻。
晓镜日消玄鬓影，青庐今驻白头人。

在这首诗中Tony以一种近似“超现实”的笔调写出人生的极乐境界，同时诗中也充满了生命的契机。开头首句“相依老伴更相亲”写出了他们在旅途中（包括人生旅途）所经历的欢乐时光，末句则点出了他们夫妻的恩爱以及时光的无情。

近年来每当圣诞前夕，我大多会收到Tony发来的电子函，信中总是描写他与Priscilla一年来的生活经验和行踪，同时也会附上几首诗歌。但今年的圣诞节我是收不到他的来信了。

永恒的缘分

——记耶鲁同事麦克莱伦

感恩节的前些时候，我和丈夫钦次照例来到耶鲁校园的若无街墓园，看望几位已故友人的坟墓，略表一己的感恩之情。我在感恩节期间扫墓的做法并非遵从任何既有的风习，那完全是我个人一次奇妙的经验所导致的结果。

二〇〇九年十一月间，因恐怕自己于一九九一年出版的那本英文专著将来再买不到了，我突然心血来潮，在亚马逊购书网上订购了一本该作的旧书。网上待售的旧书有好几册，我从中随便挑了一本。正好在感恩节前夕收到了该书。打开包裹后翻到扉页一看，我一下子愣住了，好半天都说不出一句话来。那扉页上白纸黑字，明明是我的签名，是多年前该书刚出版时我亲自签赠给耶鲁同事埃德温·麦克莱伦的，上书："To dear Ed with appreciations, from Kang-i, January 1991（满怀感激地赠予亲爱的Ed，来自康宜，一九九一年一月）。"没想到，我赠给友人的书又让我买了回来！真是天下太小，巧事都让我碰上了。

但我相信这是一个冥冥中的奇妙安排。那几个月正当埃德温·麦克莱伦（我一直称他为Ed）和他的妻子雷切尔先后去世，他们的子女显然基于实际的考虑，自然就把Ed的许多图书收藏或转赠他处，或以廉价出售。当时我正因好友的去世而伤怀不已，这个奇妙的“包裹”却带来安慰，使我从中感受到友谊的缘分，一种如往而复的回应。这种“如往而复”的回应立刻令我联想到《易经》里的“复”卦。我也同时想起美国诗人朗费罗所写的一首题为《箭与歌》的诗。该诗的大意是：诗人向空中射出一支箭，不知那支箭最终落于何处。接着，诗人又向空中高唱一曲，不知那歌曲有谁会听见。但许久之后，有一天诗人偶然发现那支箭原来附在一棵橡树上，仍完好无缺。至于那首歌，从头到尾都一直存在一个友人的心中。总之，我感到自己的经验也呼应了这种反转复归的人生意蕴。

从那以后，我决定在每年的感恩节前后，一定要到墓园向逝去的好友们致敬。今晨，当我们走向麦克莱伦和他的妻子的坟前之时，温和的阳光照遍了大地，好像在见证一段美丽的生命故事。墓碑上除了他们两人的姓名、生卒年月以及出生地以外，只有“In Loving Memory”（安息于爱之回忆）三个词简单扼要地刻在下部。

我不知不觉又回到了过去：记得一九八二年我从普林斯顿来到耶鲁执教，当初由于年轻缺乏经验，在待人接物上尚不成熟，若非Ed随时指出我的某些不够周到之处，并不断地给予教诲和激励，我恐怕很难顺利通过那一道道考核晋升的大关。他是主教日本文学的讲座教授，当时任东亚语文系主任。我比他小十九岁，而且只是一个刚开始执教的助理教授，故我自然视他为前辈。他富有文才，二十多岁时就因翻译日本小说而荣获美国的优秀写作奖，他的博学多闻和文学成就很自然地启发了像我这样的晚辈。他的人生经验极其丰富，父亲是英国人，母亲为日本人；他在日本出生，青年时代回归英国，进著名的圣安德鲁斯大学，后来转到美国学术界，成为日本文学研究的泰斗，与他的日常交谈中我获益良多。他的夫人雷切尔是英国人，是他在念大学时的同班同学，两人十分恩爱，令人羡慕。

著名的余英时教授曾于一九七七—一九八七年在耶鲁执教，他与夫人陈淑平一向与Ed夫妇交情不错，回想与他们两家人相处的往事，至今仍情景宛然，仿佛昨日。一九八七年余英时转往普林斯顿大学，他给Ed的临别礼物就是亲自抄录唐代诗人张继《枫桥夜泊》的一幅书法：

> 月落乌啼霜满天，江枫渔火对愁眠。
> 姑苏城外寒山寺，夜半钟声到客船。

Ed十分珍惜这幅充满情趣的墨宝，一直将之挂在他的耶鲁办公室。他曾多次和我讨论张继这首脍炙人口的诗作，也表示很佩服余英时的才学和为人。我知道，Ed心中一直都是重视他与余英时的友谊的。作为著名的荣退教授，Ed退休后得到学校另分的一间办公室，余英时送他的那幅字也随同他的书籍转入其中。他过世后学校要收回那间办公室，东亚系遂将这幅字交给我收藏。得到这幅字同样让我甚感惊喜，因为它不只增添了我书房内的收藏，而且在朝夕面对时让我想起前辈学者的友谊和他们给予我的恩惠。

那天在走出若无街墓园时，我看见满天飞翔的鸽子，也听见来自布兰福德住宿学院高塔的钟声。耶鲁校园的钟声很自然使我联想到张继诗中所描写的“夜半钟声”——那是从唐代就萦绕在人们心头，而且连接中日情感的永恒钟声。

听觉之奇妙

——作者斯帖理的执着

我常常思考一个问题：为何诗人弥尔顿在目盲之后，居然能写出平生压卷之作《失乐园》，而音乐家贝多芬也在失去听觉之时创作了那酝酿最深、体例最完整的作品——《命运交响曲》？足见每每在呕心沥血之作的背后，蕴藏了多少生命之沉痛。

这两个目盲耳聋的例子也同时令我想到一个普遍的事实：那就是，一般总把与生俱来之听觉与视觉看成理所当然，殊不知拥有二者乃是一种恩赐。我常想，人要在丧失听觉或视觉以后，才能领略到真正的痛楚。也就因为如此，我总是对目盲耳聋的人格外疼惜，想象他们在生命轴上过活有多么困难！

我一向以为只有目盲耳聋的人方受视觉与听觉障碍之苦。直到最近偶然看到电视上《二十／二十》节目报道“自闭症孩童”，才惊异地领略到，原来世界上有许多患“自闭症”的孩童，生来即受听觉失常之苦，其中痛楚实非笔墨所能形容。例如，下小雨时，他们听到的却是可怕的枪声；而轻微的呼吸声，对他们来说，却是难以忍受的巨响。最令人感到同情的是，这些孩童由于患自闭症，不能向他人表达其日夜所负担之伤痛，于是总把自己关闭在茫然空洞的自我世界中。可怜的是，这些小孩一向被误以为是低能儿童，通常被关闭在精神病院中，虚度着可怕寂寞的一生。（据说伟大的数学家爱因斯坦幼时曾患自闭症，但幸而遇到好老师，才免于被关在精神病院的灾祸。）

可喜的是，最近由于斯帖理女士出版了一本专著《听觉之奇妙》，记载她如何帮助女儿乔琪克服自闭症的故事，才终于使无数的患者首次得到了希望。《听觉之奇妙》一出，即备受各界人士瞩目。仅仅在数月间，此书就成为许多报章杂志的讨论焦点——例如，《读者文摘》首先摘录此书，接着《出版界周刊》《柯克斯报》《书目》以及英国各种报刊均陆续评论斯帖理女士此书。也就因为这种热烈的反应，电视的《二十／二十》节目才特别介绍这个题目。

电视上《二十／二十》节目一播出，读者便纷纷购买《听觉之奇妙》一书。于是在短短数月间，第一版（由双日出版社首先出版）完全售完。紧接着就由英国的第四权出版社印出第二版，依然很快就被热心的读者们抢购一空。好不容易，终于又由美国另一出版社发行平装版，才勉强能供应于求。

我也跟着大家去买一本《听觉之奇妙》。我料想一般读者渴望读那书，乃是被书中所介绍的那个深具革命性的“听觉治疗”所吸引，因为据斯帖理女士说，她的女儿乔琪之所以痊愈，除去许多相关的因素之外，主要是得力于法国耳鼻喉科医生布拉德给乔琪所施行的“听觉治疗法”。“听觉治疗”的背后也有一段感人的故事始末：原来布拉德医生是在自己耳聋之后，才发现听觉乃主掌人类脑力神经之关键，于是在体衰无望之际，终于发明那所谓的“听觉治疗”，以此治愈自己的耳疾。他发现自己的耳疾乃因频率太高或太低所致，而自闭症的儿童也同样具有不正常的听觉频率。故“听觉治疗”乃是治疗频率的有效方法，幸运的患者只要经过十天的治疗（每日三十分钟）就能终生痊愈，可谓一劳永逸也。（我想，可惜贝多芬不生在今世，否则“听觉治疗”后或许会根治他的耳聋。）

不过，我之所以格外被斯帖理女士的书所吸引，乃是因为书中所描写的一段不寻常的心路历程，书中所记载的是一个生命的见证——一种精神意蕴与人生意义的见证。它见证的是两个母亲如何用爱心及毅力克服人生悲剧的真实故事。从一般人的观点来看，斯帖理女士早年所经历的一切简直是一场可怕的梦魇——正当长女多蒂患白血球症、面临死亡之际，她发现次女乔琪患了自闭症。而在此沉痛不堪的期间，自己还遭丈夫遗弃。但斯帖理女士终于能毅然走出黑暗之境，不断为女儿乔琪的前途奋斗，并与世俗成见相对抗——自始至终，她拒绝把女儿送进精神病院，总是存着希望，不断追求，而最后，终于成为生命中的胜利者。

在二十多年后的今天，她的女儿乔琪已痊愈，斯帖理女士自己又与现在的夫婿彼得·斯帖理建立了一所慈善基金会，名为乔治安娜基金会，专门帮助自闭症儿童克服“听觉失常”之毛病。（现在他们有一个十七岁的男孩马克及十三岁的女儿萨拉，均十分完美健康。）

斯帖理女士的故事令我深受感动，也使我想认识这位不寻常的作者。正巧上个月在一个偶然的机会里，我发现她就住在康州的韦斯波特城，离我们住处不远，这使我喜出望外。后来通了几次电话，彼此一拍即合，加上她的丈夫彼得也是耶鲁大学校友，于是就更觉亲切了。

前天（一九九三年一月二十三日）正是旧历新年，我终于有机会带着家人去拜访斯帖理女士。见了面，更加使我觉得这位作者像是一根充满光辉的燃烛，她的光不但照亮自己，也照亮别人。我们在两个钟头内滔滔不绝地漫谈着，不知不觉好像进入了人生一个最高的境界。那真是一个最“奇妙”的心灵交通了，谈到最深厚的境界时，突然令我领悟到：人生可以像“蜡炬成灰”，了无希望；也可以像眼前这种蜡炬发光，充满希望。

斯帖理女士那天说的话，有“应当记得，每个人——无论大智或大愚——都有一种‘补偿能力’，一个人如果在某一方面弱了，就自然在另一方面特强。比方说，一个患有自闭症的儿童总在某方面是个天才——例如在音乐方面、语言学习方面，或是数学方面。爱因斯坦患了自闭症，但却拥有超人的记忆力，幸而他能利用自己所长，完全不去管那些生来的短处，否则就不可能生存”。这段话也令我想起《失乐园》的作者弥尔顿。近代诗人艾略特曾在他的论文《弥尔顿》中说:“弥尔顿眼瞎算是他一生中最重要的经验了。”因为诗人一旦眼瞎，视觉弱了，才可能创出那“充满美妙声音韵律”的《失乐园》来；换言之，艾略特以为，就因为视觉没有了，诗人才更能专心发展听觉。其结果是，弥尔顿终于能发挥其生命潜力，创出英文诗中“最美妙的声音”来。

这种“补偿能力”的哲学殊有深意。其实那是一种对付人生的方法，一个人要像斯帖理女士一样——遇到困难时，不要放弃希望，要把生命潜力（即补偿能力）发挥出来，把人生升华为更高境界，照亮自己，也照亮别人。

序父亲的《一粒麦子》

我的父亲孙保罗多年来在美国各地教会事奉。一九九五年开始，身体日衰，但他仍坚持每周在主日学或讲台上讲一次道。有时几乎昏倒，但他仍照常讲。不久前，他突然有个灵感，想把以前讲过的，写一些下来，为要给初信主的基督徒作参考。他的书就是数月以来的成果。

父亲曾来信说："我也是与时间赛跑，若主不许我写完，将来你把这些稿子拿去吧。"读了他的信，又看见他陆续寄来的一篇篇文字，令我既伤感又喜悦。伤感的是时间的无情，在不知不觉中，生命已慢慢溜走。以他的身体状况，父亲不得不持"分秒必争"的态度来写作。今年从四月到七月，他一个人写稿、抄稿、校稿，其虔诚执着之精神令我感动。另一方面，我很高兴看见父亲多年来在讲台上的言语能"化"为文字。虽然这些文字仅能捕捉其中言语的一小部分，但也算是对生命的一种交代。

我想起我自己一九九三年写过的一首诗。当时写诗只为了描写自己从事中文写作的甘苦，从七月折磨到次年四月，其中既感受到痛苦，也体验到幸福：

我想是去年七月
那一月真像一朵
红艳艳的莲花
生长在上帝的圣血中……

我想是今年四月
这一月真像一朵
白生生的莲花
绽开了她的蓓蕾……

时间的巧合可真是奇妙。父亲的写作也与“四月”和“七月”有关，只是我有从七月拖延到次年四月的奢侈，而父亲却必须与时间“赛跑”。在体弱的情况下，他不顾一切地（完全不顾医生的嘱咐）一页页地写下去，终于在短短三个月间完成书稿。

我认为父亲的稿子是写给年轻人看的。他一向爱年轻人甚于其他年龄的人。他和年轻人总是说个没完，互相都有共同的语言。还记得几年前爸妈还住在马里兰州的时候，我每回去看他们，都看见有一群年轻人围绕在他们的身边，互相讨论《圣经》，一问一答，其和谐快乐的境界令人羡慕。比起我这个长年住在远处的“女儿”，那些年轻人更像是我父母的儿女。我常常因为很少听到父亲的讲道而感到遗憾，这次父亲终于把一些心得写了下来，使我也能读到，我的心中确实有一种“补偿”的感觉。

父亲的书也可作为母亲离世归天一周年的纪念。回忆当初，若不是母亲的带领，父亲也不可能受洗归主，更不可能把他的后半生献给教会。母亲逝世后不久，父亲曾对我说：“人生实难，一切皆是无奈，唯独耶稣最宝贵，使我们在患难中，能靠它常常喜乐、流泪赞美。”我相信父亲的话正反映了母亲一贯的生命价值观。这是我牢牢记住、终生不敢忘的生命观。

今日面对父亲完成的书稿，感触万端，拉杂写来，以为序。

怀念恩师高友工

四天前（二〇一六年十月二十九日），高友工教授静静地走了，他走得那么突然。我想他是为了避免和亲友们告别，所以才在大家不注意的时刻，独自离开了这个世界。其实我们无法确定他去世的具体时间。据朋友江青告诉我，友工大约是在十月二十八日晚到十月二十九日清晨（美国东岸时间）之间，在安睡中去世的，那正是三更半夜的清静时刻。（其实，在那以前的几个钟头，他还和朋友吃了晚饭，完全没有异样。）

连他去世的方式也充满了诗意。我想起了他经常朗诵的一首唐诗："人闲桂花落，夜静春山空。月出惊山鸟，时鸣春涧中。"（王维）诗中描写一个十分幽静的境界，因为"夜静"，所以连明月都能惊动山鸟。我想十月二十九日清晨友工师大概是在这样一个幽静的夜晚离开了。虽然他一直住在纽约市中心，但我知道他的心灵深处总是闲静的。尤其是，他最喜欢陶渊明的"问君何能尔，心远地自偏”等诗句。因为他心远，所以凡事都显得洒脱。

最近一两年来，友工师的身体开始变得十分虚弱，甚至无法下床，令人非常担忧。但每回在电话上和他聊天，他总是谈笑风生，与从前没有两样。去年圣诞前夕，我在电话中表示担心他的生活起居，因怕他一人独处会出事。但他却引用《庄子》的章节来安慰我，表示万物的变化从来没有停过，生死也属于这种变化之中，接着他说："像我这把年纪，其实生与死都没什么关系了。"当时我除了表示尊敬以外，还能说什么呢？后来挂了电话，再重复温习他所说的话，更加对于他的人生意境与智慧感到默契于心，心领神会。其实我从普大毕业已经快四十年了，但对我来说，友工师一直是我的终生导师，他那种处事不惊的态度，总令我万分敬佩。

几天来，我一直在回忆友工师这许多年来给我的帮助。他是一位名副其实的“师父”，懂得如何因材施教，同时他施教的方式总是和个人生命合在一起，所以令人难以忘怀。现在他突然不在了，更让我珍惜他一直以来给我的启发和教训。

记得一九七三年我刚进普大念东亚系博士班时，他曾对我说："最美的人生有如绝句。"据他解释，那是因为，绝句虽短，却有“意在言外”（尤其是尾联）的作用。人的生命也是如此，再长的生命终究是“短暂”的。一个人必须懂得珍惜那个短暂，人生才能显得美丽而富有诗意。直到今天，我已经进入了古稀之年，但友工师这句话还是让我受益不尽。

还记得有一年秋天，我被许多事情弄得烦恼不堪，他就向我教训道："你应当把你的工作比成跳舞。比方说，你自己在家练习跳舞绕圈时，必须绕个一百二十圈。但你真正上台表演时，最好只绕十二圈，这样你就会有举重若轻的自信。"他的话使我恍然大悟，立刻意识到自己个性上那种太过执着的缺陷。因为人生总有许多不如意的情况，而且前面的路程茫茫不测，我们就很容易经常被外物所累，所以应当培养"举重若轻"的艺术境界，才能自由自在地翱翔于世。当时我立刻联想到友工师在课堂上经常引用的《庄子·逍遥游》："北冥有鱼，其名为鲲。鲲之大，不知其几千里也。化而为鸟，其名为鹏……"心想，我应当努力修养自己，希望能在鱼中作鲲，这样才能化为大鹏而逍遥遨游。

在唐诗的课堂上，友工师最喜欢引用王维的诗句。特别是他给"行到水穷处，坐看云起时"（王维，《终南别业》）那两句诗的解释，令我终生难忘。他说："如果有一天你走到穷途末路时，千万不要丧气，你要从容地坐看云起，这样就会绝处逢生。"而且他要我们注意王维诗中接下来的最后两句："偶然值林叟，谈笑无还期。"意思是说：在山穷水尽之时，我们偶然也会遇到某个有趣的老人，也能谈得十分愉快，甚至乐而忘返。

其实这就是友工师心目中最看重的友谊，尤其是"知己"的概念。他所谓的"知己"是基于《庄子》那种"相忘以生，无所终穷"的君子之交，不是甜如蜜的小人之交。所以他经常向我们解说《庄子·大宗师》里有关子桑户、孟子反、子琴张三人为友的那一段："三人相视而笑，莫逆于心，遂相与为友。"大意是说，三个陌生人突然碰在一起，他们只要相视而笑，心心相印，就自然结为好友。据友工师的解读，那种"莫逆于心"的境界可以引申到诗人与跨时代知心读者的永恒交谊，即杜甫所谓"萧条异代不同时"的意境（《咏怀古迹》其二）。

晚年的友工师生活极其俭朴，因此经常使我联想到刘禹锡的《陋室铭》："山不在高，有仙则名；水不在深，有龙则灵。斯是陋室，惟吾德馨。"与刘禹锡相同，友工师虽住在简陋的房子里，他的德行却永远馨香远播。多年来他所交往的朋友和苦心栽培的学生们无可计数，那种知识和情感交流一直在"莫逆于心"的谈笑中进行。他的生活是如此的简单朴素，但他的精神生活却无限地富有。

我何幸而成为友工师的门徒，我能借着这篇短文来纪念我的恩师，也算是我对他无限感激的一种表示。

后　记

苏州大学文学院的王尧先生来函，说他与南京大学的丁帆教授正在主编一套丛书，希望我也能编选一本自己谈文学的书。很巧，我这几天正在忙着收集自己近年来所写有关文学的一些文章，希望在本月底以前能结成一个精选的集子，以纪念恩师高友工教授逝世一周年。（高先生去年十月底以八十七岁高龄在纽约去世，当时普林斯顿大学曾降半旗致哀。）这次王尧的信也来得真巧，因为我正在考虑应当把我这个有关阅读文学的集子让哪个出版社出版。能在行家王尧和丁帆主编的丛书出版这本集子，将是最好的选择，所以我立刻回信接受了他们的邀请。

我决定把这本集子取名为《细读的乐趣》。在将近半个世纪以前，如果不是高友工教授不断教导我如何“细读”文学（包括中西文学、艺术、电影等），并鼓励我不懈地努力朝那方向走去，我也不会养成今日凡事细读的习惯。高先生对我影响最大的就是“艺术即人生，人生即艺术”的生活态度。换言之，只要是我真正热爱的题目，我都可以从事研究，不必局限于过去所熟悉的领域。当然，高先生一向以研究中国文学文化的抒情传统闻名于世，但那只是因为他所发表的作品，例如《美典》一书，大都以抒情传统为主题。有关抒情传统方面的贡献，高先生与陈世骧先生的地位相当。然而，这方面的作品也只反映了高先生在教学和研究方面的一小部分。高先生是个奇人，他学贯中西，他的知识有如百科全书般的丰富，尤其他上课时的潇洒风采非常精彩，所以台湾的柯庆明教授曾称他为“藐姑射山的神人般的高先生”，美国学生则称他为“legend”（传奇）。高教授是北美二十世纪七十年代至九十年代（一直到他一九九九年退休）在中国古典文学研究方面产生过极其重大影响的导师之一。他的学生们执教于哈佛、耶鲁、普林斯顿、密歇根、伊利诺伊等大学，当然也与他在北美学界的重要地位有关。另一方面，高先生除了文学，还有美学、舞蹈、昆曲、表演艺术等方面的造诣，同时，他还是美食家，他真是一个了不起的全才。作为他的学生，我们都为他感到骄傲。

但我以为高先生授课成功的秘诀就是懂得如何“细读”各种文本，而且能把他个人的细读经验以一种活泼亲切的方式传达给学生，因此凡是修过高先生课的学生都会感到乐趣无穷，获益匪浅。对我个人来说，高先生的博学及其细读的本领最能启发我去广泛涉猎。自从我一九七八年从普林斯顿大学毕业后，数十年来仍不断与高先生保持密切的联系，一直到他一年前去世，可以说从未中断过。他对我的帮助不但涉及学问，同时也涉及人格的道德教育，我们一向无所不谈。所以他对我的影响是终身的，也就是说，高先生是我的终生导师。

直到今天，我已经进入了古稀之年，但高先生教给我的“细读”秘诀仍让我受益不尽。他经常对我说：“只有通过细读文本的功夫，你的阅读经验才能真正成为你自己所有，任何套用理论的东西（无论如何诱人）都是外在的。而且细读的乐趣没有止境，它会让你永远不觉得孤独。”

收在这个集子里的篇章大多是我通过“细读”而写成的读后感，特别是那些曾经让我获得阅读的乐趣而写成的文章。这里所谓“细读”不仅包括书本，也涉及有关电影及其他艺术的“阅读”。有些文章类似学术著作，有些类似随笔，有些关于文学的分析，有些则关于人生的思考。

收集在本书的文章大都曾经在报章杂志发表过。重读这些文章，不完全令人满意，却觉得颇有纪念意义，因为那些大多是与友工师分享过的文章。但有些作品则是友工师没看过的，例如《怀念恩师高友工》等篇，但无论如何，这些文章都离不开一个主题：细读。

孙康宜
二〇一七年十月二十九日